Roman

Für meine Kinder

**Alle Träume können wahr werden,
wenn man den Mut
hat, ihnen zu folgen
(...Walt Disney)**

"Verlogene Wahrheit"

Vorwort Januar 2005

Die Frage die sich jeder Mensch irgendwann wohl stellt, ist die Frage nach dem Sinn und dem Grund des eigenen Handelns, nach der Berechtigung Fehler zu erklären, sie sinnvoll erscheinen zu lassen, sodass sie für das eigene Ich, keine Fehler mehr sind. Zu erklären, dass man sie machen musste und keine andere Chance gehabt hat, weil dieses oder jenes nicht zu ändern war in dem Moment des Geschehens. Ich habe mich mit Enthusiasmus und vollem Einsatz in diesem Schlammassel hinein gestürzt, ohne auf die Konsequenzen zu achten die jeden Menschen einholen. Den einen früher, den anderen später. Aber niemand kommt daran vorbei. Man hat immer die Wahl! Das weiß ich heute. Aber trotzdem hält es mich und auch sonst niemanden davon ab, erneut Fehler zu machen, erneut in Verwicklungen zu versinken und zu glauben, man hätte keine Wahl.

Elf Stunden Nachtdienst liegen vor mir. Seit einer Stunde schon bin ich auf der Arbeit und lenke all meine Konzentration auf die Dinge die hier wichtig sind. Hier sind mir Menschen anvertraut worden, die nicht mehr in der Lage sind eigene Entscheidungen treffen zu können. Sie haben keine weltlichen Probleme, keine finanziellen Sorgen. Für diese Menschen gibt es keine Lügen, die sie jetzt noch belasten würden. Niemanden in ihrem Umfeld interessiert es, wie viele Fehler sie je in ihrem Leben gemacht haben, welche Abgründe in ihrem Gewissen zu finden sind. Es ist den meisten von ihnen von allen Seiten verziehen worden. Väter die von ihren Töchtern vergöttert werden, obwohl sie in Wahrheit nie für sie da gewesen sind. Frauen die, die Liebe zu ihren Männern erneut spüren, jetzt wo der Verlust so nah ist. Kinder die ihre

Eltern beweinen, obwohl es in der Vergangenheit oft ein Gegeneinander war. Diese Menschen kämpfen hier um ihr Überleben. Sie sind Schmerzgeplagt, oft komatös und damit jeglichen Bewusstseins beraubt. Für diese Menschen da zu sein, sie zu beschützen und ihnen den Weg den sie gehen müssen zu erleichtern und zu unterstützen, das ist mein Beruf und für mich war es oft, und ist es immer noch oft, eine Berufung. Hier in diesem Beruf fühle ich mich geborgen. Hier ist mein Dasein ohne Lüge, hier ist mein Halt. Diese Arbeit hilft mir meine eigenen Probleme in den Hintergrund zu platzieren und sie hilft mir, mich vor mir selbst zu rechtfertigen, all die Lügen zu entschärfen. Sie für einen Moment vergessen oder auch als nicht so wichtig zu empfinden, weil es Menschen gibt, die mit schlimmerem kämpfen. Weil es Menschen gibt die meine Hilfe brauchen und sie bedingungslos annehmen. Es scheint eine Nacht ohne besondere Vorkommnisse zu werden. Hoffentlich, denke ich. Meine Gedanken schweifen einen kurzen Moment zu meinen Kindern. Meine Mädchen sind jetzt alleine Zuhause. Das hinterlässt bei mir immer ein ungutes Gefühl. Nicht, dass sie noch zu klein wären um sie alleine zu lassen. Nein, in mir macht sich eher das schlechte Gewissen breit, dass sie mich brauchen könnten, ohne dass ich zu erreichen wäre. Die letzten Jahre habe ich sehr darauf achten müssen, dass ihnen nicht Zuviel zugemutet wurde. Und doch musste ich ihnen selbst eine ganze Menge an Dingen aufs Herz legen. Ich selbst war es, die durch Handlungen und Verfehlungen bei den Kindern Schmerz ausgelöst hat und vielleicht auch Schäden die nicht wieder gut zu machen sind. Dinge die für Kinder in ihrem Alter schwer zu verstehen sind. Dinge die sie in ihrem Leben niemals vergessen werden und ich mir nur wünsche, dass sie es zumindest schaffen damit zu leben, sie zu verarbeiten und das Gute darin, und auch das Gute im Leben, immer noch sehen zu können.

Mit dem Gedanken ein Buch zu verfassen beschäftige ich mich schon sehr lange. Immer wieder habe ich darüber nachgedacht und den Gedanken auch immer wieder verworfen. Wer möchte das schon lesen, wen würde es interessieren? Wer würde es überhaupt verstehen. Und wer würde es glauben? Das ist noch die einfachste Frage, die für mich zwar nicht wichtig ist! Aber unglaubwürdig zu erscheinen, das wäre mir doch zu schade gewesen. Diese und andere Fragen haben mich immer davon abgehalten aber ich denke ich schreibe es nicht für alle anderen auf. Ich will es nicht nur für Leser schreiben. In erster Linie will ich es für mich schreiben, für meine Kinder, damit Sie es verstehen, damit Ich es verstehe. Wenn ich so manches Mal darüber nachdenke in welchen Verstrickungen ich mich wiedergefunden habe, frage ich mich ernsthaft wie ich da hineingeraten bin. Wie konnte das alles passieren. Ich möchte niemandem die Schuld dafür geben. In erster Linie glaube ich, dass es eine unglückliche Verkettung von emotionalen und moralischen Missverständnissen und Fehlhandlungen ist. Sie haben mich und auch andere in Situationen gebracht, aus denen man nur mit sehr viel Mut heraus kommt und die leichter zu ertragen sind, wenn man lügt. Ich hege die Hoffnung dass man mir verzeihen wird. Meine Kinder, meine Freunde, meine Familie bitte ich darum in diesen ersten Sätzen, sie mögen mir verzeihen.

Ich habe mich durch Gedankenlosigkeit und Naivität in Situationen manövriert die mich erwachen haben lassen. Mein Lebenslauf, wenn ich ihn denn aufschreiben müsste befähigt mich nicht gerade dazu in einem katholischen

Haus mit offenen Armen empfangen zu werden. Aber warum sollte ich den Gedanken an Schuld zulassen. Ich weiß es nicht, jedoch ist die Schuld in mir übermächtig. Sie blockiert mich, macht mich depressiv und klein.

Und immer noch hinterlassen diese Gedanken einen bitteren Nachgeschmack von Selbstmitleid. Ich glaube auch nicht dass es überhaupt einen Alleinschuldigen in dieser Situation gibt. Viele Menschen waren an meinem Leben beteiligt und von vielen habe ich mich abhängig gemacht, sodass so manche Situation daraus entstanden ist. Ich fühle, dass ich es zu Guter Letzt doch noch richtig gemacht habe, aus diesem Lügengebilde ausgebrochen bin und damit meinen inneren Frieden gefunden habe. Ich glaube dass ich meinen Kindern den richtigen Weg noch weisen kann. Einfacher wäre es gewesen das Gegebene hinzunehmen und zu schweigen. Einige Menschen in meinem Umfeld hätten damit besser leben können. In ihrem Versteck weiterlügen damit sie sich nicht trauen müssen auszubrechen, denn Ausbruch bedeutet Veränderungen und Veränderung bedeutet manchmal Schmerz, Peinlichkeit, Scham, Schuld und Vergebung. Aber auf jeden Fall bedeutet es, sich mit sich selbst zu beschäftigen und das möchten nur die wenigsten.

Immer wieder dringen diese Gedanken in meinen Kopf und unterbrechen meine Konzentration und ich frage mich wieder einmal ernsthaft ob ich dieses Buch beginne. Mit diesen Fragen und Überlegungen gehen diese Nachtdienststunden vorbei und ich freue mich auf mein Zuhause.

Heute Morgen könnte ich ohne einen weiteren Gedanken in mein Bett gehen. Niemand muss noch in die Schule gebracht werden, niemand der auf mich wartet. Aber irgendetwas hält mich heute davon ab. Nach einer

Heimfahrt, die wie immer anstrengend und gefährlich nah am Abgrund ist, weil ich völlig übermüdet und oft dem Sekundenschlaf nah bin, genieße ich die Ruhe meines Hauses, den kalten verschneiten Morgen, schaue aus dem Fenster und wieder kommen die Gedanken der Nacht. Wie soll ich das alles den Kindern erklären, wie soll ich es für sie lebenswert machen, wenn sie die Tragweite dieser Enthüllung verstehen. Viele kleine und große Erinnerungen schießen mir durch den Kopf. Gute und schlechte Erinnerungen.

„Fang an dies alles einmal zu sortieren" sage ich mir! „Damit zumindest du selbst es mal verstehst und von allen Seiten beleuchten kannst. Schreib einfach alles auf, egal ob es gut oder schlecht geschrieben ist. Tu es für dich selbst und vielleicht noch für deine Kinder"! Und da ist es wieder, dieses Ja! tu es. Versuch es doch. Diese innere Stimme, die ich bei so vielen Begebenheiten in meinem Leben schon gehört habe, meldet sich wieder zu Wort. Sie hat mir schon bei einigen Entscheidungen geholfen, schon oft den Weg gezeigt. Nie den bequemsten Weg aber trotz aller falscher Entscheidungen, auch manches Mal den Richtigen. Die Distanz gibt mir die Möglichkeit die Dinge aus der Ferne ohne emotionale Belastung zu sehen, sodass es für mich vielleicht möglich ist Lösungen zu finden, die für alle erträglich sind. Ich bin es mir und auch den Kindern schuldig, meine Gedanken aufzuschreiben, meine Gefühle deutlich zu machen. Ich möchte dass die Verletzungen, die Eifersucht, das Verlassen sein und die Einsamkeit und nicht zuletzt die Liebe in mir spürbar werden.

Oktober 2005

Hallo André.
Auf diesem Wege möchte ich mich bei dir bedanken.
Bedanken für deine Hilfe, die mich über die letzten Jahre begleitet hat. Eine Hilfe ohne die mein Leben und auch das der Kinder wesentlich schwieriger gewesen wäre.
Ich halte es nicht für selbstverständlich, denn nur durch diese Hilfe haben wir, sprich Maya, Sophia, Peer, Alex und Ich es geschafft, ein neues Zuhause für uns zu finden. Wir mussten uns neu orientieren und lernen mit den Gegebenheiten umzugehen. Ich denke die Fehler, die David und Ich gemacht haben, sind nicht wegzudenken und ich habe immer versucht, dafür gerade zu stehen. Das werde ich auch weiterhin tun. Ich hoffe, dass ich nie wieder in die Not kommen werde, dich um Hilfe zu bitten. Du hast mehr getan, als man dir hätte zumuten können. Du hast uns aus einer existenziellen Not herausgeholfen. Ich habe mich auf dein Wort verlassen und bin nie enttäuscht worden. Ich wollte dir diesen Brief eigentlich schon früher schreiben aber ich musste für mich die Gewissheit haben, dass David auch mit Sicherheit seiner Unterhaltsverpflichtung nachkommt. Seit Monaten zahlt er jetzt, ohne Verzug, und so langsam kann ich nachts ruhig schlafen. Es erscheint dir vielleicht etwas überzogen aber, wenn man morgens noch nicht weiß wie man das Mittagessen für die Kinder beschaffen soll, dann wird's einem schon mal warm und man wird sehr vorsichtig mit Versprechungen. Nachdem Frank diese Geschichte erfahren hatte, hat er sich geweigert den Unterhalt für seine Kinder zu zahlen. Hätte ich die finanzielle Möglichkeit gesehen, die Kinder Selbst zu unterhalten, wäre ich niemals an David oder dich herangetreten.

Leider blieb mir keine andere Wahl.
Ich danke dir für dein Verständnis und deine schnelle
Hilfe. Die Kinder sind seit längerem schon in die
Geschichte eingeweiht und auch sie möchten dir danken.
Vieles verstehen sie noch nicht aber was sie verstanden
haben, ist das sie einen Onkel haben, der ihnen in einer
schweren Zeit sehr geholfen hat.
Katherine

Dezember 2001

„Hallo, wie geht es dir? „ fragte er, und lächelte mich an. Mir zitterten die Knie, mir brach der Schweiß aus und in meinem Hirn tobte der Sturm. Schon zu sehen, dass er im gleichen Ladenlokal stand wie ich, hatte mich unruhig werden lassen. Am liebsten hätte ich auf dem Absatz umgedreht und wäre davon gelaufen, als ich ihn sah. Ich fühlte mich in seiner Nähe bedroht, schuldig und kraftlos. Wir hatten uns seit mindestens 4 Monaten nicht gesehen und ich hatte auch dieses Treffen nicht provoziert. Ich war froh um jeden Tag, den ich meine Ruhe hatte. Es war noch nicht lange her, da fühlte ich mich von seinen ständigen Telefonaten belästigt. Abends schlich er ums Haus herum. Immer wieder hatte er versucht Kontakt zu mir zu bekommen. Als er gemerkt, dass er das nicht mehr schaffte, hatte er seine Taktik geändert.

Er war immer schon ein Taktiker gewesen, jemand der es gelernt hatte sich in den Vordergrund zu spielen. Nicht unbedingt mit Wissen oder Können. David war nun 43 Jahre alt und stand von jeher im Schatten seines Bruders. Aufgewachsen in einer Familie, in der es immer nur um Geld und Macht ging, hatte er keine Chance, seine Stellung anders zu behaupten. Sein älterer Bruder André war um viele Grade intelligenter und hatte es nicht nötig Halbwahrheiten zu verbreiten. Er ging seinen Weg alleine. Er konnte seine Ziele sehr deutlich weitergeben, sodass sie verstanden und akzeptiert wurden. Seine Ziele waren natürlich auch durchführbar und realistisch. So schaffte er es, zu studieren und die väterliche Firma mit Gewinn in die oberen Etagen zu wirtschaften.

Dies verschaffte ihm natürlich auch unbegrenzten Freiraum und Zweifelsfreiheit. Er war immer über jeden Zweifel erhaben. Im Gegensatz zu seinem kleinen Bruder, der sich in allen möglichen Dingen versuchte aber oft scheiterte, sehr zum Leidwesen seiner Eltern die daraufhin mit Einschränkungen reagierten. Eigene Entscheidungen wurden ihm selten abverlangt. Und wenn, dann nur untergeordnete Dinge, bei denen ein Fehler nicht viel Schaden anrichten konnte. So wurde er in der Firma seines Bruders als Bauleiter eingestellt und zu Anfang als Zaunbauer beschäftigt. Rückblickend muss man sagen, dass er von seinem Bruder, in seinen Aufgaben und der Entwicklung seiner Fähigkeiten gut geschult worden ist. Er arbeitete sich in all den Jahren hoch und man übertrug ihm verantwortungsvollere Aufgaben. Aber in all der Zeit machte er sich selten Freunde. Durch sein mangelndes Selbstbewusstsein, welches er in seiner Kindheit entwickelt hatte, verhielt er sich angeberisch und allwissend. Er beschränkte sich darauf, als Familienmitglied dieser Firma einen Sonderstatus zu genießen. Diesen Sonderstatus bekam er natürlich auch, denn alle anderen, wären bei einer ähnlichen Fehlerquote längst gekündigt worden. Fand er aber einen Fehler bei seinen Kollegen, wurden diese weit über jedes normale Maß hinaus kritisiert. Er fand immer die Gelegenheit, seine Kollegen bei seinem Bruder anzuschwärzen und seine eigenen Fehler zu verharmlosen. Da David sich niemandem mehr anvertrauen konnte, ohne Gefahr zu laufen nicht ernst genommen zu werden, entwickelte er im Laufe der Zeit seine eigenen Wahrheiten und verließ sich nur noch auf sich selbst was natürlich zu weiteren Verhaltensfehlern führte.

Ich denke heute, dass auch aus ihm durchaus ein gefühlvollerer und emotional gefestigter Mensch hätte werden können, wenn er mit mehr Liebe und Geduld erzogen worden wäre. Er war nie wie sein Bruder aber jeder hat es von ihm erwartet. Die Fehler, die daraus entstanden sind, sind ihm angelastet worden und er war nicht in der Lage, aus dieser Familie auszubrechen um sein eigenes Ich zu finden. Die Wahl seiner Frau, verbesserte seinen Stand nicht unbedingt. Sie war nett, aber nicht in der Lage eine eigene Meinung zu entwickeln und sich damit zu behaupten oder gar zu kritisieren. Sie war nicht in der Lage, ihn in seiner Meinungsfindung und Entwicklung, auf eine Art und Weise zu unterstützen, die ihm hätte helfen können, ein klar strukturierter Mensch zu werden. Von ihr bekam er kein Feedback seiner wilden Gedanken, sondern nur unverständiges Nicken.

Sie glaubte ihm alles und war selbst sehr unsicher. Ob ich es geschafft hätte, wenn er sich für mich entschieden hätte, weiß ich nicht. Auf jeden Fall wäre ein anderer Mensch aus ihm geworden. Jemand mit mehr Respekt und Toleranz den Menschen gegenüber. Homogener, weniger aggressiv und weniger arrogant.

Seit wenigen Wochen war mir aufgefallen, dass Frank, mein Ex Mann und die Kinder, oft bei ihm waren. Und immer wenn meine Kinder und Frank einen Sonntag bei ihm verbracht hatten, musste ich dies die ganze Woche über ausbaden. David schaffte es immer, ihn gegen mich aufzuwiegeln. Er war auf dem besten Wege dahin, den letzten Rest Akzeptanz der bestehenden Situation, aus Franks Gehirn zu löschen. Er wollte mir damit wehtun, seine eigene Haut retten und seinen Neid befriedigen.

Diese Treffen, auf die ich keinen Einfluss mehr hatte, machten mir Angst. David war nicht der Mensch, der

Kindern viel Selbstbewusstsein geben konnte. Im Gegenteil, er fand immer einen Grund sie zu provozieren und sie zu verunsichern. Nach seiner Meinung, waren dies Gedankenanreize, die er den Kindern setzten wollte. Besonders Peer war mit seinem Wesen, seinen provokanten Äußerungen ausgeliefert. Er hatte mit seinen Zehn Jahren nicht den Wortschatz, ihm zu wiedersprechen oder in eine Diskussion mit ihm zu gehen und war regelrecht verunsichert und bockig wenn er wieder zuhause war. Sophia galt als frech und unkontrolliert, weil sie ihm wiedersprach. Natürlich fand dieser Wiederspruch wenig Anklang. Maya war auch da schon, 2 Jahre älter, und immer schon etwas redegewandter besser in der Lage ihm entgegen zu treten, wurde aber ebenso belächelt. Außerdem, war er ein Meister der Beeinflussung und ich wollte nicht, dass er meine Kinder noch weiter mit seinem Gerede belastete. Sie waren eh in einer Situation, die zurzeit nicht ganz einfach war und ich befürchtete schlimmeres. Frank war sicherlich nicht der Mensch, der dies in schwierigen Momenten unterbinden würde oder es überhaupt merken würde, wenn den Kindern unterschwellig Schaden zu geführt würde.
Dazu musste man sagen, dass Frank und David schon seit Kindertagen Freunde waren. Frank, mein Noch- Ehemann und der liebende Vater meiner Kinder, war immer der einzige, der noch in der näheren Umgebung von David verweilte, wenn alle anderen schon das Weite gesucht hatten. Das hatte aber weniger mit Mitleid ihm gegenüber zu tun, als mit der Tatsache, dass Frank ein Mensch war, dem das Gerede von David, solange es um andere ging, nichts ausmachte. Er überhörte es. Er war der „Meister des nicht Wahrnehmens".
Eine Eigenschaft, die ich zu Beginn unserer Beziehung

nicht gesehen hatte, die sich aber im Laufe der Zeit sehr deutlich herauskristallisierte. Er redete selten und hatte in David jemanden gefunden, der ihm die Zeit vertrieb. Sie gingen zusammen zur Schule und wenn man sich in der Nähe von David aufhielt, konnte man sicher sein, dass man in Ruhe gelassen wurde, denn mit David wollte eh niemand etwas zu tun haben. Er war rechthaberisch und intolerant seinen Mitschülern gegenüber.

Innerhalb Franks Familie, war das Reden auch nicht unbedingt das Kommunikationsmittel der Wahl. Sein Vater starb früh an einer schweren Krankheit und er musste als 18 jähriger, die Verantwortung für seine Mutter und die jüngere Schwester übernehmen. Der Tod des Vaters, setzte die ganze Familie in einem Zustand, der einem Trauma gleichkam. Seine Mutter, eine Frau aus einfachen Verhältnissen, die sich mit der ihr aufgelegten Verantwortung überfordert fühlte und eine Schwester die noch zu jung war, als das sie ihm helfen konnte. So versuchte er das Beste aus der Situation zu machen. Er reagierte immer nur Situationsbezogen und nie vorausschauend. Er selbst befand sich in einem ähnlichen Trauma, dass es ihm versagte tiefer denken zu können. In dieser Zeit lernte ich ihn kennen. Er war 21 Jahre alt, hatte gerade seinen Vater beerdigt und noch keine Träne darüber vergossen. Nicht, dass er nicht traurig gewesen wäre, er wusste nicht was er fühlte, ob er weinen durfte, wütend war, traurig oder verletzt. Er wollte Stark bleiben. Ich selbst war 17 Jahre alt und bewunderte die Ruhe, die von ihm ausging. Kein pubertäres Jungengerede, kein unflätiges Verhalten. Das imponierte mir. Ich durchschaute nicht, dass es sich hierbei um reines Unvermögen handelte.

David stand mir also gegenüber in dieser Bäckerei, süffisant lächelnd. In Sekundenbruchteilen musste ich mich jetzt entscheiden. Was machst du jetzt fragte ich mich. Was ist dein Ziel und was willst du erreichen? Eigentlich handelte ich instinktiv.
Ich lächelte zurück, sah ihn offen an und antwortete:
„Gut, danke. Mir geht es gut! Viel mehr an Wortfindung war mir auch nicht möglich. Mir fehlte die Sprache.
Wir standen beide, in einer Reihe anderer Personen, an der Theke der örtlichen Bäckerei. Zwischen der Bestellung von Hörnchen und Brötchen musste ich mich sehr beherrschen, meine Fassung nicht zu verlieren.
Es war, als würden alle die um mich herumstanden, mir ansehen, was ich gerade dachte. Ich war so aufgewühlt, dass es mir vorkam, als würden meine Gedanken laut durch den Raum schallen. Er bestellte in aller Seelenruhe seine Brötchen und als er sein Familienfrühstück sicher unter den Arm geklemmt hatte, kam er erneut mit einem siegessicheren Lächeln auf mich zu. Nichts bewegte sich mehr in meinem Kopf, alles stand still, kein Ton drang in mein Hirn. Kurz beschlich mich das Gefühl, dass ich niemals die Kraft haben würde mich ihm entgegentreten zu können, niemals seinem Einfluss entkommen könnte. Alles was er ausstrahlte, sein Geruch, sein Blick, seine Gesten, alles lähmte mein Denken.
Ich nahm all meine Kraft zusammen und stellte mir die Frage, was er wohl von mir wolle und wie ich darauf reagieren solle. Ich wusste, dass die Frage die von ihm kommen würde, eine Antwort verlangte. Ich könnte weiterhin den Weg des geringsten Wiederstandes gehen.
Ich könnte aber auch......
In diesem Moment zeigte sich mir ein Weg den ich vorher

nicht wahrgenommen hatte, vor dem ich vielleicht auch Angst hatte. Wenn ich diesen Weg einschlagen würde, wäre er in erster Linie, mit der Aufdeckung von Lügen gepflastert. Lügen die mich selbst belasten würden. Aber sie belasteten mich eh schon so lange, dass es mit Sicherheit an der Zeit war alles aufzuklären, auch wenn dabei andere Personen verletzt würden. Und ich war es leid, mich vor ihm zu verstecken oder Angst vor ihm zu haben, und mit dieser Angst leben zu müssen. Glasklar zogen die Gedanken durch meinen Kopf, passierten jeden Zweifel und bildeten ein Ganzes. Sie reiften schnell zu einem Plan, der für ihn und für viele Andere nicht positiv enden würde.

Ich wusste in diesem Augenblick nicht, ob ich gewinnen oder verlieren würde aber ich wusste, dass ich diesen Weg jetzt gehen musste.

Er sprach mich erneut an.

„Ich möchte dich wiedersehen, mit dir reden. Wann hast du Zeit"?

Wie immer stellte er eine Ablehnung nicht in Frage. Er wusste, dass er mich immer irgendwie beeinflusst hatte und das wollte er auch diesmal. Es kam in seiner Denkweise nicht vor, dass man ihm widersprach. Sofort merkte ich meine Aggression hochschnellen. Ich musste mich sehr unter Kontrolle bringen um lächelnd antworten zu können. Ich ließ ihn also guten Glaubens und antwortete: „ Geh schon mal zum Auto, ich komme gleich nach"! Mit einem Mal war ich sehr ruhig. Meine Gedanken hatten sich gefestigt. Der Plan stand fest und ich würde mich sicher nicht noch einmal freiwillig unter Druck setzen lassen. Ich stellte mir sein Gesicht vor, wenn ich ihm gleich sagen würde was ich dachte. Wie er die Farbe wechseln würde. Ich freute mich geradezu auf diesen Moment. Er konnte sich sicherlich nicht vorstellen, dass ich es jemals wagen würde, die Dinge die ihn so schwer belasten würden, auszusprechen. Wie ein Pfau stolzierte er selbstbewusst zu seinem Auto. In aller Seelenruhe, gab ich nun meine Bestellung auf. Ich wusste, dass was ich jetzt tat war nicht fair. Ich ließ ihn in die Falle laufen. Aber zu lange hatte ich alles akzeptiert und hingenommen, sodass ich jetzt wie eine bösartige, verletzte Seele handelte und ihn leiden sehen wollte. Trotzdem freute ich mich, auf ein Sonntagsfrühstück mit meinen Kindern. Für ihn würde es leider nicht ganz so nett Zuhause werden, wenn ich mit ihm gesprochen hatte.

Mit einem Hochgefühl und meinen frischen Hörnchen unter dem Arm, ging ich also auf sein Auto zu. Er saß in freudiger Erregung auf seinem Platz und fuhr die Scheibe seiner Fahrertür herab.

„Komm, steig ein, lass uns doch ein Stück fahren, da können wir uns besser unterhalten"! sagte er. „Wir haben uns schon so lange nicht mehr gesehen. Ich habe dich vermisst". Ich musste bei dieser Aussage innerlich lächeln und antwortete ihm: „Du hast nicht mich vermisst, du hast die Kontrolle über mich vermisst. Aber ich möchte dir auch nur ein paar Worte sagen. Es ist schon gut, dass ich dich jetzt und hier treffe, sonst hätte ich dich anrufen müssen aber ich sage dir die Dinge lieber persönlich. Ich wurde immer sicherer und auch immer leiser. Also hör jetzt gut zu mein Freund. Heute Abend wird der Zeitpunkt sein, an dem du deiner Frau eine Geschichte erzählen wirst. Eine Geschichte, die uns betrifft. Du wirst nichts auslassen und nichts hinzufügen. Und du wirst jede Frage ehrlich beantworten, denn wenn du unehrlich bist, wird sie es erfahren. Ich gebe dir genau vierundzwanzig Stunden Zeit, die Dinge zu erklären und deine Lügen auf den Tisch zu legen, sonst werde ich es tun. Ich werde dafür sorgen, dass der Kontakt zwischen dir, Frank und meinen Kindern sofort unterbrochen wird, denn ich lasse es nicht mehr zu, dass sie unter deiner Beeinflussung stehen. Ich werde heute Abend mit Frank sprechen und ihn in all die Dinge einweihen, die geschehen sind. Es gibt nichts mehr, was ich noch verlieren könnte und ich denke es ist die Zeit gekommen, dem Lügengeflecht, dass wir uns all die Jahre aufgebaut haben, zu entkommen. Ich für meinen Teil, werde mich nicht mehr in deine Hände begeben und auch nicht weiter lügen. Ich habe mich seit dem Sommer deiner Kontrolle entzogen und merke, dass mir das sehr gut tut. Nun werde ich noch dafür sorgen, dass du meine Kinder nicht mehr kontrollieren und gegen mich aufbringen kannst. Ich werde mich von keiner Seite mehr als Schizophren oder psychisch labil bezeichnen lassen denn, Du hast mit deinen Handlungen den Faden deutlich überspannt und mich zu oft versucht zu schlagen und ich fange endlich an mich zu wehren. Als ich diese Worte sprach, es war an einem Sonntag, einen Tag vor dem Heiligen Abend im Jahr 2001, wusste ich nicht, was ich noch alles erleben würde in meinem Leben. Es war auch jetzt nicht wichtig. Wichtig war für mich in diesem Moment nur, dass ich mich frei gemacht hatte. Frei von Lügen und Manipulation.

Der Weg der vor mir lag, war nicht weniger schwer als der Weg den ich ihm aufgebürdet hatte. Der Unterschied in der Schwere lag nur darin, dass ich ihn gehen wollte, und er dazu gezwungen wurde.

Wir lebten in einem kleinen Dorf in der Nähe von München. Ein typisches kleines verschlafenes Kaff, indem jeder jeden kannte und auch mindestens ein negatives

Gerücht, über jeden im Umlauf waren. Jeder der sich trennte, oder etwas sonstiges Außergewöhnliches machte, wurde die nächsten Wochen als Themenfüller benutzt. Hier passierte sonst nichts, also wurde man als Thema missbraucht. Man wusste, dass der ehemalige Bürgermeister wohl Alzheimer hatte, man wusste, dass seine Frau Alkoholikerin war. Man tratschte über Hinz und Kunz. Und die erzkatholischen Mitbürger, die am häufigsten in der Kirche verweilten und am lautesten beteten, waren die Menschen, die auch am lautesten hetzten, die die meisten Leichen im Keller hatten. Aber diese Menschen, waren im allgemeinen Gefüge anerkannt, wurden als Schützenkönige in teurer Tracht gefeiert. Je teurer umso besser. Diese Menschen taten sich christlich und verteufelten alles Fremde. Die Männer die in der Woche ihre Frauen und Kinder schlugen, standen Sonntags in der Kirche und beteten, danach gingen sie in die Kneipe und tranken bis sie ihr schlechtes Gewissen totgetrunken hatten und wieder schlugen. Beim Frühschoppen fachsimpelten sie über die Familienpolitik. Es wurden teure Autos gefahren, weil man sich das Gerede, über eventuelle Finanznot ersparen wollte. Die Akzeptanz dieser Leute, was das Fremde oder das Andere betraf, war gleich Null. Also, ein ganz typisches Dorf, in dem der Verschönerungsverein über alles, was im eigentlichen Sinne einer Veränderung bedurfte, frische Farbe pinselte. Die Frauen gehörten dem Kirchenchor an und trällerten in schrägen Stimmen jedes Jahr, erneut dem Mai entgegen. Sie zogen abends ihre Männer aus den Armen fremder Frauen, damit niemand bemerkte wie traurig es in ihrer Ehe wirklich zuging. In diesem Dorf wurde ich, zusammen mit meinen drei Geschwistern in meiner Familie großgezogen, ebenso wie mein späterer

Ehemann Frank. Auch David wuchs in diesem Dorf auf und bis heute, ist keiner von uns ausgebrochen. Auch heute noch, wartet man darauf, friedlich betend in der Kirche, es möge endlich einmal wieder jemand die Scheidung einreichen, damit man mal wieder etwas zum tratschen hätte.

David wusste also, dass alles was ab jetzt passieren würde, eine Welle der Entrüstung im Dorf auslösen konnte. Er hatte blanke Angst, vor dem nun eintreffenden Super Gau. Er saß wie versteinert hinter dem Steuer seines Autos. Jegliche Farbe war aus seinem Gesicht gewichen. Ich musste innerlich schmunzeln, weil mir durch den Kopf ging, dass ich diese Gesichtsfarbe nicht genau benennen konnte. War sie mehr grün oder mehr grau, oder vielleicht gelb? Mit tonloser Stimme presste er hervor: „ Das kannst du nicht tun. Du zerstörst alles was mir wichtig ist!
Nun tobte es in Seinem Gehirn! Und wieder ein Farbenwechsel seines Gesichts. Jetzt war es rot und seine Augen blutunterlaufen. Völlige Fassungslosigkeit seinerseits, machte sich breit. Er sah aus, als hätte ich jegliche, von ihm so gern zur Schau getragene Selbstsicherheit, mit meinen wenigen Sätzen zerstört. Er sackte hinter seinem Steuer zusammen, starrte aus dem Fenster, zu keiner Regung mehr fähig.
Ich sagte: „ Doch ich kann und ich werde. Alles was mir heilig und wichtig war hast du in Frage gestellt und am Ende zerstört. Ich zerstöre alles was dir wichtig ist? Was ist mit meiner Familie, mit meinen Kindern, hast du dir darüber schon einmal Gedanken gemacht? Du siehst nur Dich und deinen Verlust! Was hast du mir vor Wochen noch gesagt? Das du ohne mich nicht Leben kannst? Jetzt möchtest du am liebsten alles ungeschehen machen. Aber

das wird nicht gehen David. Ich lasse es nicht zu, dass die Kinder sich von mir entfremden, weil du sie beeinflusst. Ich lasse es auch nicht zu, dass wir, die Kinder und Ich, als Alleinschuldige bestraft werden. Es wird dir nicht gelingen uns zu vergessen oder zu zerstören. Du weißt was du zu tun hast. Ich beendete meinen Monolog mit den Worten: „Ich wünsche dir ein schönes Weihnachtsfest".

Als ich mich umdrehte um zu meinem Auto zu gehen kamen mir kurz Zweifel. War es richtig, jemanden zu zwingen die Wahrheit zu sprechen? Konnte ich ihm das antun? Dann kamen mir die letzten Wochen ins Gedächtnis. Die Angst die er mir gemacht hatte. Die Unwahrheiten, die er über mich erzählt hatte. Die finanzielle Not, in die er mich gebracht hatte und das alles nur um mich seinem Willen zu unterwerfen. Es ist gut so, war meine Antwort auf die Frage. Ich stieg in mein Auto und fuhr mit meinen Brötchen und ausgesprochen guter Laune nach Hause. Im Rückspiegel sah ich ihn immer noch an derselben Stelle stehen. Das Hochgefühl mit dem ich nach Hause fuhr, sowie die Vorfreude auf Weihnachten, wurden leicht getrübt von dem Gedanken an den bevorstehenden Abend und das Gespräch mit meinem Mann.

Der Tisch war festlich gedeckt. Die ganze Wohnung, erstrahlte im Glanz der vielen Lichterketten. Kitsch und Weihnachtsdekorationen in jeder Ecke der Wohnung. Für ihn war es gemütlich, für mich wie immer eine Spur zu viel. Aber in der Gesamtheit musste ich ihn loben. Er hatte es sich in seiner neuen Wohnung sehr gemütlich gemacht. Seit drei Monaten wohnte er jetzt nicht mehr Zuhause. Ich hatte es tatsächlich geschafft, ihn dazu zu bewegen, dieser unerträglichen Situation ein Ende zu bereiten.

Bis dahin lebten wir getrennt in unserem eigenen Haus. Die Einigung zu Anfang sah so aus, dass er im gemeinsamen Schlafbereich bleiben durfte, während ich mein Lager in der Praxis, in den unteren Etagen aufgeschlagen hatte. Aber diese Lösung barg viele Probleme in sich. Wir konnten uns niemals aus dem Weg gehen. Das Erdgeschoss sollte waffenfreie Zone sein, in der sich jeder aufhalten durfte, da sie die Kinderzone war. Und wir wollten beide weiterhin für die Kinder da sein. Ich konnte mir nicht vorstellen, ohne die Kinder zu sein und das wollte ich ihm auch nicht antun. Über ein Jahr schafften wir es, mehr schlecht als Recht, diesen Zustand aufrecht zu halten. Dann kam die Zeit, in der er das erste Mal alleine in Urlaub fuhr.

Im Sommer machte er mit mehreren Kollegen, einen Trip durch Norwegen. Ich zitterte die Wochen davor und hoffte, dass er es nicht in letzter Minute noch absagen würde. Schon am Tag seiner Abreise spürte ich die Entspannung in mir. Zehn Tage hatte ich meine Wohnung für mich. Zehn Tage, in denen es keinen Ärger, keinen Streit und keinerlei Aufregung geben würde. Meine Laune stieg, sobald die Türe hinter ihm ins Schloss gefallen war. Es waren die schönsten zehn Tage in diesem Jahr 2001 gewesen die es bis dahin gegeben hatte. Ich genoss sie in vollen Zügen, lud Freunde ein, verbrachte nette Abende mit meinen Kindern und meiner Freundin. Ich sah die Blumen wieder blühen, hatte Spaß daran den Rasen zu mähen oder einen Spaziergang am Rhein zu machen. Meine Depression der letzten Monate, war auf einen Schlag wie weggeblasen. Wir lachten viel, über alles und jeden, und vergaßen für kurze Zeit alles Belastende um uns herum. Die Kinder entspannten sich herrlich und in diesen Tagen gab es überhaupt keinen Streit, weder unter den Kindern noch zwischen ihnen und mir. Wir verbrachten die Tage lärmend und lustig an unserem Pool, lagen faul in der Sonne, ohne schlechte Laune. Abends wurde gegrillt und bis spät in die Nacht hinein, mit den Kindern Gesellschaftsspiele gespielt. Am letzten Sonntag dieses Urlaubs, verabredete ich mich mit David und seiner Familie zu einem gemeinsamen Ausflug, in den Panoramapark. Ich wollte den Kindern noch einen netten Abschluss dieser schönen Zeit schenken. Ich ging davon aus das wir alle schon unterwegs wären, bevor Frank wiederkommen würde. Das war zumindest ein Herzenswunsch, noch einen Tag herausschinden. Einen Tag für mich und die Kinder den wir noch unbeschwert genießen konnten.

Aber ich hatte mich geirrt. Noch, bevor ich an diesem Morgen richtig wach war, stand er schon in der Tür und verkündete, dass er mit uns zusammen fahren würde. Meine Stimmung sank auf den Nullpunkt. Ich hatte ihn nicht vermisst in diesen zehn Tagen und ich wollte auch weiterhin nicht unbedingt meine Zeit mit ihm verbringen. Ich sah mich schon die 2 Stunden neben ihm im Auto sitzen, gezwungen ein Gespräch führen müssen. Ich hatte wieder einmal die Rechnung ohne den Wirt gemacht. Ihm war es wichtig die Zeit mit mir und den Kindern zu verbringen. Er wollte Gemeinsamkeit erzwingen, um mich unter Umständen umzustimmen und den Vorteil einer schönen Familie zu sehen. Mir war es aber alles Zuviel und ich wollte nur mit David und den Kindern alleine sein. Seine Frau, und auch seine Kinder waren für mich ein akzeptiertes Übel. Sie störten mich nicht, denn mir waren seine Blicke genug. Blicke die tief in mein Herz drangen und es mit Freude auf eine unbestimmte Zukunft füllten. Deutlich machte ich darum meinem Unmut Luft. Wir trafen uns an Davids Haus und mein Gesichtsausdruck verriet meine Stimmung. David turnte in bester Laune um uns herum, die Kinder nervten mich und je besser die Laune der anderen war, umso depressiver wurde ich.

Ich fragte mich, wie ich diesen verteufelten Tag hinter mich bringen sollte und es ergab sich nur eine Antwort. Ich hatte mich so auf diesen Tag mit den Kindern gefreut aber gelingen konnte er für die Kinder nur, wenn ich nicht mitfahren würde. Ich wusste, dass ich es niemals schaffen würde meine Laune soweit in den Griff zu bekommen, dass es für alle erträglich wäre. Also machte ich einen Blick in die Runde und verkündete, dass ich jetzt wohl nach Hause gehen würde, da ich mich nicht imstande sehe den Tag mit Genuss durchzustehen und, dass ich niemandem die Laune verderben wolle. Betretenes Schweigen aus allen Richtungen. Die enttäuschten Gesichter der Kinder, taten mir körperlich weh. Ich drehte mich direkt um und ging schnellen Schrittes vom Platz. Noch bevor irgendjemand reagieren konnte, war ich schon außer Reichweite. Ich ging also mit mir selbst redend, die drei Straßen die wir voneinander entfernt wohnten und versuchte meine Tränenflut zu drosseln. Mein Selbstmitleid war grenzenlos. Und auch mein Ärger über mich selbst. Ich hatte mir einen schönen Tag mit meinen Kindern selbst versagt. Ich lud die Schuld auf ihn.

Wieder hatte er es geschafft, mir einen Tag zu vermiesen dachte ich. Einen Tag, den ich mit den Kindern geplant hatte und auf den wir uns gefreut hatten. Ich schwankte zwischen Wut, Enttäuschung und Selbstmitleid. Irgendetwas musste passieren. Ich konnte so nicht weiterleben. Frustriert kam ich Zuhause an und lief wie in einer Zelle eingesperrt hin und her, unfähig einen klaren Gedanken fassen zu können. Alles stürmte auf mich ein.

David, der mich seit Wochen belagerte und alles damit entschuldigte, dass er sich Sorgen machte. Der mich überreden wollte zurück zu gehen und meine Trennung zurück zu nehmen. Frank der mir jegliche Luft zum Atmen nahm und sich wunderte, dass ich mich wehrte. Die Kinder die mich mit traurigen Blicken tagaus tagein durchbohrten und mir indirekt die Frage stellten: „Mama warum tust du das?" Mein schlechtes Gewissen, dass auf nichts mehr eine Antwort wusste, weil ich nicht mehr entscheiden konnte, was davon der Wahrheit entsprach und was nicht. Wie ein gehetztes Tier, suchte ich nach Antworten und fand keine. Am Ende mit meinen Nerven, rief ich bei meiner Freundin an und weinte mich bei ihr aus. Den ganzen Frust des Tages lud ich bei ihr ab. Sie hörte sich das alles geduldig an und sagte dann nur: „ Mach dich fertig, ich komme dich jetzt gleich abholen. Wir werden uns in die Stadt begeben und in neutraler Zone einen Kaffee trinken gehen. Vielleicht finden wir eine Lösung, war ihre Aussage."

Damit legte sie den Telefonhörer auf ohne eine Erwiderung meinerseits abzuwarten. Ich erwartete nicht eine Lösung zu finden, dazu war ich zu aufgewühlt. Außerdem war meine Freundin Paula, nicht gerade eine lösungsorientierte Person. Sie war erst seit wenigen Wochen meine Freundin und in dieser Zeit in der wir uns kannten hatten wir viele ihrer Probleme besprochen. Eine Lösung hatte es allerdings aus ihrer Sicht nie gegeben.

Trotzdem, alles war besser als hier in diesem Haus auszuharren und sich den Tag vollends zu verderben. Also fuhren wir in die Stadt. Es war ein herrlich warmer Tag im Mai und die Biergärten auf den Stadtplätzen waren gut besucht. Wir suchten uns ein sonniges Plätzchen und versanken vor unserm Bier in Schweigen. Es war kein unangenehmes Schweigen. Jeder hing seinen eigenen Gedanken nach, beobachtete die anderen Menschen und Ruhe kam in mir hoch. Die Spannung der letzten Stunden ließ merklich nach, die Stimmung wurde um Grade besser und sogar ein Lächeln machte sich auf meinem Gesicht breit. Mindestens eine Stunde saßen wir so da, ohne dass jemand von uns das Wort ergriffen hätte. Ich bestelle uns ein weiteres Bier und als der Ober es vor uns abstellte und wir den ersten Schluck genossen hatten, stellte ich die entscheidende Frage: „Was glaubst du müsste ich tun, wenn ich Frank heute Abend eröffnen würde, dass er nun ausziehen müsste?" Sie sah mich lächelnd an und meinte: „Na endlich wirst du vernünftig"! Wir ließen uns vom Kellner einen Bierdeckel und einen Stift geben und ohne ein weiteres Wort, begannen wir einen Punkteplan zu erstellen. Was muss getan werden, um selbstständig leben zu können?

Die Kinderbetreuung muss gesichert sein, ein Kindergartenplatz muss her, ein Job muss besorgt werden, die Konten müssen getrennt werden, ein Termin bei der Bank muss gemacht werden. Was tun, wenn er sich weigert? Wir versuchten alle Eventualitäten zu beachten und waren nach unserem dritten Bier fertig. Wir hatten unseren dreizehn Punkteplan erstellt. Ich wusste nicht, ob ich es wirklich wagen würde, meinem Mann am Abend seinen Auszug nahe zulegen aber es ging mir besser mit dem Wissen, dass es möglich wäre, wenn all diese Dinge die auf dem Plan standen erledigt wären.

Drei Monate war es jetzt her…

seit ich ihm am selben Abend noch gesagt hatte, dass es wohl besser wäre auszuziehen. Er wehrte sich damals mit Händen und Füßen und brüllte mir ins Gesicht, dass er das niemals zulassen würde. An diesem Abend stritten wir das erste Mal laut und heftig.

Nachdem er und die Kinder wieder Zuhause waren, bat ich ihn um ein Gespräch nach diesem, für alle verdorbenen Tag und ich wusste, dass es so nicht weiter gehen konnte. Der Zustand war unhaltbar und für alle unerträglich.

„Frank, bat ich: „Ich muss mit dir reden"! Wir setzten uns also in unseren Wintergarten den ich so liebevoll für uns alle gestaltet hatte. Nun saßen wir hier und mussten über das weitere Fortkommen unserer Familie reden. Es ging mir nicht gut an diesem Abend, ich war sehr aufgeregt.

„Ich möchte, dass du ausziehst". Stille, der Satz hing in der Luft. „Das kannst du nicht von mir verlangen, antwortete er. „Warum sollte ich das auch tun, es ist mein Haus, das weißt du ganz genau. Er lächelte bei diesen Worten. Sie taten mir weh, aber das sollten sie ja auch.

Durch einen dummen Formfehler hatte ich zwar die ganzen Jahre über Bürgschaften bedient und fleißig mitgezahlt um das Haus abzutragen, jedoch stand es im Grundbuch nur auf seinem Namen. Ich hatte mir nie viele Gedanken darum gemacht und auch jetzt war es mir im Grunde egal. Natürlich war es sein Haus und das sollte es auch bleiben. „Ich weiß, antwortete ich, trotzdem wirst du ausziehen. Es ist besser so für uns alle und dieser Zustand ist doch auch für dich unhaltbar". Er brüllte mich jetzt an. „Für mich ist diese ganze Geschichte unhaltbar, warum hast du dich von mir getrennt, du tust als wäre ich ein Monster. Und ich werde nicht ausziehen"! Auch meine Stimme wurde nun lauter. „Ich kann es nicht mehr ertragen, mit dir unter einem Dach leben zu müssen. Du bist kein Monster für mich aber es ist einfach vorbei„! Na klar, es ist so wie David es sagt. Auf dich ist kein Verlass mehr. Diese Worte taten mir unglaublich weh. Mein David, dem ich blind vertraute, den ich liebte, für den ich alles aufgab, schlug sich hinter meinem Rücken auf die Seite meines Mannes. Was für ein verlogenes Spiel er doch trieb. Alles was du heute besprichst, ist morgen nicht mehr wahr. „Frank, wir leben seit mehr als einem Jahr so und es ist für uns alle unerträglich". Die Kinder und ich haben die letzten zehn Tage genossen. Es durfte mal wieder gelacht werden und ich war für sie mal wieder präsent und nicht nur im Keller zu finden. „Das bist du ja selber schuld, du kannst ja wieder hoch ins Schlafzimmer kommen, wenn nicht, dann hast du es verdient da unten zu vergammeln. Diese Worte trafen mich sehr. „Hast du es immer noch nicht begriffen? Ich werde nicht mehr zurückkommen und wenn ich da unten vergammele". Aber du wirst jetzt ausziehen, denn wenn ich zum Jugendamt gehe und dem Sachbearbeiter erzählen muss, dass ich eine Wohnung für 5 Personen suche, während du alleine auf 300 Quadratmetern leben willst, dann hast du eh keine Chance. Die werden dir etwas anderes erzählen. Er stürmte aus dem Raum und ich rief ihm nach. „ Ich gebe dir bis August Zeit, dir eine Wohnung zu suchen. Wenn ich mit den Kindern in Spanien bin, wirst du ausziehen. Am ersten August zog er aus.

Die Wohnung

Heute saß ich also das erste Mal in seiner Wohnung, vier

geräumige Zimmer, sogar ein Zimmer für die Kinder mit allem was das Herz begehrte. Er hatte keine Kosten und Mühen gescheut es ihnen gemütlich zu machen. Und das war ihm gelungen. Seit ihr Papa aus der gemeinsamen Wohnung ausgezogen war, verbrachten sie jede freie Minute bei ihm. Bei ihm gab es Holliday und Süßigkeiten. Er buhlte mit Geschenken und Fernsehabenden. Ich war die Böse die ihn vertrieben hatte. Bei mir wurde die Wohnung geputzt, die Wäsche musste gewaschen werden. Ich verlangte viel Hilfe von den Kindern. Bei ihm fühlten sie sich zeitweise wohler als bei mir. Es verletzte mich natürlich, jedoch wusste ich insgeheim, dass meine Kinder mich liebten. Also versuchte ich Ruhe zu bewahren und nicht gegen ihn zu arbeiten. Es sollte ihnen und ihm gegönnt sein, Zeit miteinander zu verbringen. Sie wollten ihm die Trennung erleichtern und ihm zeigen, dass sie für ihn da sind. So jung waren sie noch und doch schon so verständnisvoll. Meine große Tochter Maya kam oft zu mir und fragte mich wie es mir ginge. Sie machte sich Sorgen um mich und auch um ihren Vater. Was hatte ich den Kindern angetan. Wenn es doch „ nur „ eine Trennung wäre. Wie einfach wäre dann alles. Aber so wurde es für alle bald unerträglich. Ich fürchtete den Zeitpunkt der Wahrheit, wie der Teufel das Licht.

Nun war er da, der Zeitpunkt der Wahrheit. David hatte ihn provoziert und im Grunde war ich fast froh darum.

Ich stand so sehr mit dem Rücken zur Wand, dass es nur noch besser werden konnte.

Die Stimmung war zu Beginn etwas frostig. Ich war nervös und hatte Angst auch wusste ich nicht womit ich beginnen sollte ohne mit der Tür ins Haus zu fallen.

Er bot mir eine Tasse Kaffee an, den ich dankend annahm. Wieder hatte ich etwas Zeit gewonnen. Hektisch zündete ich mir eine Zigarette an und dachte an jemanden der im Moment wohl in einer ähnlichen Situation stecken würde. Ich lächelte bei dem Gedanken daran. Meine eigene Situation erschien mir weniger drastisch als seine. Schwitzend und stammelnd würde er da stehen und händeringend nach einer anderen Lösung suchen. Er würde überlegen wie er sich in die Opferrolle bringen könnte und sich aus der Affäre ziehen könnte. Diesmal würde es ihm nicht gelingen. Allein dieser Gedanke stimmte mich friedlich. Ich war in einer schwierigen Lage aber sie war nicht aussichtslos und ihm ging es mit Sicherheit noch schlimmer. Ein Gefühl der Rache kam in mir hoch.

Wenn ich schon untergehe, dann wird er wenigstens mit mir ertrinken, wenn auch nicht im gleichen See. Ich werde nicht alleine durch die Hölle gehen.

„Du hast dich gut eingelebt wie es mir scheint. Du hast eine schöne Wohnung und die Kinder fühlen sich auch wohl hier. Es tut mir leid, dass ich dir das alles angetan habe. Ich begann meinen Monolog mit einer Entschuldigung. Vielleicht nicht das schlechteste dachte ich mir. Irgendwie musste ich anfangen, ich wollte meinen Befreiungsschlag hinter mich bringen. Alle waren gegen mich, mein Ruf war ruiniert, meine Ehe am Ende, meine Kinder geschockt. Jetzt war es endgültig an der Zeit aus der lethargischen Starre auszubrechen und die Wahrheit zu sprechen. Am Morgen in der Bäckerei hatte ich mich für den Kampf entschieden. Er redete auf mich ein, wie gut es den Kindern gehen würde und was er alles mit ihnen Unternehmen würde und ich hörte nur mit halbem Ohr zu. Ich wartete auf mein Stichwort.

„Ich war noch mit den Kindern in der Stadt" erzählte er. „Ich habe sie mal wieder eingekleidet. Alex brauchte ja wohl unbedingt Schuhe und Sophia hat eine Hose bekommen. Du musst die Kinder besser kleiden, sie laufen ja herum wie in Lumpen. Und dann waren wir am Sonntag bei David und Anja zum Essen eingeladen. Sie hatte wirklich gut gekocht und danach konnten die Kinder im Schwimmbad schwimmen gehen. Das sind die einzigen Freunde die wirklich hinter mir stehen und mir helfen. Demnächst wollen wir mal wieder einen Ausflug mit ihnen machen" Alles Seitenhiebe die mir wehtaten. Ich war weder finanziell noch mental in der Lage all diese Dinge mit meinen Kindern zu unternehmen. Außerdem machte mir die Vorstellung, dass David unbegrenzten Zugang zu ihnen hatte, große Angst.

Aber da war es gewesen, mein Stichwort und meine Aggressionen nahmen zu. Ich konnte an diesem Punkt in das Gespräch eingreifen und wusste auch, wo ich beginnen musste.

„Warum denkst du, bin ich hier?" fragte ich ihn.

„Ich weiß es nicht, gibt es vielleicht wieder irgendeinen Grund um dich bei mir zu beschweren?" beantwortete er die Frage mit einer Gegenfrage. Diese Aussage war nicht ganz falsch.

In den ersten Wochen in denen er ausgezogen war bemerkte ich eine drastische Veränderung im Verhalten der Kinder, wenn sie vom Wochenende nach Hause kamen. Zuerst konnte ich es mir nicht erklären, ich fragte nach und bekam keine Antwort. Nun gut, vielleicht war es nur die Veränderung selbst. Ich wusste, dass er gut zu den Kindern war und dass ich mir keine ernsthaften Sorgen machen musste. Aber nachdem eine Zeit vergangen war und die Kinder immer schweigsamer wurden, bohrte ich vorsichtig nach. Die Geschichten die dann aus den Kindern hervorbrachen schockierten mich aufs Tiefste. Eigentlich schimpfte er die ganze Zeit in der er alleine mit den Kindern war über mich. Er kam einfach nicht damit zurecht, dass er jetzt alleine war, dass ich ihn verlassen hatte. Aus seiner Sicht waren es nichtige Gründe, aus denen ich diese Entscheidung getroffen hatte. Er ließ also seine gesamte Wut darüber an den Kindern aus und beschimpfte sie. Kein normaler Mensch würde solche Schritte mit reinem Geist machen. In einer weiteren Aussage lag die Drohung, dass sie ihn nicht mehr besuchen dürften, wenn sie sich nicht nach ihm richteten und alle an sie gerichteten Arbeiten ohne Wiederspruch ausführten. So wurden die Kinder immer ruhiger und verschlossener und vertrauten sich mir nicht mehr an. Sie erzählten mir auf einmal sehr wenig privates, obwohl sie sonst immer gerne meine Meinung einholten. Ich spürte, dass sie sehr unter Druck standen. Nach langem Drängen und Bohren vertrauten sie sich mir an und wir überlegten gemeinsam was nun zu tun war. Ich stellte meinen Mann noch am selben Tag zur Rede. Er wurde sehr kleinlaut, nachdem er zu Beginn versuchte es abzustreiten und dann zu verharmlosen.

Es waren einfach zu viele Details benannt worden, die sich die Kinder niemals hätten ausdenken können. Kleinlaut gab er es zu und versprach es anders zu machen. Ich gab ihm zu verstehen, dass, wenn die Kinder bei ihm wären, er nicht in der Rolle des verlassenen Ehemanns wäre, sondern in der des Vaters und Erziehungsberechtigten und das er sich tunlichst an diese Rolle halten solle, wenn er die Kinder nicht verunsichern wolle. Wenn ich gewusst hätte, dass er es im Grunde nie ganz geschafft hatte diese Drohungen an die Kinder zu unterlassen hätte ich die Aussage besser interpretiert.

„Vielleicht gibt es ja wieder etwas, worüber du dich bei mir beschweren willst. Hab ich in deinen Augen wieder was falsch gemacht oder warum bist du jetzt hier?

Ich redete nicht lange Drumherum und kam gleich zum Thema.

„Hast du eigentlich eine Ahnung warum David so daran interessiert ist den Kontakt zu dir zu halten?

Er schaute mich verwirrt an, dachte kurz nach.

„ Ja klar, weil er mein Freund ist und sich um mich und die Kinder kümmert. Er versteht es ebenso wenig wie ich warum du die Trennung willst.

„ Ah, er versteht es nicht! Er lügt, merkst du das nicht? Ich wäre an deiner Stelle etwas umsichtiger in der Wahl deiner Freunde.

„Was meinst du damit? Willst du mir meinen letzten Freund schlecht reden. Was hast du auf einmal gegen ihn. Er war dir immer gut genug mit ihm Motorrad zu fahren.

„Frank hier geht es nicht ums Motorradfahren oder ob David dein Freund oder mein Freund war.

„Was hätte er für einen Grund mich zu belügen, warum sollte er das tun?

„Du kennst die Gerüchte die über mich in der Stadt

kreisen?

„ Na klar kenne ich die, grinste er böse. Und ich sage dir was. Ich finde es gut, dass man dich zerreißt. Wer weiß was daran ist an den Gerüchten. Es muss wohl jemand in die Welt gebracht haben der ziemlich schlecht auf dich zu sprechen ist. Voller Genugtuung saß er da und schmunzelte.

„Ich denke nicht, das du es gewesen bist, der diesen Mist in die Welt gebracht hast. Aber ich glaube, dass ich weiß wer es gewesen ist. Es würde mich nicht wundern. Er hat dich doch sicherlich schon mal darauf angesprochen.

„Klar hat er, aber was soll dir das beweisen?

„Frank, er hat diese Sachen in die Welt gesetzt um sich bei mir zu rächen. Das ist Rufmord und das lasse ich nicht zu. Ich muss jetzt anfangen, ein paar Dinge klarzustellen, bevor er es geschafft hat mich und auch unsere Familie noch mehr zu zerstören.

„Du siehst Gespenster. Vielleicht bist du doch verrückt geworden. Das sagt David auch immer. Was hätte er für einen Nutzen daraus mich zu belügen?

„Sein Nutzen? indem er dich und die Kinder unter gedanklicher Kontrolle hat, hat er auch mich indirekt unter Kontrolle. Machtausübung nennt man das. Er will mich in der Hand haben. Er manipuliert dich und mich.

„Jetzt spinnst du total. Er ist mein Freund......

David war immer schon mein Freund. Diese Worte hallten in mir nach. David war ein Mensch, der sich nahm was er wollte. Als Sohn reicher Eltern fuhr er mit dem Mercedes seines Vaters zur Schule, entlang der Bushaltestellen und hielt Ausschau nach seiner nächsten Traumfrau, wie er immer behauptete.

Er besaß außer Frank keine Freunde. Warum er sich Frank als Freund hielt lag auf der Hand. Frank widersprach ihm nicht und er war nicht mit einer eigenen Meinung konfrontiert. Jedenfalls schleppte er ihn regelmäßig mit in die hiesigen Discotheken auf der Suche nach Traumfrauen. Als ich die beiden damals kennen lernte, kam mir dieses Gespann ziemlich lächerlich vor. Ich sah jemanden, der klein, gedrungen und nicht allzu hübsch war. Er führte das Wort und ergötzte sich an der schüchternen Wortlosigkeit des anderen. Damit kam er sich besonders cool vor. Er stolzierte wie ein Pfau durch unsere damals beste Diskothek mit muskelbepackten Türstehern. Wir Mädchen, kaum 16 Jahre alt, kamen uns alle extrem wichtig vor, wenn wir es geschafft hatten an dem Türsteher vorbeizukommen. Und noch viel wichtiger, wenn jemand draußen bleiben musste, wenn er der Kleiderordnung nicht entsprach. Die damalige Mode beschrieb glatte Pagenköpfe. Wohlfrisierte Standartschnitte, gute Kleidung mit Lederkrawatten und Rüschenblusen auf Bundfaltenhosen. Man wollte auffallen, durch gutes Benehmen und gewählte Aussprache. Die Abgrenzung, zu den anderen, die Bundeswehrhosen und zerrissene Hemden trugen war groß. Popper und Punker. Eine ewige Konkurrenz.
Die beiden stolzierten also vor meinen Augen ins Lokal. Er mit breiten Schultern und noch breiterem Grinsen. Er war siegessicher hier und heute ein Mädchen aufzureißen. Im Verlauf der nächsten Wochen sah ich die beiden häufiger. David immer laut und provokativ. Er wollte gesehen und gehört werden und er wurde gesehen. Sobald er den Raum betrat ließ er seine Blicke schweifen, auf der Suche nach seiner großen Liebe.
Frank war eigentlich nur Beiwerk. Er stand halt dabei und

manchmal unterhielt er sich leise mit dem ein oder andern. Jedenfalls reifte in mir der Entschluss niemals ein Foto in Davids Sammlung der „großen Lieben" zu werden.

In all seiner Pfauenschönheit war ihm noch nicht aufgefallen, dass ich und auch viele andere ihn als hirnlosen Proletarier sahen.

„Du denkst wirklich noch, dass er ein Freund ist? Wann lernst du endlich, dass er das eigentlich nie war? Überleg doch mal wie die letzten Jahre abgelaufen sind. Hat er sich mit dir beschäftigt? War er da, wenn du Probleme hattest? Nein, er war nie für dich da. Du rennst einem Hirngespinst hinterher und ich weiß, dass er ein ziemlich mieses Spiel mit dir spielt. Frank dachte nach.

„ Ja, Ja du hast die ganze Zeit mehr Kontakt zu ihm gehabt und ich habe dir das auch gegönnt, weil ich mir nichts dabei gedacht habe. Du brauchst eben mehr Kontakt nach außen und ich hasse es in Bistros uns Diskotheken herumsitzen zu müssen. Ich mag auch nicht mit ihm Motorrad fahren, also was willst du? Es war doch "Ok so und jetzt ist er halt auf meiner Seite und warum sollte er mich belügen und über dich herziehen? Er sagt nur, dass ich vorsichtig sein soll, weil er dich für berechnend und unfair hält und damit hat er ja wohl Recht. Du trennst mich seit einem Jahr, von allem was mir wichtig war. Du trennst dich von mir, willst dass wir alle im Haus bleiben, dann willst du, dass ich ausziehe. Nichts ist auf lange Zeit sicher vor Veränderungen. Ich bin es leid, hin und her gestoßen zu werden und David hilft mir lediglich mich zu wehren. Du hast mir völlig den Boden unter den Füßen weggezogen und erwartest, dass ich dir noch glaube? Du bist naiv.

Ich glaube dir kein Wort mehr und David ist mein Freund und hilft mir. Basta. „ Na klar, hört sich alles einleuchtend für dich an. Aber auch nur weil er zu feige ist dir die Wahrheit zu sagen. Er setzt alles dran, dass nichts ans Tageslicht kommt. Deshalb versucht er mich kaputt zu machen, damit ich nichts mehr richtigstellen kann.

Frank, er spielt ein ziemlich mieses Spiel mit dir und ich werde das beenden. Ich muss es beenden, damit du und ich und auch die Kinder mit ruhigen Gewissen weiterleben können.

Er hat ihn gut im Griff dachte ich. Genau wie er mich im Griff hatte, all die Jahre. Aber damit muss jetzt Schluss sein. Ich muss ausbrechen und die Wahrheit sagen, sonst werde ich nie wieder glücklich werden können. Ich überlegte warum Frank so dachte. Natürlich, für ihn deutete sich alles so, wie er es sagte. Aber was war passiert?

Ich ließ die letzten Jahre Revue passieren. ....

Erster März

Schmunzelnd dachte ich an den ersten März 2000 Faschingssonntag. Wir waren zusammen in einen Kurzurlaub aufgebrochen. Es war ein wunderschönes, altes Bauernhaus mit einem Reetdach und vielen kleinen Fensterchen. Ein uralter offener Kamin im dem kleinen Wohnraum verbreitete wohlige Wärme. Das Haus war im Inneren um einiges größer und wohnlicher als man es von außen hätte vermuten können. An eine große geräumige Wohnküche schloss sich das Wohnzimmer an. Die Eigentümer hatten es liebevoll ausgebaut und mit vielen Annehmlichkeiten ausgestattet. Im Garten, direkt im Anschluss an eine große Terrasse befand sich die Sauna. Der Garten war riesig mit Tretbecken und Wasserbad. Ein Ort zum Wohlfühlen, dachten wir, als wir das Haus betraten. Wir hatten es zusammen mit David und Anja gemietet um über die Faschingstage dem Trubel zu entkommen. Mit von der Partie waren unsere insgesamt 7 Kinder. Vier davon waren unsere, die anderen drei die Kinder von Anja und David. Das Alter der Kinder lag zwischen 9 Monaten und 9 Jahren und ich glaube heute, dass, wenn das Wetter besser gewesen wäre, vieles nicht passiert wäre. Leider hatten wir alles andere als gutes Wetter. Es stürmte den lieben langen Tag in Eiseskälte ums Haus und nur selten konnten wir es verlassen. Nach kurzen Spaziergängen am Watt waren besonders die Kleinen halb erfroren. Niemand hatte Lust nach draußen zu gehen und so verbrachten wir die meiste Zeit im Wohnraum vor dem Kamin. Die Idee dieses Haus zu mieten kam von mir selbst. Ich hatte es mir gemütlich vorgestellt ein nettes Wochenende auf dem Land mit unseren Freunden verbringen zu können.

So aber war nach zwei Tagen die Stimmung denkbar schlecht. Alle waren gereizt, die Kinder stritten und tobten. Wir wussten nicht so recht wohin mit unserer Langeweile und die Nerven lagen blank. Nachdem wir am Abend ein gezwungenes Abendessen mit allen hinter uns hatten und die Kinder endlich in ihren Betten schliefen, nahmen wir uns vor in die Sauna zu gehen und den Tag friedlich ausklingen zu lassen. Aber es sollte alles anders kommen. Meine Freundin Andrea hatte es noch prophezeit und mich gewarnt. "Katherine das geht nicht gut!" Pass auf dich auf! Es wird bestimmt eskalieren.

Frank und ich gingen zusammen auf die Terrasse um den Saunaofen zu heizen und den Saunaraum vorzubereiten. Ich vermied peinlichst ein persönliches Gespräch, und war mit meinen eigenen Gedanken beschäftigt. Von draußen konnte ich durchs Küchenfenster sehen. Ich sah Anja und David an der Spüle stehen und erregt miteinander sprechen. Ich wusste nicht worum es genau ging aber mich beschlich ein ungutes Gefühl. Als er mich sah lächelte er mich hinter ihrem Rücken an und zwinkerte mir zu. Bei all der Spannung die an diesem Tag in der Luft gelegen hatte, drehte sich mir der Magen um.

Dieser Mensch versteht mal wieder gar nichts, schimpfte ich im Stillen. Alles geht schief an diesem Wochenende und er tut so als wäre nichts geschehen. Anja, läuft ständig mit einer Trauermiene durchs Haus und Frank nervt. Die Kinder gehen mir auch auf die Nerven und es sind natürlich nur meine die zu laut sind. Oh Gott wäre dieses Wochenende doch schon vorbei.

„ Kannst du mir vielleicht mal helfen? Frank sprach mich aggressiv an. In meinen Gedanken gefangen hatte ich nicht bemerkt, dass er Hilfe brauchte.

Das wurde mir natürlich jetzt vorgeworfen. Man du denkst auch nur an dich. Ich habe dich jetzt schon mehrmals gebeten mir zu helfen aber es scheint so als wärst du mit deinen Gedanken mal wieder ganz woanders oder bei jemand anderem. Das war ein klarer Angriff.

Ich schoss herum, funkelte ihn an und antwortete entsprechend gereizt.

„Was willst du überhaupt von mir? Warum bist du so gereizt? Ist wieder mal irgendwas nicht so wie du es gerne möchtest? Ich weiß nicht mehr aus welchem Grund wir überhaupt stritten. Wahrscheinlich gab es keinen genauen Grund. Franks Aggressionen schwanden einer weinerlichen Selbstmitleid heischenden Stimme.

„ Was ist eigentlich los mit dir? Du kümmerst dich schon die ganze Zeit überhaupt nicht um mich. Du bist total abweisend und schläfst auch nicht mit mir. In den Arm nehmen darf man dich auch nicht. Was habe ich dir bloß getan, du siehst mich nicht mehr und ich glaube bald du liebst mich gar nicht mehr.

Zack!

Der Satz hallte laut in meinem Kopf nach. Völlig unbeweglich saß ich auf der Bank vor der Sauna, sah meinen Mann weinerlich und trotzig vor mir stehen. Nur halbherzig und mit einiger Wut setzte ich zur Verteidigung an aber mein Hirn begann auf einmal andere Gedanken zu produzieren.

„Was stellst du dir eigentlich vor, begann ich meine Verteidigung.

Wir sitzen hier seit Tagen mit 7 Kindern in der Bude, es regnet und stürmt an einem Streifen und wir gehen uns tierisch auf die Nerven. Und du erwartest, dass ich mich nur dir widme und an Sex denke? Ich glaube es ja nicht. Hast du noch andere Probleme?

Noch während ich das sprach zog mein Leben an mir vorbei. Sicher, bequem, einen vierspurige Autobahn. Ein schönes Haus, Pool, Garten, die Kinder. Ein sicheres Einkommen, alles vom Feinsten.

Ich sah mich auf der Bank sitzen, sah Anja und David am Fenster stehen, sah Franks Augen vor mir triefen. Ich sah den Mann, mit dem ich auf den Tag genau 20 Jahre zusammen war, an und fragte mich ob ich ihn wirklich noch liebte oder ob ich ihn je geliebt hatte?

Was wollte ich? Wo war ich? Wo wollte ich hin?

Ich sah wieder die vierspurige sichere Bahn und sah noch einen anderen Weg. Einen kleinen steinigen Trampelpfad, übersäht mit Schlaglöchern und Behinderungen. Keine Sicherheiten mehr, kein ruhiges Leben. Unsicherheiten und viel Arbeit lagen vor mir.

Ich sah ihm wieder in die Augen und mir blieb einen Moment das Herz stehen, bevor ich weitersprach. „ Ja, du hast Recht. Ich liebe dich nicht mehr, schon sehr lange nicht mehr. Ich hatte nur nicht den Mut es dir zu sagen aber jetzt ist es wichtig, dass du es weißt und ich werde es nicht zurücknehmen.

Ich möchte mich von dir trennen, weil ich mir seit diesem Moment nicht mehr vorstellen kann mit dir länger zusammenzuleben. Ich habe es mir nie eingestanden, immer gedacht „ es wird schon noch". Aber es wird nicht und ich muss einfach mal dazu stehen, dass es so ist. Es tut mir leid.

In diesem Moment sah ich David nur mit einem Handtuch bekleidet, grinsend durch den Flur auf mich zukommen. Ich gab ihm ein unmissverständliches Zeichen, dass er den Rückzug antreten solle. Er wurde blass, drehte sich auf dem Absatz herum und verschwand.

Nun saß ich hier in diesem Bauernhaus, den Trampelpfad vor Augen. Es gab keinen Fluchtweg und keine Ausweichmöglichkeit. Frank war wie versteinert. Er beteiligte sich nicht an den Gesprächen an diesem Abend und auch ich hatte meine Schwierigkeiten normal zu erscheinen. Die Stimmung war sehr gedrückt und jeder war mit seinen eigenen Gedanken beschäftigt. David versuchte, ohne zu wissen was geschehen war, die Stimmung zu heben. Er redete und redete und niemand von uns konnte seinem Gerede folgen. Ich saß wie unter einer Glocke, bemüht meine Panik und meine wilden Gedanken zu kontrollieren.

Diesen Abend musst du noch hinter dich bringen und wenn du wieder Zuhause bist fängst du an alles zu regeln. Ich dachte an die Kinder und wie es wohl weitergehen würde. Ich wusste es nicht, trotzdem fühlte ich mich seltsam befreit. Befreit von einer Last die mir nie deutlicher erschienen war als heute auf der Terrasse. Zeitig an dem Abend zog Frank sich zurück in unser Schlafzimmer. Ich glaube er erhoffte sich noch, dass ich auch in unserem gemeinsamen Schlafzimmer übernachten würde. Den Gefallen konnte ich ihm aber unmöglich tun. Es war das erste Mal, dass ich nicht mit ihm in einem Bett schlief und selbst mir kam es in diesem Moment komisch, falsch und verunsichernd an. Auch Anja ging nach dem ersten Glas Wein frühzeitig zu Bett und ich war endlich alleine mit David. Ich brauchte dringend jemanden, mit dem ich mich unterhalten konnte. Wir saßen uns gegenüber, lange Zeit sprach niemand.

„Na: „was hast du wieder gemacht? Womit hast du wieder um dich geschlagen? Er lächelte mich an.

„Ja es hat Streit gegeben, er hat eindeutige Fragen gestellt. Es waren die falschen Fragen und darauf hat er heute noch eindeutigere Antworten bekommen. Die haben ihm nicht gefallen.

„Nun komm, es wird schon wieder besser werden. Beruhig dich und morgen sieht die Welt schon besser aus. Jeder streitet sich mal. Worüber habt ihr denn gestritten?

„Tja eigentlich nur darum, dass ich mich nicht genügend um ihn kümmern würde und ihn ignorieren würde.

Er grinste mich an. „Na ja, besonders aufmerksam bist du wirklich nicht.

„Mann, verstehst du es nicht. Ich kann nicht, nicht hier und wahrscheinlich auch in Zukunft nicht. Mir ist endlich klar geworden was ich wirklich fühle und ich habe es mir und ihm auch deutlich machen können.

David, ich habe mich eben von ihm getrennt, habe ihm gesagt, dass ich mit ihm nicht mehr leben kann. Ich habe es endlich geschafft mich zu befreien.

„Was hast du getan? Entsetzen stand in seinen Augen. Willst du mir sagen du hast dich getrennt? Die Spannung unter der er stand war fast greifbar.

Mit einem Lächeln auf den Lippen sah ich ihn an und sagte: „Ja habe ich! Und ich fühle mich gut dabei. Auf seine Reaktion war ich jetzt sehr gespannt. Er hatte wohl verstanden, dass es sich nicht um eine vorübergehende Laune hielt. Totenstille, nichts drang über seine Lippen. Er saß da wie versteinert wurde leichenblass, starrte ins Leere. Dann kam Leben in ihn. Er sprang aus dem Sessel und rannte ins Bad. Minutenlang erbrach er sich in die Toilette. Nach geraumer Zeit folgte ich ihm und konnte ihn durch den Spiegel hindurch ansehen. Erbärmlich, dachte ich. Diese Eröffnung schien ihm nicht bekommen zu sein. Ich sah sein Spiegelbild durch die Türe an, er war aschfahl und auf einen Schlag nüchtern.

Er sprach mit dem Ausdruck blinden Entsetzens in den Spiegel hinein: „ Das kannst du nicht tun. Es geht nicht, du kannst ihn nicht verlassen. Es wäre nicht gut, du weißt warum. Bitte tu das nicht, bitte, das macht alles nur noch schlimmer. Denk an deine Kinder, bitte, das hat er nicht verdient. Er bettelte und versuchte sich in Argumenten und ich dachte wieder was ich doch für einen Feigling vor mir hatte. Sich wie ein Wurm windend und nach umstimmenden Worten suchend.

„ Doch David, ich kann und ich muss und ich werde. Es ist nicht mehr als fair.

Diese Situation muss aufgeklärt werden. Ich werde nie wieder mit ihm unter einem Dach leben können. Ich will ihn nicht mehr anfassen müssen, ihn nicht mehr lieben müssen. Ich mag ihn nicht riechen und nicht küssen. Es ist vorbei David. Ich habe mich entschieden und auch du wirst es nicht mehr ändern können. Versuch nicht mich umzustimmen, ich habe lange genug ausgehalten. Wenn wir Zuhause sind werde ich sehen wie es weitergehen kann. Ich werde es schon regeln können, denn ich werde meinen Weg mit den Kindern alleine weitergehen. Er blitzte mich an kam auf mich zu, ich roch seinen Atem, der nach Alkohol und Erbrochenem roch und er wurde merkwürdig scharf in der Stimme als er sagte: „Was meinst du damit.. Ich muss es aufklären?" Was willst du noch durcheinander bringen? Er stand eine Handbreit vor mir und funkelte mich an.

Ich sah seine Hände geballt und bekam Angst. Er hatte mir noch nie Angst gemacht, bis hierhin konnte ich ihm immer vertrauen.

„Jetzt beruhige dich mal, es geht dich nicht das Geringste an was ich tue und jetzt lass mich in Ruhe. In diesem Augenblick steckte Anja ihren Kopf verschlafen aus der Tür und sah uns voreinander stehen.

„Was macht ihr, warum schreitet ihr? David, was ist los? Komm jetzt ins Bett, lass uns schlafen gehen. Wir können alles andere morgen besprechen. Los jetzt, komm. Sie kam durch die Tür und zerrte David am Ärmel seines Hemdes ins angrenzende Schlafzimmer. Er sah mich beim Hinausgehen böse an, sagte aber nichts mehr und ich war unendlich froh alleine zu sein.

Ich sah meiner Freundin nach, und war dankbar, dass sie mich ohne, dass sie es wusste, aus dieser bedrohlichen Situation herausgeholt hatte. Ich ging zum Sofa und verkroch mich tief unter meiner Decke. Hier und jetzt alleine auf einem fremden Sofa. Mit fremden Gerüchen, fremder Umgebung. Es kam mir surreal vor, mit dem Wissen, meinen Mann im Nebenzimmer alleine in unserem Bett liegend. Mein Gefühl schwankte zwischen Befreiung, Verwegenheit, und Schuld. Mir schlug das Herz immer noch zum Halse hinaus und ich brauchte lange, bis ich meine Gedanken geordnet hatte und die Situation für mich verstanden hatte. Alles was in Zukunft passieren würde musste ich alleine bewältigen, soviel stand schon mal fest. Kein Gedanke drang sonst mehr in meinen Kopf. Alleine sein und schlafen, das war alles was ich noch denken konnte. So fiel ich in einen unruhigen Schlaf aus dem ich mehrere Male erwachte mit Angst und einem schlechten Gewissen meinen Kindern gegenüber. Mehrfach dachte ich in diesen Momenten darüber nach einfach ins Nebenzimmer zu gehen, mich an meinen Mann zu kuscheln und alles zurück zu nehmen. Das wäre das Einfachste. Wie sollte ich es den Kindern erklären? Hatten sie nicht viel eher verdient ihre Sicherheit behalten zu dürfen. In Ruhe und Geborgenheit einer Familie aufwachsen zu dürfen.

Ich dachte an meine große Maya, so verständig und so chaotisch mit dem Urvertrauen in ihre Mama und ihren Papa. Peer und Sophia, die Zwillinge, jeder ein eigener Kopf, noch sehr ungeformt und unsicher und mit viel mehr Misstrauen in ihrer Seele, leicht zu erschüttern. Gerade die beiden brauchten ein genaues Ziel und Festigkeit. Mein Jüngster, Alex, gerade mal zwei Jahre alt, noch ein Baby fast, was würde aus ihm werden? Ich hatte ihnen heute eine Last auf die Schultern gelegt, die sie in ihrem Urvertrauen erschüttern würde. Wenn ich an diese Kinder dachte, die friedlich oben in ihren Betten lagen und noch nicht wussten was sie erwartete empfand ich körperliche Schmerzen. Es lag mir fern ihnen weh zu tun, jedoch sah ich keinen anderen Ausweg. Was empfand ich für Frank? Was war das in mir? Auch nur die leiseste Trauer, den leisesten Verlust, irgendwas? Nein, ich empfand gar nichts. Ich sah ihn vor Augen, spürte seine Nähe und fühlte mich direkt befreit bei dem Gedanken nie wieder mit ihm in einem Bett übernachten zu müssen. All die Angst die ich empfand, empfand ich nur bei dem Gedanken an die unbestimmte Zukunft die mich umfangen würde, sobald ich Zuhause war. Krampfhaft versuchte ich meine Panik niederzudrücken. Na das hatte ich ja wieder toll hinbekommen.

Es war wie immer. Typisch Katherine dachte ich. Ich fällte Entscheidungen immer spontan und aus der Situation heraus, dabei vergaß ich oft die Folgen die sich daraus ergaben. Wenn ich eine Situation nicht mehr ertragen konnte, dann musste sie sofort geklärt werden. Genauso wie ich keinen Streit länger als einen Tag ausfechten konnte, war ich auch nicht in der Lage schwerwiegende Entscheidungen langfristig zu überdenken.

Und nun saß ich da und schob Panikattacken vor mir her. Nicht, das ich nicht vorher schon über bestimmte Dinge nachgedacht hätte aber das entscheidende Argument blieb mir, solange versagt, bis mein Hirn es zuließ es auszusprechen. Ich wusste im Unterbewusstsein schon sehr lange, dass ich meinen Mann nicht mehr liebte aber ich verbot es mir selbst, diesen Gedanken zuzulassen, denn er hätte Veränderung und Handlung bedeutet. Eine Veränderung die ich nicht umzusetzen wusste und die darauf wartete begonnen zu werden. Heute war wohl der Tag an dem ich diesen Gedanken das erste Mal ausgesprochen hatte und leider konnte ich ihn nicht mehr zurücknehmen. Ich musste gehen. Wenn er mir diese Frage an diesem Tag nicht gestellt hätte. Was wäre dann gewesen? Hätte ich je den Absprung geschafft? Mit Sicherheit nicht zu dieser Zeit.

Nun hatte ich diesen Gedanken aber zugelassen und er war aus meinem Gehirn nicht mehr zu löschen. Die Zeit war denkbar schlecht um eine solche Entscheidung zu fällen aber wenn er einmal da war, der „Point of no Return" dann war es nicht zu ändern. Schon damals als ich mit meinem jüngsten Sohn schwanger wurde konnte ich die Türe in meinem Rücken zuschlagen hören. Dieses Kind war nicht mehr geplant, jedoch war ich nicht dazu in der Lage es nicht zu bekommen. Meinen Kleinen den ich heute so sehr liebte. In diesem Moment damals jedoch wurde mir sehr deutlich bewusst, dass die Zeit des Rückzugs noch nicht gekommen war. Im Stillen hatte ich mir die Trennung also schon vorgestellt, wenn die Kinder größer wären. Nur, es war nie als klarer und deutlicher Gedanke durchgegangen. Jetzt sah alles anders aus. Es war mir nicht mehr möglich die Frage mit einer Lüge zu beantworten.

Tausend Gedanken durchzogen meinen Kopf und bescherten mir eine unruhige Nacht und eine Frage blieb zum Schluss haften.

Liebe?

Hatte ich ihn je geliebt?

Ich weiß es nicht genau. Ja ich war verliebt damals als ich ihn näher kennen lernte. Er imponierte mir, mit seiner ruhigen Art immer über den Dingen stehend. Heute weiß ich, dass er nicht darüber stand, sondern einfach keinen Gedanken daran verschwendet hatte was andere bewegte. Ich respektierte und achtete ihn sehr und ich war ihm dankbar für das was er für mich tat. Er gab mir Sicherheit und lehrte mich, immer und zu jeder Zeit meine eigenen Gedanken zu festigen und sich niemals ganz auf andere zu verlassen. Heute weiß ich, dass er mir nie hätte helfen können und ich von Beginn an immer auf mich alleine gestellt war.

Als ich ihn kennenlernte, ich war 17 Jahre alt und wohnte noch mit meiner Mutter und meinem Bruder in meinem Elternhaus. Ich war ein normaler Teenager mit all seinen vielen Träumen und Wünschen. Gerade zu Beginn des Erwachsenwerdens war die Situation Zuhause wie bei vielen anderen Jugendlichen auch. Oft dachte ich über die Gesprächsthemen der „sogenannten" Erwachsenen nach. Über was redeten sie, wie redeten sie? Vieles konnte ich in meinem weltverbessernden Gedanken gar nicht nachvollziehen. Ich sah sie alle als sehr oberflächlich und desinteressiert an. Die Welt wurde immer schlechter, immer schwieriger und um mich herum redete man über Frisöre, Kosmetiker und Beziehungsprobleme. Die Situation war dementsprechend angespannt und aggressiv. Ich verstand meine Mutter nicht und sie wollte mich nicht verstehen. An dem Tag als meine damals allerbeste Freundin bei einem Verkehrsunfall ums Leben kam stürze meine eh schon angeschlagene Welt in die dunkelsten Tiefen der Hölle. Beim Überqueren der Straße wurde sie von einem viel zu schnell fahrenden Auto angefahren und hoch in die Luft geschleudert. Sie flog mehrere Meter weit, beobachtet von allen Passanten auf dieser belebten Straße und niemand war einer Bewegung fähig. Hart schlug sie nach Sekunden, die sich wie Minuten anfühlten mit dem Kopf auf der Bordsteinkante auf und war nach wenigen Minuten Tod. Als der Notarzt endlich eintraf, waren jegliche Wiederbelebungsversuche umsonst. Blutend und verrenkt lag sie auf der Straße und hatte ihr Leben durch die Unachtsamkeit eines Betrunkenen verloren. Sie war der Mensch in meinem Leben die verstanden hatte was ich dachte und mich auffing, wenn ich Probleme hatte, ebenso wie ich sie auffing, denn auch sie hatte ein ähnliches Zuhause in dem es nur darum ging den Tag hinter sich zu bringen. Wahrscheinlich denken die meisten Jugendlichen so. Erst wenn man erwachsen ist, weiß man, wie das Leben funktioniert oder auch nicht, dann werden die meisten Probleme in den Hintergrund verdrängt und es geht nur darum den Tag erfolgreich abzuarbeiten. Ich vertraute mich an diesem Tag meiner Mutter an und hatte erwartet, dass sie wie eine normale Mutter reagieren würde, meinen Schmerz erkennen und nachempfinden könnte. Sie hatte selbst im Krieg gute Freunde verloren, sie hatte ein Kind verloren und ich war mir sicher sie würde es verstehen. Ihr Kommentar auf meinen Hilfeschrei war nur. „ Besser Sie als du". Das war ein Satz der mich noch tiefer stieß.

Ich verfiel in Depression und Trauer. Ich fing an zu rauchen und alles um mich herum hatte keinen Sinn mehr. Alles versank im Nichts. Ich war allein und hatte niemanden mehr dem ich auch nur im Entferntesten vertraut hätte. Meine Geschwister waren zu diesem Zeitpunkt schon genug mit sich selbst beschäftigt und mein Bruder war noch fast ein Kleinkind in meinen Augen. Also war ich das erste Mal ganz alleine und das spürte ich sehr, sehr deutlich. In dieser Familie war man allein. Aus heutiger Sicht, sehe ich natürlich nur eine pubertierende 16 jährige, die irgendwie nach Halt suchend immer wieder auf Unwegsamkeiten und Steine trifft. Damals war es für mich eine Erkenntnis die mich wie ein Hammerschlag traf. Und es formte mich. Es gab mir die Angst vor Einsamkeit, Unverstanden sein und Hilflosigkeit. Dinge vor denen ich heute noch Angst habe.

Papa

Mein Vater glänzte zu dieser Zeit ebenso mit Abwesenheit in meinem Leben. Eigentlich ist er nie existent für mich gewesen. Er hatte mir klar und deutlich zu verstehen gegeben, dass er kein Interesse an mir hatte. Für ihn gab es nur meinen kleinen Bruder, den Kronprinzen. Mein Bruder Clemens war das größte für ihn. Er betete ihn an und nichts war ihm Zuviel. Mich und meine zwei älteren Schwestern nahm er nicht einmal wahr. Meine Eltern waren zu diesem Zeitpunkt schon geschieden. Nach jahrelangem Stress und Streit hatte meine Mutter es endlich geschafft sich von diesem Mann zu lösen. Er war uns nie ein guter Vater, schlug uns oft grundlos oder aus eigener Aggression heraus. Er schlug meine Mutter und bedrohte sie mit der Waffe, betrog sie mit anderen Frauen und nahm sie nicht ernst. Sie duldete jahrelang diese Demütigungen. Oft reichte meine Mutter die Scheidung ein und zog sie auch regelmäßig aufgrund seiner Drohungen wieder zurück. Wie sie, gewöhnten auch wir uns an seine unberechenbare Art. Wir gingen ihm aus dem Weg, sobald er in der Tür stand. Er war nicht oft Zuhause, sodass es erträglich war. Manchmal konnte er auch ganz anders sein. Dann kam er mit lautem Hallo herein und überhäufte uns mit Geschenken und war einfach nur ein ganz normaler Vater der zuhören konnte und da war. Meistens aber log er und betrog und brachte unsere Familie an den finanziellen Ruin. Nicht, dass er nicht arbeitete oder kein Geld verdiente. Nein, er gab es nur immer sofort für sich selbst aus. Er verließ meine Mutter endgültig und lies sie mit einem hohen Schuldenberg zurück als ich 14 Jahre alt war. Als die Scheidung endlich ausgesprochen werden sollte, bat sie mich sie zu begleiten, da sie große Angst vor seinen Aggressionen hatte und niemand mehr da war der sie hätte begleiten können. Sie tat mir sehr leid an diesem Tag. Meine arme Mama, alles verzieh ich ihr an diesem Tag. Ich wuchs in dieser Familie auf und wurde zu einem Menschen geprägt der sich schon früh seine eigenen Wahrheiten suchte. Im Grunde nicht anders wie David auch. Ich wollte es aber auf jeden Fall anders machen. Ich wollte eine heile Welt basteln, wenn ich erwachsen wäre. Einen Mann suchen, der für seine Kinder da wäre und sie alle liebte. Gemeinsame Ausflüge unternehmen würde, genau wie die Väter meiner Freundinnen es auch taten. Gemütliche Abende mit Gesellschaftsspielen, Lachen, Weinen und Anteilnahme. Ich dachte mit den Gefühlen einer 14 -16 Jährigen, sehr naiv und blauäugig aber ich glaubte daran, dass es möglich wäre eine solche Familie zu bekommen. Und ich wollte sie schnell. Die Unberechenbarkeit meines Vaters und die Hilflosigkeit meiner Mutter trieben mich dazu schnell erwachsen zu werden und dieser Familie zu entfliehen. Er war ein sehr unberechenbarer Mann. Einmal schlug er mich so hart und ausdauernd, dass ich währenddessen dachte, dass ich nun wohl sterben würde.

Der glühende Hass in seinen Augen, jagte mir Todesangst ein. Es war an einem Sonntagnachmittag. Ich war alleine in unserem Wohnzimmer und hörte Musik. Mit meinem alten Kassettenrecorder und einem kleinen Mikrofon nahm ich meine Lieblingstitel auf. Irgendwann kam mein Bruder ins Wohnzimmer und schaltete den Fernseher ein, sodass an eine geräuschfreie Aufnahme natürlich nicht mehr zu denken war. Der Streit entbrannte und mein Vater, der sich in seiner Ruhe gestört fühlte, stürzte wutentbrannt ins Wohnzimmer. Hätte ich gewusst, dass er im Zimmer nebenan war, wäre es niemals zu diesem Streit gekommen. Ich hätte ihn nicht zugelassen, da ich wusste was geschehen würde. Und es kam auch so.

Er brüllte mich an: „Lass deinen Bruder in Ruhe. Ich habe ihm erlaubt, fernzusehen und da hast du dich nicht reinzumischen". Ich packte meinen Kram zusammen und verließ das Wohnzimmer mit einem kleinen Satz, ganz leise. Ich hätte ihn besser nur gedacht, aber er hatte ihn gehört. „War ja klar das, das so abläuft". Ich wusste es schon, als ich den Satz ausgesprochen hatte, dass ich einen großen Fehler gemacht hatte. Er stürzte hinter mir her und in derselben Sekunde, spürte ich den ersten Schlag am Kopf. Im Beisein meines schreckstarren Bruders, schlug er immer wieder auf mich ein. Selbst als ich schon am Boden lag schlug und trat er immer noch. Nach für mich unendlich langer Zeit ließ er von mir ab und setzte sich wortlos zu meinem Bruder auf das Sofa und schaute regungslos in den Fernseher. Ich lag da, hatte vor Angst eingenässt, traute mich nicht mich zu bewegen, sah meinem Bruder in die Augen. Diesen Blick in den Augen meines Bruders der mich wortlos um Verzeihung bat werde ich wohl mein ganzes Leben nicht mehr vergessen. Auch er traute sich nicht sich zu bewegen oder mir zu helfen. Er blieb schwer traumatisiert sitzen und ich hörte seine Asthmapumpe die er benutzte um besser Luft zu bekommen. Es dauerte lange, bis ich mich soweit gesammelt hatte aufzustehen und den Raum zu verlassen. Ich lag auf dem Boden und mein Vater hatte sich, ohne mich noch eines Blickes zu würdigen, aufs Sofa gesetzt. Ich hatte sehr große Angst, dass jede Bewegung meinerseits einen neuen Wutausbruch seinerseits auslösen könnte. Ich lag geschlagen vor seinen Füßen. Er hatte mein Vertrauen endgültig verspielt.

Niemals wieder würde ich mich freiwillig in seine Nähe begeben.

Drei Tage konnte ich die Schule damals nicht besuchen. Meine Mutter schrieb mir die Entschuldigung für meine Klassenlehrerin ohne mir dabei in die Augen zu schauen oder mich auch nur einmal getröstet zu haben. Die Fronten waren geklärt. Auf ihre Hilfe konnte ich niemals zählen. Aber es ging mir nicht alleine so. An einem anderen Tag schlug er auf meine Schwester ein. Sie hatte einen blauen Brief der Schule bekommen und ihn aus der Angst heraus bestraft zu werden, unterschlagen. Ich sehe sie heute noch auf dem blau gestrichenen Zementboden unserer Waschküche liegen. Auch sie hatte vor Angst eingenässt und sich zum guten Schluss erbrochen. Nichts war vor ihm sicher, vor allem, wenn er getrunken hatte musste man seine Nähe meiden. Ich sehe ihn im Schlafzimmer meiner Mutter stehen, die Faust geballt vor meiner großen Schwester, die er eigentlich von uns Mädchen noch am liebsten mochte. Eine Blitzaufnahme meines Gehirns aber ich muss diese Geschichte anders erzählen. Die Dinge spitzten sich zu im Sommer 1978. Lange Zeit schon quälte sich meine Mutter wegen eines Hexenschusses. An diesem Tag hatte sie sich nachmittags in ihr Bett gelegt und das Fenster weit geöffnet. Die laue Sommerluft wehte hinein und es war bis dahin ein friedlicher Tag gewesen.

Er war betrunken nach Hause gekommen und rief schon im Hausflur nach meiner Mutter: „ Katja, wo bist du?" Ich muss mit dir reden, sofort. Als sie nicht sofort antwortete wurde er aggressiv und lief unruhig im Haus herum.

„Wo steckt das As, ich werde dich finden, stammelte er vor sich her.

Mein Bruder alarmiert über das Getöse, wollte ihn vom

Treppenhaus weg halten, doch mein Vater ahnte schon, wo er suchen musste. Clemens, mein Bruder der damals vielleicht 9 Jahre alt war, rief ganz aufgeregt nach mir, nachdem mein Vater ihn brutal zur Seite geschleudert hatte und die Treppe hinauf rannte. Ich rannte also ebenso schnell nach oben und sah das Handgemenge. Mein Vater schüttelte meine im Bett liegende Mutter, schrie sie an und schlug sie hart ins Gesicht. Noch bevor ich mich zwischen sie drängte rief ich meinem Bruder noch zu: „Geh, lauf schnell zur Franziska und hole sie und Achim herüber. Meine große Schwester Franziska war damals schon verheiratet und bewohnte mit ihrem Mann Achim eine Wohnung im Haus nebenan. Der Papa schlägt die Mama sonst tot. Meine Mutter schrie vor Schmerz, mein Bruder weinte und lief los, mein Vater schrie vor Wut und ich stand kurz etwas ratlos herum, bis ich begriff, dass ich dringend was tun musste um die Situation so wie sie jetzt war zu beenden. Ich drängte mich also dazwischen und versuchte ihn von ihr fernzuhalten. Also schrie auch ich noch dazwischen: „Lass sie in Ruhe, hör auf, du schlägst sie ja tot. Ich boxte ihn und trat um mich, wir prügelten uns förmlich. Ich war 13 Jahre alt und prügelte mich mit meinem Vater. Ein ungleiches Kräfteverhältnis, bei dem ich nur verlieren konnte.

Er schüttelte mich ab wie eine lästige Fliege und nur durch einen dummen Zufall überlebte ich diesen Streit. Mit voller Wucht schleuderte er mich in Richtung des offenstehenden Fensters und ich taumelte rückwärts um irgendwo halt zu finden.

Im letzten Augenblick ergriff meine Hand den Fensterrahmen und ich hielt mich krampfhaft daran fest.

Den Oberkörper schon weit aus dem Fenster liegend krampften sich meine Finger in den Fenstersims. Nur mit

Mühe konnte ich mich wieder hineinziehen. Wieder Boden unter den Füßen spürend stand ich zitternd im offenen Fenster, keiner Regung mehr fähig. In dem Moment als er mich schleuderte kam meine Schwester in den Raum und schrie ihn an. „Clement, hör sofort auf, du bringst sie um. Er drehte sich um nahm sie am Kragen und ballte die Faust um sie ihr ins Gesicht zu schlagen. Minutenlang standen sie sich schweigend gegenüber. Dann sagte sie": Schlag mich oder lass mich sofort los. Er hat sie nicht geschlagen. Ich kann mich nicht erinnern, dass er sie jemals geschlagen hat. Er verließ wortlos den Raum und kam drei Tage nicht nach Hause. Wir saßen an diesem Tag alle drei noch lange an dem Bett meiner Mutter und weinten. Mein Bruder war 9 Jahre alt, ich war 13 und meine Schwester 19 Jahre alt. Aus heutiger Sicht alles noch Kinder. Damals glaubten wir alle, an diesem Tag erwachsen geworden zu sein. Niemals wieder wurde dieses Thema angesprochen. Es gab viele solcher Begebenheiten und sie sind mir auch heute noch so klar, als wäre es gestern gewesen. Es gibt Dinge, die vergisst man nie, sie sind immer da, immer ganz vorne und nie vergessen und nie verziehen.

Es gab einen Tag, ich weiß nicht mehr wie alt ich genau war. Ich kam zurück vom Spielen mit meiner besten Freundin aus der Nachbarschaft und ohne einen schlechten Gedanken betrat ich das Esszimmer.

Die Situation war mir noch nicht einmal fremd, meinen Vater mit einem Gewehr in der Hand zu sehen. Die Komplexität erschloss sich erst in den nächsten Sekunden und es dauerte lange bis ich sie aufnehmen konnte. Er bedrohte er meine Mutter mit der Waffe. Mein Bruder war damals noch sehr klein. Ich denke er war 6 oder 7 Jahre alt. Als ich den Raum völlig unvorbereitet betrat, stellte sich mir die Situation surreal vor.

Mein Bruder stand mit schreckgeweiteten Augen in der mir gegenüberliegenden Küchentür, ich sah mich in der anderen Türe stehen. Meine Mutter saß halb liegend auf dem Sessel und mein Vater stand mit dem geladenen Gewehr vor ihr und schrie: „Ich knall dich ab, jetzt hast du es geschafft. Ich mache dich fertig. Ich flüsterte meinem Bruder zu: „Geh, lauf schnell und hole den Herrn Kannengießer. Er war unser Dorfpolizist und wohnte in der Nachbarschaft.

Langsam drehte er sich um und lief dann los. Dieser kleine Bub lief innerhalb kürzester Zeit dorthin und klingelte Sturm. Herr Kannengießer, Herr Kannengießer, der Papa bringt die Mama um, komm schnell. Er weinte bitterlich und jeder wusste, dass dies kein Spaß mehr war. Ich selbst versuchte damals auch Hilfe zu holen. Ich wusste, dass mein Onkel Hans im Haus nebenan bei meinen Großeltern zu Besuch war. Also lief ich schnell dahin und rief schon von weitem: „Onkel Hans, komm schnell, der Papa hat ein Gewehr und will der Mama was tun. Aber ich hatte am falschen Ende nach Hilfe gesucht.

Mein Onkel traute sich nicht. Blitzschnell verließ er das Haus und wurde nicht mehr gesehen. Also rannte ich so schnell es ging wieder zurück aber nichts hatte sich an der eigentlichen Situation geändert. Sie standen sich immer noch gegenüber. In diesem Augenblick betrat der Dorfpolizist mit seiner Frau den Raum, den weinenden Clemens noch an der Hand. Sie nahm uns beide mit nach draußen und versuchte uns so gut es ging zu trösten. Endlich konnte auch ich mal weinen. Wir saßen zitternd und weinend draußen, während es drinnen Mucksmäuschen still wurde. Nach 5 Minuten nur kam mein Vater ohne Gewehr aus dem Zimmer, aschfahl um die Nase, sagte nichts, stieg in sein Auto und fuhr weg. Drinnen brach meine Mutter mit einem Nervenzusammenbruch zusammen. Von damaligen Erzählungen weiß ich, dass der Polizist die Situation sehr schnell und souverän entschärft hatte. Er ist langsam auf meinen Vater zugegangen und sagte: „Clement, ich nehme dir jetzt das Gewehr aus den Händen, dann wirst du dich umdrehen und den Raum verlassen. Fahr raus in den Wald, reg dich ab und wir reden morgen darüber.

Mein Vater ließ sich damals wortlos entwaffnen und verschwand für drei Tage. Drei Tage Frieden. Auch dieses Thema wurde nicht näher besprochen. Niemals wieder.

Es gab aber auch das ein oder andere nette Erlebnis. Im Jahr der endgültigen Trennung kam er am Weihnachtsabend ziemlich kleinlaut zu uns nach Hause. Es klingelte an der Tür und außer dem Weihnachtsmann hätte es zu dieser Uhrzeit niemand anders sein können. Wir schauten uns an und es war eine stille Absprache zwischen uns. Alle nickten fast unmerklich und einer von uns stand auf und lies ihn rein. Wir nahmen ihn herzlich auf und man konnte ihm die Erleichterung ansehen. Er hatte für jeden von uns ein Geschenk dabei, das erste Mal in all den Jahren den ich ihn als meinen Vater kannte gab er mir ein Geschenk. Dieses Fest ist mir bis heute als das schönste Weihnachtsfest meines Lebens in Erinnerung geblieben. Einmal waren wir eine Familie in der nicht gestritten wurde. Wir saßen zusammen, erzählten und lachten. Es wurde mit jeder Minute lustiger. Irgendeiner meiner Geschwister kam auf die Idee: „Heute saufen wir den Papa unter den Tisch. Gesagt, getan. Wir tranken Wodka pur aus Zinnbechern, tanzten auf die Lieder von Abba und lachten den ganzen Abend.

Es war der schönste Abend den ich je mit ihm hatte.

Natürlich, hatte niemand von uns Kindern es geschafft ihn unter den Tisch zu trinken aber wir gaben uns redlich Mühe und zum guten Schluss waren wir alle so betrunken, dass an ein gemeinsames Weihnachtsessen nicht mehr zu denken war. Meine große Schwester lag voll bekleidet in der Badewanne und schlief. Meine andere Schwester hatte den Toilettendeckel im Arm und war darauf eingenickt und ich lag bei meiner Mutter im Bett mit einem Eimer über dem Kopf. Immer wieder schlug ich oben auf den Eimer drauf und wiederholte stoisch: „Ich bin nicht betrunken, nein, bin ich nicht und mir ist auch nicht übel. Ich war an diesem Abend die einzige die mit beim Essen am Weihnachtstisch saß. Mein Vater strahlte mich an und sagte": Mein Mädchen, das hast du toll gemacht. Dies war das erste und einzige Lob das ich je von ihm bekommen habe. Und das nur, weil ich mit vierzehn Jahren betrunken am Tisch saß. Ich war glücklich. Er hatte mich gesehen.

Zwei Jahre später traf ich Frank zum ersten Mal und fand es sehr entspannend, dass es jemanden gab der sich noch niemals geprügelt hatte. Nicht im Kindergarten, nicht in der Schule. Er war bis dahin immer jedem Streit aus dem Weg gegangen. Er war ein Mensch der Ruhe und des Friedens, kein Pausenclown. Man konnte sich herrlich mit ihm unterhalten und er hörte mir zu. Es gab jemanden der mir zuhörte, ich war beeindruckt. Mit ihm zu streiten war nicht möglich und auch nicht nötig. Er akzeptierte alles was ich ihm vorschlug und ich versuchte es ihm so angenehm wie möglich zu gestalten. Heute weiß ich, dass ihn all das, was für mich wichtig war, nur am Rande interessiert hat. Es ging nicht darum eine Entscheidung in Frage zu stellen, sondern darum das er sie nicht alleine treffen musste.

Jede Entscheidung die nicht von ihm getroffen werden musste, war eine gute Entscheidung. Diese Äußerungen sind nicht böse gemeint. Ich denke es gibt Menschen die lieber im Hintergrund leben und nicht gefragt werden wollen. Menschen, die ungern eigene Entscheidungen treffen, weil sie die Verantwortung für diese Entscheidung nicht tragen möchten.

Er war zu diesem Zeitpunkt mein Traummann, weil er mir in all meinen Wünschen und Träumen nicht widersprach, sondern sie mit mir versuchte durchzusetzen. Einmal, sprachen wir über den Wunsch Kinder zu bekommen und das es für mich niemals ein Weiterkommen ohne Kinder geben könnte. OK, war seine Antwort. Er könnte bestimmt auch ohne aber wenn ich möchte hätte er nichts dagegen. So war es mit allem. Wir besprachen ein eigenes Haus und es wurde nicht in Frage gestellt, es zu bauen. Ich merkte erst sehr spät, dass es nicht seine Wünsche gewesen waren, die wir da verwirklicht hatten. Ich war es, der an der Traumwelt bastelte. Ich wollte für alle da sein, es besser machen und liebevoller gestalten. Ich glaubte den Menschen gefunden zu haben mit dem ich diesen Traum wahr werden lassen konnte. Einen Menschen, der nur mich liebte, der mit mir Kinder hatte, der unsere Kinder liebte. Keine Schläge, kein Leid, nur liebevolle Wärme und Verständnis. Jemand, der keinen Alkohol trank oder ständig auf der Suche nach Eroberungen war. Ich verliebte mich nach wenigen Wochen in ihn und ich war unendlich stolz als er mich fragte ob wir es zusammen versuchen sollten. Wir suchten uns also eine kleine Wohnung und zogen drei Monate, nachdem wir uns gefunden hatten zusammen. All meine Freunde warnten mich und sagten: „Tu das bloß nicht, zieh lieber ins Wohnheim, wenn du unbedingt Zuhause raus willst. Er ist nicht der richtige

Mann für dich. „ Er ist langweilig und du wirst es bereuen. Ich war mir sicher, dass ich gar nichts bereuen würde. Ich wollte ihn haben und nicht kritisiert werden, daher schlug ich alle Zweifel in den Wind und hoffte auf mein Glück.

Wir alle hatten die Möglichkeit, Frieden zu schließen, mit ihm, unserem Vater, der er nie gewesen war. Ich habe lange versucht zu ergründen, warum er so gehandelt hatte. Warum er uns allein gelassen hat, wo wir ihn alle so dringend gebraucht hätten.
Nachdem mein Sohn René gestorben war und er weinend in meiner Türe stand, änderte sich mein Verhältnis zu ihm. Ich war toleranter geworden.
Hinterfragte mich selbst und auch ihn in seiner Handlungsweise. Ich wusste, dass er mein Vater war und ich nur diesen einen hatte, also versuchte ich mich damit abzufinden und ihn als meinen Vater wahrzunehmen. Ich hatte zu diesem Zeitpunkt nicht viel mehr Kontakt zu ihm als vorher, aber alles war besser als gar nichts. Auch er benahm sich mir und auch meinen Geschwistern gegenüber sehr zurückhaltend, jedoch wollte er deutlich machen, dass er Kontakt wünschte. Ich denke, er war ebenso alleine wie viele Menschen und er besann sich auf die Menschen, die sein Leben ihm gegeben hatte. Seine Kinder. Man kann jetzt sagen, dass es die einfachste und leichteste Art und Weise ist, eine Einsamkeit aufzuheben, aber ich denke eher das Gegenteil. Er hatte sich mit sich selbst und seinen Fehlern auseinander gesetzt und wollte ein wenig von dem gutmachen, was aus seiner Sicht falsch gelaufen war. Der Anlass, der ihn wach werden ließ, war natürlich ein sehr schrecklicher. Ich glaube kaum, dass er sonst zu uns gekommen wäre. Er rief mich eines Tages an und druckste am Telefon herum.

Er wusste nicht wie er es ausdrücken sollte. Ich machte es ihm leicht und doch wusste ich, dass etwas Schlimmes geschehen würde. Instinktiv wappnete ich mich innerlich gegen die Enthüllung. Er sprach von Krebs, von Chancenlosigkeit, von Tod und Angst.

Er sprach von Vergebung und Scham, dass er uns so lange alleine gelassen hatte in all der Zeit. Mir steckte ein großer Klos im Hals und ich wusste nicht was ich sagen sollte. Doch schon in diesem Moment, und es waren nur wenige Momente eines Telefonats, hatte ich ihm im Grunde verziehen. Er hatte sich mit einem Problem an mich gewendet und das war mir Grund genug. Er starb Monate später, nachdem ich Himmel und Hölle in Bewegung versetzt hatte um herauszufinden, was noch getan werden konnte. Er fuhr auf die Philippinen, weil es dort jemanden gab, der von sich behauptete, Krebs heilen zu können. Selbst ich, in meiner medizinischen Kenntnis, glaubte an alles. Je länger die Erkrankung dauerte, desto schwächer wurde er. Zuerst freute er sich noch, wenn ich all meine kleinen Minis, Maya, Sophia und Peer mitbrachte. Ich merkte jedoch sehr schnell, wenn es ihm Zuviel wurde. Also brachte ich sie nicht immer mit. Es tat mir sehr weh. Endlich hatten meine Kinder einen Großvater, den ich so sehr herbeigesehnt hatte und nun wusste ich dass er in kürzester Zeit sterben würde. Jeden Tag besuchte ich meinen Vater bei seiner Schwester, bei der er in der Zwischenzeit wohnte. Er war nicht mehr in der Lage alleine zu wohnen. Jeder Versuch ihn zu retten blieb Erfolglos und er starb, nachdem er sich bei allen für sein Tun und Handeln entschuldigt hatte. An diesem Morgen klingelte das Telefon schon sehr früh bei mir. Meine Tante schluchzte ins Telefon ich möge bitte schnell kommen.

Sie war verzweifelt und wusste sich nicht zu helfen. Mein

Vater war an diesem Morgen zusammengebrochen. Sie wusste nicht was jetzt kam, was würde passieren. Als ich ihn dann sah, wusste ich genau, dass jetzt seine letzten Minuten angebrochen waren.

Er war blass, kaum ansprechbar und atmete sehr schwer. Wir schafften ihn ins Bett, und er öffnete die Augen ein letztes Mal und lächelte.

„Tja, Schatz, sagte er, ich werde es wohl nicht mehr länger schaffen. Er flüsterte nur noch. Er nahm meine Hand in die seine und schloss die Augen. Wir saßen bei ihm und seine Atmung wurde immer schwächer. Er war ganz ruhig dabei, hatte keine Schmerzen mehr und sah sehr zufrieden aus. Die tiefen Falten in seinem Gesicht wichen einer Entspanntheit, die seit Wochen nicht mehr gesehen hatte. Mein Herz wurde schwer und schwerer. Er war mein Vater, auch wenn ich ihn kaum kannte und er mich oft verletzt hatte. Er war mein Vater und ich liebte ihn. Auch wenn ich es all die Jahre nicht geglaubt hatte, ich hatte ihn geliebt. Ich durfte ihn begleiten, wie ich schon meinen Sohn begleitet hatte. Ich hatte Frieden mit ihm schließen dürfen und er mit mir. Man sah ihm an, dass er froh war den letzten Weg so gegangen zu sein. Mit dem letzten Atemzug trafen meine Geschwister ein. Jeder konnte sich noch von ihm verabschieden. Es war ein friedlicher Abschied für ihn und ein sehr schmerzlicher für uns. Wir hatten ihn gefunden und direkt wieder verloren. Aber meine Kinder hatten ihren Großvater Clement noch kennen gelernt, hatten auf seinem Schoß gesessen und hatten ihn lieb haben dürfen. Es war gut so.

Thilo

Frank war also derjenige, bei dem ich hoffte, all das zu finden, was ich so sehnlich suchte. Frieden, Liebe und Geborgenheit. Jemanden der mich liebte.

Mit einem meiner ersten Freunde hatte ich weniger Glück, vielleicht war dieses Erlebnis ein weiterer Grund sich für Frank zu entscheiden. Er hieß Thilo, und ich war 15 Jahre alt. Er war 2 Jahre älter und ich fand ihn damals unheimlich anziehend. Wir lernten uns in einer Diskothek in der Nähe kennen. An diesem Abend hatten mich Freunde von Zuhause abgeholt und mitgenommen. Spät in der Nacht wollten wir alle zusammen umkehren aber es kam anders.

„Hör mal, sprach mich Hans an. Er war der Fahrer und ein entfernter Bekannter der Leute, die mich mitgenommen hatten. Ich fahre gerade eben nur einen Bekannten nach Hause und komme dann wieder, versprochen. Ja, ist in Ordnung, sagte ich. Ich war nicht davon ausgegangen belogen zu werden und sah mich nach den anderen um. Er fuhr weg und ich stand alleine in dieser Diskothek. Ich war davon ausgegangen, dass sich die anderen, die noch mit dabei waren, als wir gekommen waren, alle noch da waren. Ich suchte nach bekannten Gesichtern und erschreckt stellte ich fest, dass niemand mehr da war den ich kannte. So ein Mist, dachte ich. Ich kann doch jetzt mitten in der Nacht nicht meine Mutter aus dem Bett werfen, damit sie mich abholt. Sie weiß ja nicht einmal, dass ich hier bin. Geld für ein Taxi hatte ich auch nicht mehr. Etwas ratlos stand ich da rum und schaute wohl ziemlich fragend drein, als Thilo mich ansprach.

„Wo willst du denn hin, fragte er mich und wo sind deine Freunde hin? „Ich weiß nicht, ich werde jetzt noch eine halbe Stunde warten, dann sind sie hoffentlich zurück, wenn nicht, dann weiß ich auch nicht weiter. Er verwickelte mich in ein Gespräch und wir unterhielten uns angeregt. Er hatte noch einen Freund dabei, den ich vom Sehen, schon kannte. „Also, bevor du nachher nicht weißt wie du nach Hause kommst, dann fahr doch einfach mit uns im Taxi zurück. So würde ich zumindest bis Bergheim, zwei Orte von Zuhause entfernt mitgenommen. Ich überlegte mir dann, wie ich wohl die Zehn Kilometer weiter kommen würde. „ Du kannst auch gerne bei einem von uns übernachten. Meine Eltern sind auch da, meinte Thilo. „Ich habe nur nicht das Geld um dir die Taxifahrt bis Hergensweiler, der Ort in dem ich wohnte, zu bezahlen. „ Du kannst bei uns auf dem Sofa übernachten. Ok, dachte ich, wenn seine Eltern da sind, dann kann wohl nicht wirklich viel passieren. Fakt war, dass seine Eltern nicht da waren.

Sie waren im Urlaub auf Hawaii und hatten ihren 17 jährigen Sohn Zuhause gelassen. Da ich mich sehr zu ihm hingezogen fühlte, hatte ich auch nichts dagegen, noch etwas mit ihm zu trinken. Wir erzählten und lachten und dann, auf einmal küsste er mich und flüsterte in mein Ohr: „Ich möchte dich umarmen und dich küssen. Ich würde sehr gerne mit dir zusammen sein. „Aber wir kennen uns erst seit ein paar Stunden. „Ja, aber du bedeutest mir sehr viel und ich habe mich in dich verliebt. Bitte bleib die Nacht über hier, auch wenn meine Eltern nicht da sind. Ich werde dich nicht anrühren, wenn du es nicht möchtest. Wir küssten uns wieder, oder besser, ich ließ mich küssen.

Ich leistete keinen Widerstand, obwohl in meinem Kopf eine Alarmglocke brannte. „Geh aus dieser Situation heraus, du kennst diesen Menschen nicht. Er bedrängte mich zusehends und umschmeichelte mich mit Komplimenten, die ich nie zuvor gehört hatte. Ich war fast in einer Bewegungsstarre, nicht in der Lage zu denken. Mittlerweile war ich betrunken und auch sehr müde. Er führte mich in das Schlafzimmer seiner Eltern und verführte mich ohne, dass ich in der Lage gewesen wäre noch Einspruch zu erheben. In meinem Kopf spielte ein Karussell von Gedanken, aber ich war nicht in der Lage zu reagieren. Als ich morgens mit starken Kopfschmerzen aufwachte, wurde mir bewusst, was passiert war und ich schämte mich in Grund und Boden. Er wachte neben mir auf und sage: „Du bist ja immer noch da, geh doch endlich nach Hause, ich will dich hier nicht mehr sehen. Zutiefst beschämt und verletzt stürzte ich aus dem Haus und lief die Zehn Kilometer zu Fuß nach Hause. Auf dem gesamten Weg weinte ich, ich fühlte mich schuldig, verletzt, beschämt und wütend. Was hatte er mir angetan. Ich hatte ihn gemocht und er hatte die Situation ausgenutzt. Aber ich hatte mich darauf eingelassen, was hatte ich anderes verdient. Ich hätte gar nicht mitgehen dürfen. Gott, wie dumm war ich gewesen. Bestimmt war ich alles selber schuld und hatte ihn sicherlich noch dazu ermuntert. Mit diesem Gedanken fühlte ich mich noch schlechter und schmutziger.

Als ich endlich, ohne gesehen zu werden in meinem Zimmer angekommen war, zog ich mich ohne Verzögerung aus und duschte mir den Schmutz und die Scham dieser Nacht vom Körper. Danach ging es mir kurzzeitig besser. „Was war schon groß passiert, redete ich mir ein.

Ich hatte mich auf ein Spiel mit einem Mann eingelassen und verloren. Damit versuchte ich mich zu verteidigen. „ Du musst nur locker genug damit umgehen, dann wird es schon erträglich werden. Zwei Wochen später fand meine Mutter einen Brief, den ich nach dieser Nacht geschrieben hatte und in dem ich alles niedergeschrieben hatte was mich belastete. Die Scham und Schuldgefühle, die Depression und die Vorstellung, dass, wenn man es nicht mehr aushalten konnte, es immer noch die Möglichkeit gab, sich umzubringen. Ich glaube nicht, dass ich ein Mensch bin, der das gekonnt hätte, aber es tröstete in diesem Moment der Gedanke, dass man es könnte um aus dieser Situation auszusteigen. Sie zeigte mir den Brief und das erste Mal in meinem Leben, nahm sie mich in den Arm und tröstete mich. Wir haben nie wieder über ein Thema so intensiv gesprochen wie damals. Sie half mir sehr diskret und effektiv über die Zeit des Schmerzes hinweg und dafür bin ich ihr bis heute dankbar. Ich meidete den Kontakt oder selbst ein zufälliges Zusammentreffen mit Thilo und es gelang mir ihn und diese miese Nacht zu vergessen, bis zu jenem Tag als ich auf unschöne Weise wieder von ihm hörte, beziehungsweise von seinen Eltern. Es war Winter geworden und die kleineren Flüsse und Seen in unserem Naherholungsgebiet waren alle zugefroren. Es geschah an einem Abend kurz vor Weihnachten 1978, und man sprach von einem großen Unglück und dem armen Kind. Was war passiert? In der Nacht hatten seine Eltern noch einen Spaziergang gemacht und voller Übermut ging seine Mutter aufs Eis eines kleinen Sees. Nicht größer als ein Tümpel und doch tief genug um darin zu ertrinken. Sie brach ein und ihr Mann versuchte sie zu retten.

Auch er schob sich aufs Eis und beide ertranken auf schrecklichste Art und Weise. Auf einen Schlag hatte Thilo seine Eltern verloren und für diese beiden Menschen tat es mir auch leid. Ich versuchte mir vorzustellen welche Not sie empfunden haben mussten und litt mit ihnen.

Jedoch für Thilo hatte ich nicht das geringste Mitgefühl. Im Gegenteil, ich spürte die Schadenfreude in mir hochkommen. Er hatte mich aufs Übelste benutzt, sodass ich Jahre brauchen würde um Vertrauen zu anderen Menschen fassen zu können und er wurde dafür bestraft. Ich habe nie wieder mit ihm zu tun gehabt und ihn auch nie wieder gesehen. Auch dieses Erlebnis hat mich geprägt und es ist bis heute so, dass ich einem Mann erst nach langer Kennenlernphase vertrauen kann. Immer bin ich mit dem Bewusstsein enttäuscht zu werden, mit anderen Menschen in Kontakt gegangen.

Frank

Und nun hatte ich fast drei Jahre später Frank kennen gelernt und ich war glücklich, fast 18 Jahre alt mit vielen Zielen im Kopf und der unermüdlichen Energie alles zu erreichen, was ich mir vorgestellt hatte. Endlich von Zuhause weg, eine eigene Wohnung, ein Mensch der mich liebte. Liebevoll richteten wir uns ein und genossen jede freie Minute in unserer eigenen Trutzburg. Die ersten Monate waren wir uns einfach nur genug, wir igelten uns ein und planten unser Leben. Aber es sollte alles anders kommen.

Nach und nach schlossen wir uns anderen Pärchen an, unternahmen in unserer Freizeit das ein oder andere mit ihnen und auch David verschwand nicht aus unserem

Leben. Aber immer, wenn er bei uns auftauchte verspürte ich Aggression und Spannung in mir aufsteigen. Er war das genaue Gegenteil von Frank, laut, rechthaberisch und aggressiv in seinen Handlungen. Die Gespräche, wenn er uns besuchen kam, verliefen immer gleich. Er tönte, kritisierte alles um ihn herum, sprach von seiner imaginären Traumfrau und schleppte in regelmäßigen Abständen seine gerade bestehende große Liebe mit zu uns an, um sie uns zu präsentieren. Immer, wenn er bei uns war, sah ich den Neid und die Eifersucht in seinen Augen aufflackern. Neid auf Gemeinsamkeiten, die er wohl bei seinen Freundinnen nicht wirklich fand. Neid auf ein Zuhause, dass er nicht besaß. Eigentlich stritten wir ständig, sobald er auftauchte und es gab für mich immer einen Grund ihm ins Wort zu fallen. Es machte mir Spaß ihm zu widersprechen, denn er erinnerte mich sehr an meinen Vater. Er war rechthaberisch, arrogant, bevormundend und über jeden Zweifel erhaben. Aber es reizte mich, mit ihm in Diskussionen zu gehen.

Ich machte mir einen Spaß daraus mit ihm in provokative Streitgespräche zu gehen, sobald er da war und sehr oft verlor er diese Streitereien, da ihm zu guter Letzt die Argumente ausgingen. Wir teilten nur eine große Leidenschaft miteinander und das war die Lust auf den Motorradsport.

Bis dahin hatte er mich noch niemals auf seinem Motorrad mitgenommen. Ich konnte immer nur neidisch hinterher blicken, wenn er mit seinen Flammen auf dem Sozius daherkam. An einem Sonntag im Oktober 1982, ein Jahr, nachdem ich mit Frank zusammengezogen war, hörte ich mal wieder das typische Geräusch seines Motorrads und er fragte mich das erste Mal ob ich ihn begleiten würde zu einer kleinen Spritztour. Frank verdrehte schon beim herannahenden Motorradgeräusch die Augen aber mir klopfte das Herz.

„Der schon wieder, der kann uns auch nie in Ruhe lassen.

„Ach komm schon, er ist mit dem Moped da, er wird sicher nicht lange bleiben. Vielleicht will er dich fragen ob du mitfährst!

„Ich habe aber echt keine Lust mitzufahren, diese Beweihräucherung seiner selbst geht mir total auf die Nerven und er wird schon immer schlimmer. Seitdem ich bei André in der Firma mitarbeite, meint er, er müsste mir Anweisungen geben. Dabei kann er seine eigenen Dinge selbst nicht gut genug erledigen. Zurzeit sind wir fast Rivalen. Also, lass mich in Ruhe, fahr selbst wenn du meinst. Ich nicht. Insgeheim hatte ich es lange schon erwartet eine solche Gelegenheit zu bekommen. Endlich auch mal auf diesem Motorrad mitfahren zu dürfen.

Es klingelte an der Haustür und als ich öffnete stand David mit breitem Grinsen in seiner Motorradkluft vor mir. Ohne Umschweife kam auch er zum Punkt.

„Kommst du mit? ich habe Lust auf eine Tour mit dir, du bist noch nie mitgefahren. Heute musste mein Glückstag sein. Ich stand etwas entscheidungsschwach in der Diele unserer Wohnung und sah Frank fragend an.

„Na los „ meinte er, zieh dich an und fahr mit. Man sieht dir doch an, dass du dich freust. Er lachte uns an. Lass mich nur in meinem Schicksal hier zurück. Also, gut dachte ich mir. Nichts als rann an den Feind. Voller Vorfreude stieg ich auf sein Motorrad und mich beschlich doch ein leises Gefühl der Angst. Er war als aggressiver Fahrer bekannt aber ich schob die Gedanken beiseite und dachte mir es wird schon gut gehen.

„Denk daran, sagte ich von hinten: „Fahr vorsichtig, du hast eine wertvolle Fracht an Bord. „ Keine Sorge meinte er, und klopfte mir freundschaftlich auf die Oberschenkel. Ich pass schon auf dich auf. Er lächelte mich von der Seite an und startete dann mit einem Blitzstart. Gott lass es mich überleben, dachte ich und musste doch lachen. Ich fühlte mich glücklich und frei. Frei von allen Zwängen und Grenzen kam ich mir vor. Stürmisch und unbeherrscht. Wir fuhren durch das Wahnbachtal, ein schönes Waldgebiet in der Nähe unserer Stadt. Kurve rechts, Kurve links und er fuhr wirklich vorbildlich. Nach den ersten Minuten war meine Angst vorbei und ich konnte die Fahrt genießen. Wir waren ein gutes Team auf dem Motorrad und schmiegten uns in die Landschaft. Es war ein besonders schöner Tag bis dahin gewesen. Nach einer Pause in einem kleinen Lokal in dem wir uns aufgewärmt hatten und einen Kaffee getrunken hatten und auch das erste Mal wie zwei vernünftige Menschen ein Gespräch geführt hatten, beschlossen wir auf dem schnellsten Weg den Heimweg anzutreten. Lange hatten wir uns unterhalten, von Hölzchen auf Stöckchen und immer noch was anderes. Mir fiel auf, dass er gar nicht so arrogant war wie sonst immer. Ich erhielt ein völlig anderes Bild von ihm und fasste Vertrauen. Dies war auf dem Motorrad gut erkennen. Es machte einfach noch mehr Spaß mit ihm zu fahren und wir hatten nicht bemerkt wie uns die Zeit davon gelaufen war. Wir waren länger unterwegs gewesen als geplant und wir wollten niemandem Sorgen machen. Es dämmerte als wir auf die Autobahn fuhren. Sie war weitestgehend frei und nach einiger Zeit spürte ich, dass wir ein sehr hohes Tempo erreicht hatten. Ich sah den kleinen VW Käfer auf der rechten Spur wahrscheinlich früher als David ihn wahrnahm. Wir hatten 180 Stundenkilometer drauf, als das Auto vielleicht mit 110 Stundenkilometern in die linke Spur zog. In mir versteifte sich alles. Er schien uns nicht zu sehen und wir schossen geradezu auf ihn zu. Nichts mehr drang in mein Gehirn. David stieg im gleichen Augenblick in die Bremsen und man konnte ihm anmerken welche Anstrengung es ihn kostete. Ich hörte die Schaltung aufheulen, wieder Bremsen, Schaltung, Bremse. Er versuchte alles um das Motorrad zu drosseln. Die Hinterreifen vibrierten und rutschten. Bremse lockern, runterschalten. Der Motor heulte auf. Von unsichtbarer Kraft wurden wir nach vorne geschoben. Ich hatte Mühe mich festzuhalten. Nichts kam zum Stehen. Der Tankdeckel schob sich in meine Hände und der Lenker kam näher. Mein Gott dachte ich, ich schiebe ihn vorne weg. Ich klammerte mich am Deckel fest. Der Bremsweg nahm kein Ende und wieder trudelte die Maschine. Bremsen lösen und wieder rein. Ich spürte, dass David rein mechanisch handelte. Ich denke, niemand hatte in diesen Sekunden irgendwelche Gedanken. Es war auch nicht, als wenn mein Leben in Bildern an mir vorbeizog. Es blieb keine Zeit zum Denken. Meine Hände waren verkrampft am Lenker angekommen und immer noch kein Ende in Sicht. Ich hatte ihn jetzt fast soweit mit meinem Gewicht nach vorne geschoben, sodass er fast auf dem Tank saß. Er konnte sich kaum halten und seine Arme zitterten mittlerweile. Noch einmal trudelten die Reifen, dann wurde es schlagartig ruhiger. Ich hatte die Augen geschlossen und merkte es sofort. Wir waren 5 cm hinter dem VW Käfer angekommen. Die ganze Sequenz hatte nur wenige Sekunden gedauert aber für uns eine halbe Ewigkeit. In dem Wagen saß ein älterer Herr, der uns ziemlich geschockt anblickte. Wie ein Wunder hatten wir es geschafft. Wir tauten langsam auf und brachten unsere Sitzposition in Ordnung. Keiner rührte sich oder versuchte dem anderen etwas zu sagen. Bei der nächsten Ausfahrt fuhren wir ohne weitere Worte ab und fuhren den Parkplatz des nächsten Lokals an.

Wortlos stiegen wir ab, jeder mit seinen eigenen Gedanken beschäftigt. Beide steckten wir uns eine Zigarette in den Mund und zogen hektisch daran. Kalkweiß um die Nase blickte er mich an und sagte: " Jetzt hätte ich dich fast umgebracht. Tränen traten in seine Augen. Ich war zu schnell aber... dieser Idiot... er sprach nicht weiter.

Wir waren beide den Tränen nahe und zitterten immer noch wie Espenlaub. Niemand konnte sprechen. Ich versuchte mich unter Kontrolle zu bringen und gleichzeitig ihn zu trösten.

Wir blickten uns an, beide mit wässrigen Augen und ich legte ihm die Arme um die Schultern und sagte: „ Komm, es ist ja gut gegangen. Du hast es geschafft. Auf einmal war die Situation hochemotional geladen. Eine lange Zeit blickten wir uns an, überwältigt von den Gefühlen die uns durchströmten. Dann lachten wir verlegen, zündeten uns noch eine weitere Zigarette an und schwiegen. Die Situation war entschärft.

„Du hast mich fast vornüber geschoben. Er blickte mich von der Seite an und lachte. Was hattest du vor. Wolltest du selbst fahren? War ich dir nicht gut genug da vorne. Ich konnte mich kaum halten und habe auf der Tankanzeige gesessen. Nun lachte er laut. Wir beide lachten laut und ich antwortete: „Ich wollte einfach mal wissen wie es ist vorne zu sitzen. Ja, aber der Platz auf dem Tank ist nicht bequem. Na ja, aber das ist mir doch egal. Jetzt waren wir sehr ausgelassen, redeten noch eine Weile über das Geschehene, alberten und lachten. In diesem Augenblick wurden wir zu echten Freunden. Ich empfand tiefes Vertrauen zu ihm. Er würde immer für mich da sein und ich sicherlich für ihn. Nichts konnte uns noch erschüttern in diesem Moment.

„Möchtest du wirklich mal selbst fahren? Die Frage stand auf einmal in der Luft. Er blickte mich wieder von der Seite an und grinste? Ungläubig sah ich ihn an. Das glaube ich jetzt nicht. Du willst mir dein Heiligtum anvertrauen? Niemanden lässt du damit fahren. Und ich soll dieses Höllengefährt jetzt ausprobieren? Bist du dir sicher? Ich grinste ihn an. Nichts was ich lieber ausprobieren würde. Schon lange war ich nicht mehr selbst gefahren. Und dieses Motorrad war eine Rennmaschine und kein Tourenrad. Komm probiere es mal, versuchte er mich zu überreden. Ich setze mich hinter dich und helfe dir beim Anfahren, dann wird es gehen, du wirst sehen.

„In Ordnung, sagte ich: Aber schimpf nicht mit mir, wenn ich es nicht schaffe. Ich bin jetzt gerade nicht mehr die Mutigste. Und so fuhr ich das erste Mal Davids Motorrad. Er saß hinter mir und half mir beim Anfahrmanöver. Schon als er sich hinter mich setzte empfand ich wieder diese Unruhe in mir und ich glaube es ging ihm nicht viel anders. Ich spürte seinen Atem im Nacken, seine Hände lagen auf meinen am Lenkrad. Das Gewicht seines Körpers drückte sich gegen meinen Rücken und seine Stimme drang zu mir durch.

„Lass die Kupplung ganz langsam kommen, nicht zu schnell, ganz langsam, ist ein sehr empfindliches Herzchen was du da fahren möchtest. Mir klopfte das Herz, niemals sollte dieser Augenblick zu Ende gehen. Das wünschte ich mir in diesem Moment.

„Spinn nicht rum, schalt ich mich selbst. Du interpretierst zu viel rein in die Situation. Fahr einfach diese Karre und gut. Ich hatte mich wieder unter Kontrolle und nun fuhr ich tatsächlich sein Motorrad, ganz alleine und nicht zu schlecht wie ich fand. Wir drehten eine kleine Runde und glücklich kehrten wir nach wenigen Minuten wieder auf den Parkplatz ein. Souverän hielt ich an, drehte den Zündschlüssel herum und stellte das Krad auf seinen Ständer. Stolz war ich schon aber ich versuchte es mir nicht anmerken zu lassen. Ich sah ihn an und dachte.

Was für ein Mensch hast du da auf einmal vor dir? Zwei Seelen in einer Brust. Ich hatte meine Meinung was David Amberger angeht an diesem Tag ein großes Stück weit revidiert und ich hoffte, dass ich noch sehr lange mit ihm befreundet sein würde. Er sah mich ebenso Stolz an, strahlte über das ganze Gesicht und meinte: „Klasse gemacht." Das hat noch niemand geschafft. Wirklich gut! Wir fuhren nach Hause und ohne eine weitere Absprache erzählten wir nichts von dem Vorfall. Er gehörte uns alleine. Als wir uns voneinander verabschiedeten sahen wir uns kurz in die Augen und ich empfand eine tiefe Verbundenheit. Seit diesem Tag machten wir in sehr regelmäßigen Abständen solche Touren. Wir fuhren sehr gerne miteinander. Wir konnten uns vertrauen und hatten keine Angst vor falschen Reaktionen. Wir waren wirklich gute Freunde geworden.

Im Laufe des ersten Jahres, indem ich mit Frank diese kleine Wohnung teilte, bemerkte ich eine Veränderung in meinem Gefühl ihm gegenüber. Wir stritten schon mal, aber das war es nicht. Wir vertrugen uns auch wieder und im Grunde funktionierten wir hervorragend miteinander. Mir fehlte die Spannung in unserer Beziehung und ich fragte mich ob es nicht normal wäre, wenn sich alles nach kurzer Zeit relativierte. Ich verdrängte die Frage nach Liebe und ich wollte mir nicht eingestehen, vielleicht die falsche Wahl getroffen zu haben? Ich wusste es wirklich nicht, weil alles so gut lief. Wir harmonierten in den meisten Dingen, wir hatten die gleichen Ziele, den gleichen Geschmack und unternahmen viel zusammen. Was sollte also falsch sein. Ich konnte es mir nicht erklären und es war ja auch nur ein unbestimmtes Gefühl. Wahrscheinlich nimmst du alles zu ernst, oder dich zu wichtig, oder ihn zu wichtig tröstete ich mich. Vergiss es einfach und stell nicht immer alles in Frage schalt ich mich und unterdrückte viele Gedanken, die ich vielleicht besser mal bis zum Ende gedacht hätte.

Vieles wollte ich aber auch nicht zulassen, weil ich mir beweisen wollte das es möglich war eine gesunde Beziehung zu führen die nicht direkt wieder in die Brüche ging auch, wenn man von dieser Familie abstammte. Ich wollte allen beweisen, dass ich nicht wie mein Vater war. Ich wollte treu, ergeben und zuverlässig sein. Hat nicht wirklich funktioniert.

Frank

Aus meinen Gedanken zurückgeholt, durch die Frage die er mehrmals wiederholen musste, bevor ich sie hörte. Ich saß immer noch in Franks Wohnung. Es kam mir fast surreal vor. „Was willst du mir eigentlich sagen fragte er mich provokant. Ist nicht schon genug passiert. Ohne Umschweife erzählte ich ihm alles was mir in diesem Moment wichtig erschien. Ich versuchte nichts wegzulassen und nichts hinzuzufügen. Versuchte emotionslos das geschehene in Worte zu fassen und mich nicht zu entschuldigen.

Freundschaft, Liebe, nichts ist ehrlich in dieser Welt, alles ist verlogen. Unser ganzes Leben ist eine Lüge, flüsterte er mehr zu sich selbst und verbarg dabei sein Gesicht in den Händen. Nun weinte er. Mich zerriss es aber was sollte ich noch beschönigen. Ich musste ausbrechen sonst würde es noch schlimmer kommen.

Frank, sprach ich ihn an. Nicht alles ist verlogen. Vieles siehst du jetzt schmerzverzerrt. Wenn du es geschafft hast die ganze Geschichte mal zu relativieren wirst du vieles verstehen und es akzeptieren können. Mein Leben ist nicht ehrlich verlaufen und daran bist du beteiligt.

Aber es ist nicht deine Schuld und du hättest es nicht aufhalten können. Ich möchte hiermit verhindern, dass du jetzt auch noch der Leidtragende wirst, den man weiterhin nicht ehrlich behandelt. Frank, ich habe keine andere Wahl als dir das alles sagen zu müssen. Du sollst nicht ausbaden müssen was ich verbrochen habe.

Wir saßen immer noch um den festlich geschmückten Tisch herum, tranken Kaffee und aßen selbstgebackene Kekse. Ich hatte es an diesem Abend endlich geschafft meinem Mann die ganze Wahrheit zu sagen.

Mein ganzes Leben mit all den Einzelheiten von denen er trotz unserer 17 Jahre andauernden Ehe nicht einmal etwas geahnt hatte, schmiss ich ihm vor die Füße. Es tat mir körperlich weh zu sehen, wie er immer blasser wurde, immer mehr, blutend, zu Boden ging. Ich konnte und durfte ihn nicht verschonen. Zu lange hatte er schon in seiner heilen Welt verharrt und nicht sehen wollen, was alle anderen längs ahnten. Ich gab ihm Auszeiten so gut ich konnte aber er stellte die richtigen Fragen. Jetzt wollte auch Er es wissen. Jetzt fügte sich das Puzzle, was für ihn all die Jahre unlösbar schien in ein Bild zusammen und er suchte die richtigen Teile. Er hatte es geahnt, nicht glauben wollen, verdrängt. Jetzt passte alles zusammen und von diesem Zeitpunkt an war sein Leben wie ausgelöscht. Er war nicht existent in meinem Leben gewesen. Er war nicht gefragt worden, keine Antworten waren verlangt worden.

Je mehr Enthüllungen ich ihm antat umso mehr begriff ich die Tragweite meiner Handlungen. Ich hasste mich dafür, ich schlug mich förmlich selbst mit all meinen Aussagen. Meine Kräfte verließen mich aber ich wollte nicht noch einmal anfangen müssen also machte ich weiter. Mit jedem Satz fühlte ich mich schlechter.

Was war ich für ein Mensch gewesen. Ich war nun so in die Enge gedrängt worden, dass ich nicht mehr anders konnte, nur wurde mir erst jetzt die Tragweite so richtig bewusst. Am Morgen in der Bäckerei war mir der Weg für diesen Abend geebnet worden aber ich hätte niemals geahnt wie schmerzhaft dieser Weg für mich und für einige andere werden würde. Und das alles einen Tag vor Weihnachten.

Meine Gedanken schweiften wieder ab zu dem Tag, an dem ich erfahren hatte, dass wieder ein Kind in mir heranwuchs. Morgens war ich aufgestanden und verspürte wieder diese unterschwellige Übelkeit in mir aufsteigen. Ich verspürte sie schon einige Tage und rief beunruhigt bei meinem Gynäkologen an, der mir noch für den gleichen Morgen einen Termin anbieten konnte. Wir kannten uns schon eine Weile. Wir hatten zeitweise zusammen in der Klinik gearbeitet. Er hatte alle meine Kinder auf die Welt gebracht, jede Hürde mit mir genommen und so kam er freudig lächelnd auf mich zu. „Herzlichen Glückwunsch Katherine. Du erwartest dein fünftes Kind. Die Worte hallten mit lautem Echo in mir nach. „Christoph, das darf nicht wahr sein, stammelte ich. Die Worte brachten mich an den Rand der Lüge. Mir brachen die Tränen aus den Augen. „Ich kann das Kind unmöglich bekommen stammelte ich unglücklich. Ich habe schon drei Kinder und noch eines schaffe ich nicht. Aber ja, sagte Christoph. „Du hast drei gesunde Kinder bekommen, das vierte wird auch gesund. Mach dir keine Sorgen, du bist noch so jung. Du schaffst das. Es gibt gar keinen Grund, dieses Kind nicht zu bekommen. Er versuchte mich zu trösten, mich zu beruhigen aber er verstand gar nichts.

„Nein, nein, ich will nicht. Jetzt weinte ich hemmungslos. Ich kann nicht. Ich kann nicht. Ich war dem Nervenzusammenbruch nahe.

„Pass auf, du wirst jetzt erst mal nach Hause gehen, versuch dich ein wenig zu beruhigen und dann mal in Ruhe darüber nachdenken. Es ist noch früh genug für alle erdenklichen Lösungen. Ich bevorzuge die nicht und ich denke du wirst dich auch anders entscheiden aber ich bin da und wenn du dich entschieden hast, sehen wir uns wieder. Traurig blickte er mir nach als ich weinend die Praxis verließ. Alleine und tränenüberströmt stolperte ich aus der Praxis ins Treppenhaus. Ich war zu keinem Gedanken mehr fähig. Wem sollte ich mich anvertrauen? Niemand wusste von all dem und niemand würde es verstehen. Jemand sprach mich an und nahm mich bei der Schulter.

Der Tag

„Hey, Hey Katherine, was ist denn dir passiert? Warum weinst du so. Meine Freundin Andrea, die ich länger schon nicht gesehen hatte stand plötzlich vor mir. Es war wie eine Erscheinung. Mindestens ein Jahr schon hatte ich sie nicht mehr gesehen. Wir waren schon sehr lange befreundet und hatten auch lange Zeit zusammen gearbeitet. Aber unsere Wege hatten uns in zwei verschiedene Richtungen geführt und trotzdem hatten wir uns nie aus den Augen verloren.

Sobald sich die Zeit fand, waren wir sofort wieder auf einer Längenwelle und es gab keine Hindernisse zwischen uns. Die letzten Jahre hatten wir allerdings wenig Zeit miteinander verbracht. Sie war mit ihrem Medizinstudium beschäftigt und ich mit meinen Kindern. Es blieb wenig Zeit für Privates. Und nun stand sie da und nahm mich in die Arme. „ Andrea, stammelte ich, schlug die Hände vors Gesicht und konnte vor schluchzen nicht antworten. „ Komm, ich fahre dich nach Hause und dann reden wir! OK? Sie nahm mich beim Arm und führte mich zu ihrem Auto. Willenlos, ließ ich alles geschehen. Die Welt schien über mir zusammenzubrechen. Zuhause angekommen bereitete sie uns einen Kaffee und wir setzten uns in die Küche.

„So, und nun erzähl mal. Was ist überhaupt geschehen?
„Ich bin schwanger heulte ich. Und ich kann das Kind nicht bekommen. „ Das ist alles? Fragte sie. Ich habe mir schon Sorgen gemacht. Na das ist doch nun wirklich kein Grund so eine Welle zu schlagen.

Selbst wenn du nicht mehr damit gerechnet hast und die anderen schon älter sind. Du bist auch nicht gerade Methusalem und wirst das Kind gesund auf die Welt bringen. Und arm seid ihr auch nicht unbedingt, also wo ist dein Problem? „Andrea, du verstehst das nicht. Ich kann das Kind unmöglich bekommen. Ich weiß gar nicht wie ich das erklären soll. „Na dann versuch doch schon mal mir zu erklären warum. Vielleicht fällt uns dann ein, wie wir es erklären können. Sie schmunzelte. Wahrscheinlich konnte sie mir nicht ganz folgen.

„Andrea, das Kind ist nicht von Frank. Es ist von David! „Von David? Sprudelte es aus ihr hervor. Von diesem chauvi? der schon ins Koma fällt, wenn man ihm wiederspricht oder anderer Meinung ist. Der David der glaubhaft versichert, dass die Blitze eigentlich aus dem Boden kommen? Nein, das glaube ich nicht. Ich musste lachen, das erste Mal an diesem Tag. Ich wusste, dass sie David nicht mochte. Aber wer mochte ihn schon, er tat ja alles dafür das man ihn nicht mochte und ich kannte ihn halt auch anders. Sie hatten sich vor langer Zeit bei mir Zuhause kennen gelernt. David wieder in seiner typischen Art und Weise alles Niederzureden und Andrea als starke selbstständige studierende Frau fand ihn schrecklich spießig und selbstherrlich und im Grunde musste ich ihr einfach recht geben. Das ist er heute umso mehr. Nun gut. Totenstille. Selbst sie wusste nichts mehr zu sagen. Oh, kam nach geraumer Zeit. Ja aber. Wie soll ich sagen. Hmm… Sie war sprachlos. Seit wann? Ich meine, wie lange? „ Ich habe schon seit längerem ein Verhältnis zu ihm, sagte ich. „ Willst du denn mit David etwas Neues beginnen?

Habt ihr schon mal über die Trennung gesprochen? „ Nein, das kommt für ihn nicht in Frage. Er wird sich niemals von seiner Anja trennen. Da brauche ich nicht drauf zu hoffen. Wir haben alles immer schön unter dem Deckmantel der Begierde und des Spaßes abgetan. Wir haben noch nie über Liebe gesprochen und das werden wir auch nie tun. Er will das nicht. Und ich will es auch nicht. Alles ist gut so wie es ist. Wir sind die besten Freunde. Ich log mir immer noch was vor. Wer sollte das eigentlich glauben, fragte ich mich.

„Ja klar, die besten Freunde, brauste sie auf. Sag mal, glaubst du den Quatsch, den du mir hier erzählen willst eigentlich wirklich? Nun gut. Ich frag nicht weiter. Aber dann sag doch einfach keinem von beiden wie es ist, sondern sag einfach du wärst schwanger und gut. Frank wird es doch nicht anzweifeln. Unter Tränen musste ich lachen. „Andrea, jetzt wird's kompliziert.

Mit klopfendem Herzen dachte ich an diesen Tag und mir stieg die Schamesröte ins Gesicht. Ich konnte Frank bei diesem Gedanken nicht in die Augen sehen. Ich schämte mich zu sehr.

„Was stört dich daran, dass ich mit den Kindern die Zeit mit David und seiner Familie verbringe. Ich habe doch sonst niemanden mehr. Es ist für mich eine Abwechslung und tut mir gut. Bist du etwa eifersüchtig, dass er mit mir jetzt mehr unternimmt als mit dir? Er hat sich auf meine Seite geschlagen. Das stört dich wohl.

„Nein, Frank das ist es nicht. Er belügt dich. Er belügt dich, weil, weil... Ich konnte es kaum aussprechen.

„ Frank, ich habe mit David bis vor wenigen Wochen eine Beziehung geführt.

Ein Luftleerer Raum entstand zwischen uns.

So, der Anfang war geschafft. Sie war der Grund für unsere Trennung vor einem Jahr. Ich habe diese Beziehung beendet, weil sie für mich, so wie es gewesen ist, nicht mehr tragbar war. Aber er wollte die Trennung nicht und seit dieser Zeit stellt er mir nach und schlägt um sich. Er versucht dich auf seine Seite zu ziehen um mir weh zu tun und um sich zu schützen. Aber ich will einfach nicht mehr Lügen. Nichts von dem was er gesagt hat war ehrlich gemeint. Er hat mich benutzt und nun benutzt er dich. Und ich habe dich benutzt flüsterte ich. Es tut mir leid. Ich rutschte unbehaglich auf meinem Stuhl hin und her. Er saß mir gegenüber mit versteinertem Gesicht und sprach mehr zu sich selbst als zu mir

„ Das hätte ich mir denken können. Ich bin der Vollidiot. Wahrscheinlich weiß es schon jeder. Du warst die letzten Monate schon so komisch. Ständig wolltest du weg und dann dieses verfluchte Wochenende an der See. Abendspaziergänge bei denen ich nicht dabei sein sollte, weil Frau sich ja entspannen muss vom Tagesgeschehen. Und wenn ich doch mal mitgegangen bin? Hast du dann einfach eine andere Richtung eingeschlagen? Ach ja, ich erinnere mich. Vor wenigen Wochen haben wir ihn einmal getroffen auf einem dieser Spaziergänge. Toll, das war eigentlich als Treffen geplant. Wahrscheinlich habe ich euch an diesem Abend einen Strich durch die Rechnung gemacht. Ihr habt bestimmt viel darüber lachen müssen, danach, oder? Man bin ich ein Idiot gewesen. Er war der Grund unserer Trennung vor einem Jahr. Du hast mich nach 17 Jahren, seinetwegen verlassen?

„ Er war ein Grund von vielen Gründen Frank. Nicht der Einzige und das weißt du auch. Er war der einzige Grund von dem du nichts wusstest versuchte ich mich zu verteidigen.

„Wie konnte das passieren? Warum hast du mir das angetan.

„ Ich weiß es nicht Frank, es tut mir unendlich leid dir das sagen zu müssen. Wenn ich es doch bloß alles rückgängig machen könnte. Er bedrängt mich, er spielt mich gegen dich aus, er versucht über die Kinder den Zugang zu mir nicht zu verlieren. Er ist letzte Woche völlig ausgerastet. Er schleicht ums Haus rum, sodass ich schon Angst habe rauszugehen, wenn es dunkel wird. Ich bin von verschiedenen Leuten aus der Nachbarschaft schon angesprochen worden, wer denn der Mann sei der immer ums Haus herumläuft. Er setzt mich unter Druck, ruft ständig an und erzählt überall die schlimmsten Dinge über mich. Ich stehe so in der Ecke, dass ich gar nicht anders kann als auszubrechen und die Wahrheit zu sagen. Frank, er versucht mich zu zerstören. Und dich auch. Ich habe ihm die Fäden aus der Hand genommen, er hat keine Kontrolle mehr über mich und deshalb versucht er über die Kinder und dich die Macht auf mich auszuüben. Er hat sicherlich in den letzten Wochen versucht mich noch schlechter bei dir zu machen als ich eh schon bin. Ich bitte dich, lass nicht zu, dass er unsere Familie noch mehr zerstört.

Ich dachte an den Tag als er mir hinter dem Haus auflauerte. Ich erschrak fast zu Tode als ich ihn stehen sah. In diesem Moment war er aber auch schon bei mir, packte mich an den Armen und schüttelte mich fest.
Er funkelte mich zornig an und böse sprach er mich an." Warum gehst du nicht ans Telefon, wenn ich mit dir reden will? Es gibt nichts mehr zu reden David. Wir haben alles bis ins unendliche hinein diskutiert. Ich teile deine Meinung nicht und du meine nicht. Also kommen wir nicht auf einen Nenner. Wir sollten uns einfach in Ruhe lassen. „ Du weißt, dass ich das nicht kann. Und ich will es auch nicht. Du entziehst dich meiner Kontrolle. Das ist nicht gut. Ich mache mir Sorgen um dich. Er drückte mich an die Wand und das erste Mal in meinem Leben, bekam

ich Angst vor ihm.

„ Ok, ich werde alles sagen. Ich gehe noch heute zur Anja und werde alles tun was du sagst. Ich werde mich von ihr trennen und der Weg für uns beide ist vorgegeben. Es wäre zu schön gewesen, wenn diese Worte in normaler Denkweise gekommen wären. Aber so, in diesem Zustand glaubte ich ihm kein Wort und ich denke man konnte ihm auch nicht glauben. Er wollte alles und war wie ein kleines Kind, welches einem den Himmel auf Erden versprach. Ich hatte ihm sein Spielzeug weggenommen, nämlich mich, damit konnte er schlecht leben. „ Deine Freundin Paula, sie ist alles Schuld. Sie hat dich gegen mich aufgebracht. Sie ist kein guter Umgang für dich. Du hast dich nicht gemeldet als du mit ihr und den Kindern in Spanien warst. Du hast dich auch danach nicht gemeldet und als ich in Spanien angekommen bin seid ihr fast geflüchtet. Ich hätte den Tag gerne mit dir verbracht, alleine.

„ Ach ja, brüllte ich jetzt. Und deine Familie, was hättest du denen erzählt? Hättest du einen plausiblen Grund gefunden den Tag mit mir zu verbringen? Niemals, du machst dir ständig was vor. Du belügst dich doch selbst. Und ich hätte mich zu euch setzen müssen und ein freundliches Gesicht machen? Die Stunde die ich mit euch verbringen musste, hat mir schon gereicht. „David du hast es immer noch nicht verstanden. Ich will nicht mehr, du weißt dass ich dich liebe aber wir kommen nicht mehr zusammen. Du wirst nie in der Lage sein deine Familie zu verlassen, weil du die Schuld nicht tragen kannst, weil du nicht ertragen kannst, wenn man schlecht über dich redet. Du könntest es nicht ertragen und du willst auch die Verantwortung nicht übernehmen etwas anders gemacht zu haben als andere. Du würdest bis in die Steinzeit da sitzen und dich selbst vergessen nur damit alle zufrieden sind. Dabei lässt du deine Aggressionen an Anja aus die nun wirklich nichts dafür kann und gibst keinem mehr die Chance eine glückliche Beziehung führen zu können. Dir nicht und ihr auch nicht. Und ich kann dieses Versteckspiel einfach nicht mehr ertragen. Für mich war dieser „Point of no Return" kein Traum, sondern bittere Realität und ich bin anders als du. Ich lebe mein Leben und ich träume es nicht nur.

Du kannst mich nicht einfach so verlassen, jammerte er: „ Das lass ich nicht zu". Immer noch drückte er mich gegen die Wand und kam immer näher. Meine Angst wich einer Wut, die ich ihm gegenüber bis dahin nicht kannte. Mit einem Ruck machte ich mich aus seiner Umklammerung frei. Jetzt wurde meine Stimme beißend. „ David, du wirst mich niemals wieder so anfassen. Niemals mehr wirst du mich so anreden dürfen. Ich will, dass du jetzt endlich gehst. Lass mich in Ruhe und lass auch meine Familie in Ruhe. Ich habe meine Entscheidung getroffen und werde nicht davon abweichen. Es gibt kein Zurück mehr. Du hattest lange genug Zeit deine Entscheidung zu überdenken. Ich habe dir mehr als genug Zeit gegeben. Geh jetzt und fass mich nicht mehr an. Im Grunde weiß ich gar nicht warum du so einen Aufstand machst. Es müsste dir doch gelegen kommen, dass ich mich zurückziehe. Du hast deine Familie die dir so viel bedeutet. Es waren deine Worte, dass ich es nicht Wert bin, dass man sich von seiner Familie trennt. Ich hatte einen tollen Urlaub mit den Kindern und Paula und das lasse ich mir von dir weder schlecht reden, noch wegnehmen. Ich habe selten so viel gelacht wie in diesem Urlaub. David, du willst alles aber begreif endlich, dass ich nicht mehr zu deiner freien Verfügung stehe. Ich habe verstanden, dass das Leben auch ohne dich lebenswert sein kann. Vielleicht hat Paula mir die Augen geöffnet und den Weg für diese Entscheidung mit geebnet aber es ist immer noch meine Entscheidung. Glaube was du willst. Es interessiert mich nicht mehr. Er hatte schon Recht. Paula hatte mir über die Zeit des Schmerzes ihn zu verlieren hinweggeholfen. Sie war immer an meiner Seite und wir führten sehr gute Gespräche. Sie war noch nicht so lange meine Freundin. Eigentlich kannten wir uns schon aus Kindertagen, denn unsere Eltern waren miteinander befreundet und wir haben so manchen Urlaub zusammen verbracht, verloren uns aber dann aus den Augen.

Durch Zufall kam die Verbindung zu ihr wieder zustande. Am ersten Schultag meiner Großen kommt sie ganz stolz nach Hause und erzählt mir, sie hätte jetzt eine Freundin. Ich frage natürlich wie sie heißt und erfuhr nur das sie Johanna heißt. Maya traf sich von diesem Tage an täglich mit Johanna und sie waren schon mindestens acht oder neun Monate befreundet als sie vom Spielen zurück kam und erzählte, dass Johanna und sie heute bei Johannas Großvater in der Werkstatt gewesen waren. Ich wurde hellhörig und fragte sie was dies denn für eine Werkstatt sei. Ja, Mama meinte sie, das ist die Holzwerkstatt mit dem Schwimmbad im Haus. Ich konnte ihr nicht ganz folgen und fragte näher nach. Da würde viel mit Holz gearbeitet. Meinst du eine Schreinerei? fragte ich sie. Ja das ist es, eine Schreinerei. Johannas Großvater ist Schreiner. Und als sie mir dann noch beschrieb, wo diese Schreinerei sei, musste ich doch mal schmunzeln. Schon am Einschulungstag sah ich Paula das erste Mal wieder, wir grüßten uns und stellten fest, dass unsere Kinder in die gleiche Klasse kamen, aber das war es auch schon. Da ich mit den Nachnahmen von Johanna, Kühne, nichts anfangen konnte, stellte ich auch keine Verbindung zu Paula her. Ich dachte daran wie klein die Welt doch war. Da spielten unsere Kinder den ganzen Sommer miteinander und wir wussten nicht einmal, dass wir uns lange schon kannten und viel zu erzählen gehabt hätten. Das holten wir dann nach. Erst seltener, dann schon mal häufiger aber nicht ständig.

Drei Wochen, nachdem ich mich von Frank getrennt hatte kam Maya eines Tages aus der Schule und meinte sie müsste mir dringend was erzählen. Wir hatten bis dahin den Kindern noch nichts gesagt von unserer Trennung aber sie merkten ganz gut, dass etwas anders war nach dem Wochenende an der See. Nun gut, sie war ganz aufgelöst. Mama rief sie: „ Die Johanna hat mir heute in der Schule erzählt das sich Ihr Papa und ihre Mama getrennt haben. Ist das nicht schlimm. Und sie hat gesagt, dass ihr Papa dann jetzt auszieht. Die Johanna ist ganz traurig. Mir brach es das Herz und ich dachte, dass es nun an der Zeit war den Kindern auch mal zu sagen was los war. Sie hatten nicht verdient weiter belogen zu werden. Am nächsten Morgen aber, rief ich Paula an und bat sie mit mir einen Kaffee zu trinken. Sie freute sich von mir zu hören und wir stellten schnell fest, dass wir froh waren jemanden zu haben, mit dem man über die nun folgenden Dinge sprechen konnte. Die ganzen Umstände und Veränderungen die uns beide jetzt ergriffen waren von so großer Bedeutung und Schwierigkeit, dass niemand folgen konnte, der nicht in ähnlicher oder gar gleicher Position war. Durch diese gleichen Lebensumstände wurden wir schnell zu Freundinnen und waren füreinander da. Sie hatte drei Kinder von einem Mann bekommen der sich der Situation nicht stellen konnte und überfordert war. Gerade ein neues Haus gebaut in dem sie jetzt alleine mit den

Kindern saß und nicht wusste wie sie es bezahlen sollte. Alles Dinge die bei mir ähnlich waren. Wir grübelten nächtelang über das ein oder andere Problem. Wir lachten aber auch viel und redeten über diese oder jene skurrile Dinge. Die Freundschaft war sehr wichtig für uns und bald hatten wir sogar gemeinsame Freunde. Es war klar, dass David glaubte sie wäre daran schuld, dass ich mich von ihm trennte. Aber er irrte sich.

Die Entscheidung gegen ihn war viel früher gefallen, sie hatte mir nur geholfen ihn scheibchenweise aus meinem Herz zu ziehen. Und ich denke heute, dass es ohne ihre Hilfe wahrscheinlich nie dazu gekommen wäre und ich immer noch die brave Geliebte wäre. Das wundersame was uns zu Beginn verband war, dass wir uns am gleichen Tag, nämlich dem 1. März 2000, von unseren Männern getrennt hatten. Aus unterschiedlichen Gründen zwar aber doch war dieser Tag für uns beide einschneidend.
Wir hatten viele Gemeinsamkeiten allein schon wegen der Kinder die alle in den gleichen Altersstufen waren und somit ähnliche Probleme hatten. In diesem Jahr 2000 verbrachten wir viel Zeit miteinander und versuchten uns so gut es ging aus den immer wieder auftauchenden depressiven Phasen einer Trennung herauszuholen.

Ich tauchte aus meinen Gedanken wieder auf und sprach Frank an.
„Hörst du! Lass nicht zu das er unsere Familie noch mehr zerstört. Frank saß gedankenverloren vor seinem kalten Kaffee. Er hob den Kopf und sah mich mit dem Blick eines zu Tode getroffenen Tieres an und sagte: „ Dann verrate mir nur noch eines!

Alex

Ist Alex mein Sohn? Bin ich sein Vater? Ist er unser Kind oder ist er euer Kind?

Mir stockte das Herz. Da war sie, die Frage die ich so gefürchtet hatte. Ich wünschte er hätte sie nicht gestellt und ich hätte sie nicht beantworten müssen. Traurig und voller Scham blickte ich auf meine Hände und rang nach Worten. Was sollte ich länger schweigen. Jede Minute die es länger dauerte würde es auch für mich nicht besser machen. Also flüsterte ich gepresst:

„Nein, Alex ist nicht dein Sohn. Es ist das Kind von David. Die Stille die nun entstand war bedrückend und unheimlich. Aber was hätte ich sagen sollen. Weiter Lügen um jeden Preis nur um sich Unannehmlichkeiten zu ersparen? Nein, es war gut so wie es jetzt war. Ich hatte mich für die Wahrheit entschieden und dann musste es die ganze Wahrheit sein. Wie sollte ich ihn bloß trösten können. Selbst wenn ich die richtigen Worte hätte finden können, so war ich doch die falsche Person die sie gesagt hätte. Er hasste mich in diesem Augenblick abgrundtief. All seine Wertvorstellungen hatte ich mit meinen Lügen zerstört. Lieber Gott, hilf ihm dachte ich.

Und wieder schweiften meine Gedanken zu dem unheilvollen Tag und Andrea.

Andrea war eine wirklich gute Freundin die ich schon sehr lange kannte.

Als ich sie kennen lernte arbeitete sie wie ich in der Kardiologie der Universität München und erwartete gerade ihr erstes Kind. Seit dieser Zeit hatten wir uns nie wirklich aus den Augen verloren.

Durch den Beginn ihres Medizinstudiums wurden unsere Treffen zwar weniger aber sie gehörte zu den guten Freundinnen bei denen eine längere Distanz keinen Schaden anrichtete. Wenn wir uns über den Weg liefen, dann war die alte Vertrautheit wieder da. Ich wusste, ich konnte ihr bedingungslos vertrauen. Seit geraumer Zeit wohnte sie im selben Ort und unsere Treffen wurden wieder häufiger. Sie hatte gerade ihr viertes Kind bekommen und konnte nicht verstehen, dass ich diese Schwangerschaft in Frage stellte. An diesem Morgen hätte mir nichts Besseres passieren können, als das ich ihr nach über einem Jahr wieder begegnete. Nachdem ich Andrea die Umstände dieser Schwangerschaft unter Tränen erklärt hatte schwieg sie lange Zeit. Betretenes Schweigen machte sich breit. Nach einer langen Zeit des Nachdenkens und Verarbeiten des Gehörten begann sie das Gespräch mit: „Ja, aber, wieder Schweigen. Also, begann sie erneut, wenn ich jetzt alles richtig verstanden habe, dann kannst du Frank unmöglich sagen das, dass Baby nicht sein Kind ist begann Andrea ihren Monolog. Aber mal im Ernst: „Glaubst du, Frank würde irgendetwas in Frage stellen? Er weiß nichts von der Verbindung zwischen dir und David oder meinst du er ahnt etwas?

Andrea

„ Nein, er weiß nichts und er ahnt nichts aber ich kann ihm doch nicht einfach etwas vormachen und ihn anlügen.

„ Katherine, mal ehrlich sagte sie: „Wie lange geht das schon mit David? Du hast ihm die ganze Zeit was vorgemacht. Siehst du wirklich einen Unterschied zwischen gestern und heute? Mach dir doch nichts vor.

Andrea, im Ernst sagte ich: „Du kannst mich jetzt verurteilen oder mir die Freundschaft kündigen aber ich bin sehr froh das du jetzt da bist. Du bist die erste die das alles erfährt und es tut mir in der Seele gut es einmal jemandem sagen zu können. Ich habe das alles schon so lange auf meinem Herzen liegen und konnte mich niemandem anvertrauen. Ich weinte jetzt wieder und war ihr von Herzen dankbar, dass sie mich anhörte.

Katherine, meinte sie: „Wir kennen uns jetzt locker 15 Jahre und du kennst meine gesamte Lebensgeschichte, die auch nicht immer lustig war. Wir waren immer gute Freundinnen, und ich dachte immer ich kenne dich. Was ich mich immer gefragt habe war wie du es mit Frank aushalten konntest. Er ist bestimmt ein ganz lieber Mensch, aber er hat keine eigene Meinung und schon gar keinen Ehrgeiz. Ich hab's nicht verstanden aber dachte mir, solange es gut geht ist es in Ordnung, du würdest schon wissen was du tust. Aber wenn ich jetzt diese Geschichte höre habe ich den Eindruck, dass ich nichts von dir weiß. Vertrau dich mir an, dann geht es dir besser. Du kannst mir hundertprozentig glauben, dass nichts von dem was wir hier erzählen nach außen dringt. Vielleicht finden wir eine Lösung, wenn du es einmal alles ausgesprochen hast, dann klärt sich vieles von alleine auf. „ Dann wirst du aber viel Zeit brauchen sagte ich und lachte unter Tränen". Das macht nichts, meinte sie lachend. „Ich habe für heute Morgen alle Termine abgesagt und habe Zeit. Wir kochten uns einen weiteren Kaffee, nachdem der erste kalt war und setzten uns bequem in den Wintergarten und dann erzählte ich ihr meine gesamte Lebensgeschichte und sie hörte geduldig zu ohne mich ein einziges Mal zu unterbrechen. Es tat unendlich gut, reden zu dürfen bei jemandem dem man vertraute.

Frank

Wir heirateten im Frühling 1983, auf Drängen seiner Mutter, nachdem wir nun schon 2 Jahre zusammen wohnten. Diese ersten beiden Jahre, waren nicht immer schön aber ich hatte mir vorgenommen es allen zu beweisen, dass man eine gute Beziehung führen konnte auch, wenn man dieses Elternhaus besaß. Man durfte halt nicht so schnell die Flinte ins Korn werfen sagte meine Mutter immer also biss ich die Zähne so manches Mal zusammen, obwohl es schon im ersten Jahr besser gewesen wäre sich zu trennen. Wir blieben zusammen und bastelten an unseren Traum. Ein eigenes Haus musste es sein. Frank sprach immer davon, wenn er genügend gespart hatte, dann würde er anfangen. Nur hatten wir nie etwas zum Sparen und ich fragte ihn, wann er denn anfangen wolle, wenn nie etwas gespart werden würde.
Ich überzeugte ihn davon, dass wir mit dem Geld auskommen mussten was wir verdienten und das, auch wenn wir ein Haus gebaut hätten. Wir würden nie genügend Geld haben um auch noch sparen zu können. Und so wurde es gemacht. Wir bauten dieses Haus und im Folgenden habe ich diese Entscheidung oft in Frage

gestellt. Frank war nicht der Mensch der sich gerne um die Formalitäten kümmerte und überlies mir alles. Von der Bauleitung bis hin zu Amtsgängen. Überall tauchte ich alleine auf. Ich war 19 Jahre alt und saß mit unserem Bankkaufmann im Büro und tüftelte mit ihm die Finanzierung aus. Wieder mal alleine. Frank nickte nur und versprach am Abend regelmäßig an die Baustelle zu fahren um die handwerklichen Dinge zu erledigen. Meistens kam er mit den Worten nach Hause: „Ich habe jetzt erst mal aufgeräumt und gekehrt". Oftmals schwoll mir der Kamm, und die Bauarbeiten gingen nur schleppend voran. Nichts lief so wie es im eigentlichen Sinne geplant war und ich begann David um Hilfe zu bitten. Nach einiger Zeit hatte ich seine volle Unterstützung, und ich fragte Frank erst gar nicht mehr um Hilfe. Er hatte eh keine Antworten. Ich besorgte die Handwerker, die Kostenvoranschläge, besprach sie mit David und er half mir wo er konnte. Im Sommer 1984 bezogen wir unser Haus und die Stimmung war denkbar schlecht. Ich brauchte sehr lange um wieder Respekt und Achtung Frank gegenüber zu entwickeln und oft entschuldigte ich ihn, weil ich wusste, dass er einfach mit der Situation überfordert war. Aber wer zum Teufel fragte nach mir. Er hatte nicht einmal gefragt wie es mir in dieser Situation ging und ich war auch erst 19 Jahre alt. Nun gut, wir erholten uns alle von der anstrengenden Zeit und konnten dann so langsam auch die positiven Seiten sehen. Wir hatten gemeinsame Frühstücke, nette Abende, Freunde um uns herum und alles schien perfekt. Manchmal ging ich durch unser Haus, war mächtig stolz auf das geschaffte und sagte mir immer wieder: „ Du wirst ihn bestimmt noch lieben lernen.

Dieser Satz aber kam nicht bis an die Oberfläche, sonst

glaube ich hätte ich es nicht so lange mitgemacht. Und wenn ich so durchs Haus schlich kam in mir der Wunsch hoch ein eigenes Kind zu haben.

Kinderwunsch

Ein Baby, dann würde bestimmt alles noch perfekter. Und dann hätte ich etwas zum richtig Lieben in den Händen. Wir legten es also drauf an und hofften jeden Monat auf Erfolg, der sich aber nicht einstellen wollte. Dieser Wunsch schien uns versagt zu bleiben. Nach einem Jahr der Hoffnung und der Enttäuschung, ging ich zum Arzt und lies mich mit allen Mitteln untersuchen, um genau zu wissen, ob es an mir lag, und was man eventuell daran tun konnte. Nichts wurde gefunden. Alles war in Ordnung bei mir. Der Arzt versuchte mich zu trösten und meinte ich solle mich nicht so hineinsteigern, dann würde es schon klappen. Toll, dachte ich, ich steigere mich nicht rein, ich sehe nur, dass hier irgendetwas ganz schön schief läuft. Auf mein Drängen hin, lies sich dann auch Frank endlich untersuchen und das Ergebnis lähmte mein Gehirn. Der Arzt, den ich an diesem Morgen am Telefon hatte, redete von Prozenten, Qualität, Quantität und Motilität und alles was ich verstand war das es unmöglich schien von diesem Mann ein Baby zu bekommen. Aber ich sollte mich nicht so hineinsteigern. Alles klar. Mir brach der Schweiß aus und meine gesamte Weltvorstellung war dahin. Er würde also niemals Kinder zeugen können prophezeite man uns. Die Ärzte rieten uns zu der Ein oder anderen Therapie, aber die Ergebnisse der Untersuchungen wurden immer schlechter, je mehr wir unternahmen. Nach einem Jahr der unterschiedlichsten und schmerzhaftesten Therapien, brachen wir alles ab und versuchten unsere angeschlagene Partnerschaft zu retten. Ihn aus diesem Grund zu verlassen kam für mich nicht in Frage. Ich hätte es als unfair und gemein empfunden ihn so abzuwerten. Ich nahm mir vor es zu überwinden und es auszuhalten. Ich müsste mich nur zusammenreißen, dann würde es schon gehen. Aber es gelang mir nur zum Teil und ich wurde den Wunsch nach einem eigenen Kind nicht los. Ich fühlte mich minderwertig und unausgefüllt. Ich wollte schwanger sein und alles erleben dürfen was damit zusammen hing. Die nächsten zwei Jahre, schleppten sich ins Land und ich nutzte die Zeit für berufliche Weiterbildungen. Ich wechselte das Arbeitsfeld und fing auf einer internistischen Intensivstation an. Hier hatte ich so viele Veränderungen zu verarbeiten, sodass ich meinen Gedankenfluss etwas bremsen konnte.

Die Arbeit füllte mich aus und ich musste sehr viel lernen. Weiterhin unternahmen wir viel mit anderen Pärchen, aber es wurde immer schwieriger einen Freundeskreis zu finden in dem sich nicht früher oder später Nachwuchs einstellte. So machte ich den einen oder anderen Motorradausflug mit David, diese waren Babyfreie Zone und taten mir unwahrscheinlich gut. In diesen Momenten fühlte ich mich frei und unbefangen. Nichts belastete mein Denken, wenn ich mit ihm auf diesem Motorrad saß.

Im Februar des Jahres 1986 passierte es.

Einer unserer gemeinsamen Freunde feierte seinen Geburtstag und wir alle waren eingeladen. Es war ein sehr ausgelassenes Fest, und wir tranken viel zu viel. David, mal wieder auf der Suche nach seiner Traumfrau, sah uns zu wie wir uns unterhielten und hatte einen seltsamen Blick in seinen Augen als ich ihn sah. Ein seltsames Gefühl machte sich in mir breit nach diesem Augenblick.

Ich verwarf allerdings sofort jeglichen Gedanken daran und schob es auf den Alkohol. Frank hatte mehr getrunken als er vertragen konnte und wollte sich Nachhause verabschieden. Er meinte ich solle ruhig noch bleiben, wenn es mir noch Spaß machen würde, denn er wollte mir nicht den Abend verderben, so blieb ich also. Ich hatte es nicht weit bis Nachhause und daher war es nicht ungewöhnlich, dass wir zu unterschiedlichen Zeiten fort gingen. Es dauerte nicht lange, dann hatten David und ich eine gute Unterhaltung begonnen, wir tranken Sekt und lachten viel. Es war sehr unkompliziert sich mit ihm zu unterhalten. Seit unserer ersten Motorradtour hatten wir ein sehr freundschaftliches Verhältnis zueinander und wir verstanden uns in den meisten Dingen gut. Keiner von uns dachte ehrlich an etwas anderes, wir waren einfach Freunde. Es war schon spät in der Nacht als ich ihn bat mich Nachhause zu begleiten. Es war Februar und sehr kalt und wir gingen schweigend nebeneinander her. Einige Zeit später, fanden sich unsere Hände und mein Herz schlug so schnell, dass ich dachte ich verschlucke mich daran. Die Spannung zwischen uns wuchs und ich genoss die Wärme die von seinen weichen Händen ausging. So gingen wir durch die Nacht, und keiner von uns wollte, dass dieser Moment zu Ende ging. Als wir uns in die Augen blickten empfanden wir beide die Tiefe des Augenblicks und jeder von uns wusste was nun folgte. Mitten auf der Straße blieben wir stehen und küssten uns. Er streichelte meine Lippen mit seinen und langsam drang seine Zunge in meinen Mund. Ganz weich und liebevoll küssten wir uns, fast schüchtern kamen wir uns näher. Dieser Kuss, brachte mich um den Verstand und er weckte in mir die Lust auf mehr.

Mehr Küsse und mehr von anderen Dingen mit denen ich fast schon abgeschlossen hatte, obwohl ich erst 23 Jahre alt war. Nie war ich bis dahin so geküsst worden und mein Körper wollte mehr. Langsam gingen wir weiter, blickten uns kurz in die Augen und wechselten ohne etwas zu sagen die Richtung. Wir verbrachten die Nacht zusammen bei ihm und klammerten uns wie zwei Ertrinkende aneinander, dann liebten wir uns wie ich es noch nie erlebt hatte. Mal zärtlich, dann wieder wild und fordernd, man hätte meinen können das wir die Zeit einholen wollten in der wir beide das vermisst hatten. Bis zum Morgengrauen lagen wir zusammen in seinem Bett und nie wieder, habe ich mich in einem Bett so wohl gefühlt wie in jener Nacht. Wir sprachen nicht von Liebe, nicht von Trennung oder Gemeinsamkeiten, dieses Thema wurde ausgespart, in dieser Nacht und auch in Folge. Es gab ein ungeschriebenes Gesetz zwischen uns, das besagte, dass nichts passiert sei und das sich nichts ändern würde. Diese Nacht war unser Schlüsselerlebnis gewesen und wir wollten es wiederhaben, immer und immer wieder trafen wir uns, mal wöchentlich, dann aber auch wieder mehrere Monate gar nicht. Ich wusste ziemlich gut, dass ich mich verliebt hatte, wusste aber auch, dass es nicht sein durfte und, dass es niemals etwas zwischen uns werden würde. Ich ließ also das Gefühl erst gar nicht richtig zu und beruhigte mich mit der Vorstellung mir lediglich manchmal etwas zu gönnen, was mir gut tat. Und er tat mir gut. Wir benutzten uns gegenseitig und bemerkten es nicht. Wie traurig.

Aus heutiger Sicht denke ich, wir wären damals besser zu dem Schluss gekommen, es miteinander zu versuchen. Vielleicht hätten wir bald feststellen müssen, dass wir nicht füreinander geschaffen gewesen wären, dann hätten

wir uns voneinander lösen können und jegliches Gefühl
wäre verschwunden gewesen, vielleicht wäre es aber auch
eine wirklich gute Beziehung geworden. Wir hatten alle
Chancen dieser Welt und haben sie nicht genutzt.

Zu viele Steine lagen uns im Weg die uns behinderten
unseren Weg gehen zu können. Davids Vater, Heinrich,
war absolut gegen diese Verbindung. Er beeinflusste
seinen Sohn, wie so oft, auch in seiner Entscheidung
darüber mit wem er eine Verbindung einging.

Er kannte meinen Vater und wollte mit meiner Familie
nichts zu tun haben und dies machte er David nur allzu
deutlich. Als David ein Jahr nach unserer ersten
heimlichen und intimen Begegnung seine jetzige Frau
kennerlernte, seine Traumfrau wie er sagte, bekämpfte ich
brav und still meine Eifersucht und wusste insgeheim das
sie mir nichts wegnehmen würde. Sie war einfach von der
Erscheinung und dem Ausdruck in ihren Augen nicht der
Mensch der mir gefährlich werden könnte. Sie war noch
sehr jung und unerfahren und Davids Beeinflussung
hoffnungslos ausgeliefert. Da sie acht Jahre jünger als
David war, konnte sie sich seiner, auf den ersten Blick,
allwissenden, Macht nicht entziehen. Sie glaubte ihm
jedes Wort und merkte nicht, dass er aus ihr eine
Marionette machte. Eine Puppe die genau das sagte und
dachte, die genau das tat was man von ihr verlangte und in
allen anderen Fällen den Mund hielt. Selbst als alles
aufflog blieb sie bei ihm und fand für sich einen Weg es
zu entschuldigen. Mit Sicherheit hatte er noch eine
Möglichkeit gefunden ihr die Schuld für alles in die
Schuhe zu schieben. Nun hatte er für sich sein Spielzeug
namens Traumfrau gefunden und figürlich und vom
äußeren Anschein nach war sie durchaus ansprechend.

Genau das was er gesucht hatte, jemanden den man formen konnte und dazu noch gut aussah. Sehr naiv gedacht, sehr einfach und nicht weitsichtig. Nun gut, da ich spürte, dass sie mir nichts wegnahm, schloss ich Freundschaft mit ihr. Wir machten zusammen Sport, trafen uns zum Kaffee und redeten. Sie war eine sehr liebe Freundin und ich fühlte mich oft schlecht in ihrer Gegenwart, jedoch dachte ich mir, dass es eben genau so sein müsste, ich stellte nichts in Frage. Sie hörte zu, was auch immer „Mann" für ein Problem hatte und war immer da, wenn man sie brauchte. Wenn wir uns unter anderen Bedingungen kennen gelernt hätten wären wir sicherlich gute Freundinnen geworden, so jedoch, hatte ich Bedenken sie zu nah an mich herankommen zu lassen, und erzählte ihr auch nichts von meinen Problemen. Wie hätte ich das auch tun sollen, das was mich betraf, betraf auch ihren Mann, und andere Probleme hatte ich nicht, zumindest keine, die vom Rang her höher standen. Ich wartete den Zeitpunkt also geduldig ab, bis er wieder zu mir fand und das dauerte nicht lange aber ich gönnte ihm auch die Gemeinsamkeiten die so wichtig waren in einer Beziehung. Das Gefühl der Gemeinsamkeit, morgens zusammen aufstehen und zu duschen. Ein Frühstück, welches gemeinsam besser schmeckt. Das Haus gemeinsam verlassen und am Abend wieder betreten. Die gemeinsamen Abende mit guten Gesprächen, zusammen schlafen gehen und all die vielen kleinen weiteren Dinge die das Zusammenleben ausmachen. Ich gönnte es ihm wirklich, all die Dinge die ich schon besaß und so sehr genießen konnte, obwohl es der falsche Mann an meiner Seite war. So schien alles perfekt und alles blieb wie es begonnen hatte. Wir trafen uns unregelmäßig immer an sehr versteckten Plätzen und liebten uns.

Die Zärtlichkeiten die wir miteinander austauschten wurden immer intensiver und immer weicher. Dann trennten wir uns wieder und wir lebten unsere Leben wie bisher. Ich hatte gelernt mit den Erfahrungen dieser Tage und Nächte umzugehen. Zu Beginn fiel es mir sehr schwer mich danach ins Tagesgeschehen einzufügen. Meine Gedanken waren beherrscht von dem Gefühlten und mir fehlten die Konzentration und die Stimmung für den Tag. So manchen Tag zweifelte ich an mir selbst, warum tat ich es immer wieder? Ich fühlte mich sehr schlecht und war depressiv aber ich durfte ja niemandem etwas davon erzählen. Also, musste ich selbst damit klar kommen und ich lernte damit umzugehen. Niemand durfte davon erfahren und auch ich musste weiter leben, also fand ich für mich eine Technik es zu ertragen. Ich nahm es als gegeben hin und konzentrierte mich auf meine Ehe und meinen Wunsch nach einem Kind. Ich tat als sei es nicht geschehen und wenn ich daran denken musste, dann ließ ich nur das gute Gefühl zu, welches sich in meinem Bauch breit machte. Die schlechten Gefühle überging ich und projizierte sie auf die Erfüllung meiner Wünsche.

So ging es mehrere Jahre gut ohne, dass jemand etwas herausfand. Frank und ich suchten weiterhin eine Lösung unseres Problems und hörten von einem unserer Ärzte von der Möglichkeit einer Fremdsamenspende.

Nachdem wir uns hatten aufklären lassen, verwarfen wir zu Beginn diese Möglichkeit. Sie hatte zwar für mich den Vorteil in den Genuss der Schwangerschaft zu kommen, für Frank aber stand dann, unwiderruflich fest, nicht der Vater des Kindes zu sein. Das widerstrebte uns beiden, jedoch war uns auch klar, dass unsere Beziehung ohne eigene Kinder wohl nicht lange Bestand hatte.

Ich wusste, dass mein Leben ohne Kinder nicht lebenswert war, ich empfand es so. Natürlich war das Unsinn aber ich hätte es niemals ausgehalten.

Unbewusst war uns beiden klar, dass wir diese Möglichkeit nutzen würden und so wurde es dann auch gemacht. Wir hatten im Voraus mehrere Gespräche mit dem behandelnden Arzt, und er klärte uns über die rechtlichen und moralischen Pflichten auf. Er erklärte uns zum Beispiel, dass der biologische Vater keinesfalls auf Unterhaltsansprüche verklagt werden könne und das der als Vater, im Stammbuch eingetragene, sich niemals seinen Pflichten als Vater entziehen könne, damit von vornherein klar sei, wer der Vater des Kindes sei. Für uns war das perfekt, weil damit unwiderruflich klar war, dass Frank Vater werden würde, wenn es denn funktionierte. Für ihn war dies ein großer Pluspunkt, auch wenn es nicht im biologischen sein Kind war aber die Verantwortung über ein noch ungeborenes Kind wurde ihm übertragen. Dann musste noch die Wahl des Spenders besprochen werden und verschiedene andere Dinge, die mich zwar etwas verunsicherten, die ich aber trotzdem alle in Kauf nahm. Er sprach von missglückten Versuchen, trotz bester Voraussetzungen, von Mehrlingsgeburten, Abstoßungen gesunder Embryonen und einer erhöhten Fehlgeburtsrate, aus welchen Gründen auch immer. Das Hoffen und Bangen, die Hormonbehandlung und die Frage nach dem richtigen Spender bestimmten unseren Tagesablauf. In diesen Monaten hatte ich bewusst keinen Kontakt zu David. Meine Gedanken um ein eigenes Kind waren zu vordergründig, als das ich mich um andere Dinge hätte kümmern können.

Niemand, aus unserem Freundeskreis wusste von unserem Problem, und schon gar nicht von unserer Therapie. Sie hätte bestimmt einige Leute abgestoßen und ich wollte nicht, dass es eine Beurteilung der Kinder oder des Kindes geben würde. Mehrere Monate hintereinander nahm ich Hormone um den Eisprung auf den Tag hin zu positionieren und mein Körper funktionierte nur noch. Er fühlte nichts mehr und als ich dann da lag und zum dritten Mal hintereinander ein fremdes Sperma eingepflanzt bekam, kamen mir zum ersten Mal die Tränen. Ich verfluchte meinen Mann, mich selbst, fühlte mich gestraft und geschunden. Ich wusste, dass es auch in diesem Monat nicht funktionieren würde und fühlte Trotz in mir aufsteigen. Wut über das was mir widerfuhr, Trauer und Eifersucht den Frauen gegenüber die draußen im Warteraum saßen und ihre dicken und runden Bäuche stolz präsentierten, mit Vätern, die darüber diskutierten ob ihr Sprössling die eine oder andere Neigung von ihnen übernommen hätte. Lachen und glückliche Gesichter waren mir in diesem Moment zuwider, denn eine tiefe Depression hatte Besitz von mir ergriffen. Der Trotz, der mich schon in vielen Situationen gerettet hatte, stieg in mir hoch und zog mich an den Haaren wieder hoch. Ich trocknete meine Tränen und ging nach Hause. Niemand hatte meinen Tiefpunkt bemerkt, ich lächelte und verbarg meine Angst wieder zu versagen, obwohl ich wusste, dass es auch für diesen Monat wieder vorbei war. Ich vertraute meinem Gefühl, immer, so auch diesmal und die Trauer die mich ergriff als ich Zuhause war, vertrieb ich mit wildem Aktionismus. Ich blieb an diesem Abend nicht Zuhause, sondern traf mich mit David. Ich rief ihn an und fragte ob er Zeit für mich hätte und schon hatte ich ein Date zum Essen am Abend.

Es war in der Jahreszeit leider zu früh für das Motorrad und so fuhren wir mit dem Auto.

Er bemerkte sofort, dass ich ziemlich schlecht drauf war und fragte auch nach, aber ich wollte ihm nichts erzählen und bat ihn, einfach einen netten Abend mit mir zu verbringen und es darauf beruhen zu lassen.

Es wurde ein wunderschöner Abend an dem wir viel lachten und auf die wildesten Ideen kamen. Wir saßen Stunde um Stunde in dem Lokal, bei Kerzenschein und erzählten und redeten. Einmal nahm er mich einfach so in den Arm und meinte: „ Ich hoffe, es geht dir jetzt etwas besser. Zumindest siehst du jetzt besser aus sagte er und lachte. Er schaffte es tatsächlich mich an diesem Abend abzulenken und mir meinen Frust zu nehmen. Lange nach dem Essen, wir saßen immer noch in dem kleinen italienischen Restaurant, die Kerzen längst abgebrannt.

Ein etwas entnervter Kellner im Hintergrund, bat uns höflichst zu gehen, weil das Restaurant schließen wollte. Wir sahen uns um und bemerkten, dass wir die Letzten in dem Lokal waren. Hand in Hand gingen wir durch die Nacht, wir sprachen wenig. Jeder war mit seinen eigenen Gedanken beschäftigt.

Der Abend war so gelungen, dass ich ihn ungern einfach so auslaufen lassen wollte und so schlug ich nicht aus, mit ihm noch einen letzten Kaffee trinken zu gehen. Wir fuhren zu ihm nach Hause und setzten uns in die Küche, kochten uns einen löslichen Kaffee, der zwar widerlich schmeckte aber die Spannung zwischen uns etwas entschärfte. Aber wer wollte das schon. Wir fanden die Spannung sehr angenehm und genossen die Situation. Irgendwann stand er auf, zog mich vom Stuhl hoch und küsste mich.

Dann sah er mich an und sagte": Ich habe den Abend mit dir so sehr genossen und ich würde dir gerne sagen was ich niemals sagen darf. Er streichelte mein Gesicht, seine Hände glitten an meinem Rücken hinab, an den Armen wieder herauf und als er ganz zart meine Brust berührte, da spürte ich eine Saite in mir klingen die ich länger schon vergessen glaubte und ich wusste das ich heute nicht mehr nach Hause kommen würde. Ich vergaß alle guten Vorsätze, dachte nicht mehr an Babys oder verpasste Eisprungtermine oder schmerzhafte Hormontherapien. Ich lebte, ich lebte diesen Moment mehr als zu jeder anderen Zeit in meinem Leben. Ich war nur Frau und durfte es auch sein. Wir standen noch sehr lange in der Küche und streichelten uns, fühlten unsere Körper miteinander verschmelzen. Unsere Kleider fielen nach und nach auf dem Boden. Die Erregung die uns erfasste war unbeschreiblich erotisch. Nie zuvor waren wir in einem solchen Gefühlsstrom gefangen, nie so zärtlich miteinander gewesen. In dieser Nacht spürte ich wie sehr ich ihn liebte und wie weh es mir tat dies niemals aussprechen zu dürfen. Das Denken war ausgeschaltet, es gab nur noch Fühlen in diesem Moment und als wir in seinem Schlafzimmer auf das Bett sanken, war nur noch Stille in unseren Köpfen. Stille und Gefühl füreinander, welches sich in einer Zärtlichkeit deutlich machte, die mich in eine andere Sphäre zog. Ich wünschte mir, dass diese Nacht kein Ende nahm und dieser Wunsch schien Wirklichkeit zu werden. Immer wieder drang er in mich ein und führte mich langsam und doch fordernd zum Höhepunkt. Wie sehr wünschte ich mir, dass er mich lieben würde.

Und im innersten meines Körpers wusste ich das er mich liebte. Tief in der Nacht, als er schlief, verließ ich sein Haus und ging den Weg nach Hause nur widerwillig. Am nächsten Morgen setzte ich mein normales Lächeln wieder auf und erzählte von unserem Essen und das wir erst spät das Lokal verlassen hatten. Frank fiel es nicht auf, dass ich die ganze Nacht nicht da gewesen war. Mehrere Wochen sah ich David nach diesem Erlebnis nicht mehr und das war auch gut so. Nach dieser Nacht war ich sehr verunsichert, ob der Weg den ich eingeschlagen hatte, der Richtige war. Die nächsten Wochen versuchte ich mich in der Arbeit zu verstecken und musste mich um viele Dinge kümmern, sodass ich tatsächlich das Gefühl verdrängte was in dieser Nacht entstanden war. Dieses Erlebnis war jedoch so übermächtig, dass ich darüber zumindest mein Grundproblem vergaß. Ich hatte eine gewisse Festigkeit gefunden mit der ich durchaus leben konnte, einfach ein sehr gutes Gefühl was sich in mir seit dieser Nacht breit gemacht hatte.

Die nächsten Tage und Wochen waren so ausgefüllt mit beruflichen Fortbildungen, dass ich nicht bemerkte, dass der Tag meiner nächsten Regelblutung kam und auch verging, ohne dass etwas geschehen wäre.

Ich dachte nicht daran und merkte dies erst eine Woche später. Noch machte ich mir keine Gedanken, als jedoch die Blutung weiterhin ausblieb und auch nach zwei Wochen noch nicht eingetreten war machte ich mir ernsthafte Sorgen. Ich fühlte mich in der letzten Woche schon schlapp und müde und ich befürchtete, dass die Hormontherapie meiner Gesundheit geschadet hatte.

Es wäre nicht das erste Mal gewesen. Vor Monaten war es mal zu einer übersteigerten Eizellenproduktion gekommen die mich mit ähnlichen Symptomen und extremer Schwäche und massiven Schmerzen drei Tage ans Bett gefesselt hatte. Alarmiert besorgte ich mir also einen Termin bei meinem Gynäkologen. Er war ein Kollege von mir gewesen und hatte vor nicht allzu langer Zeit in unserem Dorf eine Praxis übernommen. Er kannte meine missglückten Versuche ein Baby zu bekommen also war er sehr vorsichtig mit der Untersuchung.

Ich vertraute ihm voll und ganz. Behutsam untersuchte er mich, nahm eine Urinprobe und machte einen Ultraschall. Dann, nachdem ich mich wieder ankleiden durfte, rief er mich in sein Besprechungszimmer und lächelte mich an. „ Tja, sagte er: Ich glaube, du hast es tatsächlich geschafft, du bist schwanger und es sieht alles sehr gut aus. Die Hormonwerte die der Urintest gezeigt hat sind auch gut und die Ultraschalluntersuchung liefert eindeutige Bilder. Er zeigte mir ein Bild von vielen auf seinem Schreibtisch. „Schau mal, sieht das nicht schön aus? Ich saß wie versteinert vor ihm und konnte das gesagte kaum glauben. Ich hörte es zwar, aber es drang nicht in mein Gehirn vor, so unwahrscheinlich war es. Sollte der letzte Versuch vor Wochen doch ein Erfolg gewesen sein? Sollten wir einmal Glück gehabt haben, nach so viel Unglück? Ich konnte es nicht glauben und sah mir immer wieder das Bild an. Dann nahm er ein anderes Bild und lächelnd übergab er es mir. „Schau mal, weißt du was das bedeutet? Tränen schossen in meine Augen. Auf diesem Bild sah man nicht nur eine Fruchthöhle, sondern zwei. Fassungslos und weinend schaute ich immer wieder hin, unfähig ein Wort zu sagen.

Ich war schwanger und bekam Zwillinge, gleich zwei Babys wuchsen in meinem Bauch heran. Ich war in der zehnten Woche schwanger und wusste es erst jetzt. Die kleinen Herzchen schlugen, alle beide, und alles sah gesund aus. Christoph klärte mich auf das es bei Fremdspendern zu einer erhöhten Fehlgeburtsrate kommen könnte, sowie auch bei Mehrlingsgeburten aber ich hatte überhaupt keine Angst, dass irgendetwas schief gehen könnte. Ich war jung, gesund und warum sollte etwas schief gehen. Also, genoss ich den Sommer 1989 in vollen Zügen, stolzierte mit meinem fetten und runden Bauch durch unser kleines Dorf und wurde von allen bestaunt. Stolz erzählte ich jedem von den Zwillingen und freute mich unendlich auf die Geburt. Frank und ich erwähnten von diesem Augenblick nie wieder die Art und Weise der Befruchtung. Wir freuten uns wahnsinnig auf die Babys und richteten früh schon das Kinderzimmer ein, suchten die Paten aus und bestellten die Kinderbettchen. Meine damals beste Freundin Franzi sollte die Patin über das Mädchen werden und unser Freund David sollte Pate über den Jungen werden, denn das es ein Pärchen werden sollte hatte man beim Ultraschall der in den nächsten Wochen folgte, schon gesehen. David fertigte uns eine Zwillingswiege an und die ganze Welt drehte sich nur um mich. Es war der schönste Sommer den ich bis dahin erlebt hatte. Nicht im Traum hätte ich mit dem drohenden Unheil gerechnet was da auf mich zukam. David fragte mich im Laufe der Zeit einmal, ob es möglich sei, dass er der Vater der Kinder sei, aber da war ich mir ganz sicher, dass dies nicht der Fall war und konnte seine Bedenken zerstören.

Ich konnte sein Gesicht in diesem Moment nicht ganz einordnen, war es Erleichterung oder war es Enttäuschung. Ich entschied mich für Erleichterung und vergaß das kurze Gespräch. Ich war viel zu sehr gefangen in meinem Glück, als das ich einen Gedanken an David verschwendet hätte. Mein Wunsch war es allerdings das er die Patenschaft für eines der Kinder übernehmen sollte. Ich sah ihn als Freund und wollte die Bindung die er an mich und unsere Familie hatte verstärken.

Es sollte seine eigene Entscheidung sein, für welches der Kinder er sich verantwortlich fühlen sollte und mich wunderte damals sein Engagement. Er baute eine Zwillingswiege die so groß war, dass die Kinder locker ein halbes Jahr darin liegen konnten. Er kam uns mehrmals in der Woche besuchen und interessierte sich für die Gestaltung des Kinderzimmers. Er fragte mich zwischendurch das ein oder andere Mal ob ich mit ihm Essen ging, ich lehnte jedoch immer ab. Es war mir nicht wichtig, weil ich meine Zeit Zuhause genoss. Ich wurde furchtbar rund und der Termin der Entbindung nahte. Alles verlief gut innerhalb der Schwangerschaft, und niemand ahnte etwas Schreckliches.

Rene´

Als ich am 26.Oktober 1989 meine zwei süßen Babys in den Armen hielt war ich der glücklichste Mensch unter Gottes Sonne. Endlich hatte ich erreicht was für mich lange Zeit so unerreichbar schien und wovon doch mein ganzes Glück abhing. Es musste nach 18 Stunden Wehen ein Kaiserschnitt gemacht werden aber auch das tat dem Glück keinen Abbruch. In der Nacht hatte ich einen Blasensprung. Ich stand auf dem Balkon, nachdem ich durch die ersten Wehen geweckt worden war und dachte darüber nach was nun passieren würde. Eine leichte Unruhe überfiel mich. Eine Mischung aus Vorfreude, Angst, Zukunftsunsicherheit. Aber auch ganz viel Freude. Wir fuhren in die Klinik, und es begann die Zeit der Wehen und des Wartens. Nichts geschah. 18 lange Stunden. Ich war erschöpft, müde und bekam Fieber. Das war die Entscheidung, nun doch einen Kaiserschnitt einzuleiten. Ich hatte mir so sehr eine normale Geburt gewünscht aber es ging um die Gesundheit unserer Kinder und somit war es beschlossen.

Mein Sohn René und meine Tochter Maya wurden geboren. Ein unbeschreiblicher Moment des Glücks als ich meine Kinder das erste Mal riechen durfte, sie anfassen durfte und sehen konnte, dass alles gut war. Ich genoss die Tage in der Klinik, die Besuche, den Stolz auf die kleinen Wesen, die ich geboren hatte. Endlich durfte ich ein Baby mein eigen nennen. Sogar zwei Babys! Ich war so stolz und so unerschütterlich fest in dem Glauben an eine wundervolle Zukunft. Ich hatte eine furchtbare Familie, einen furchtbaren Vater und eine uninteressierte Mutter überwunden. Ich hatte die Chance alles anders zu machen. Und ich würde es anders machen. Ich war mir so sicher.
Der Zusammenbruch kam erst drei Tage später. Ich wachte gegen sieben Uhr auf, weil vor meinem Fenster ein Hubschrauber landete und ohne, dass ich mir Gedanken darüber gemacht hätte, schlief ich nochmals ein. Minuten später stürmte ein Kinderarzt den ich nicht kannte in mein Zimmer und erklärte mir in schnellen Worten, dass er nun meinen Sohn mitnehmen würde.
„Frau Kirsch, mein Name ist... (habe ich direkt wieder vergessen) „Ich werde ihren Sohn René jetzt mit in die

Kinderklinik nehmen, er hat die Nacht nicht gut überstanden und wir werden daher den Weg in die Kinderklinik mit dem Hubschrauber fliegen müssen. Er ist jetzt schon im Inkubator auf dem Weg nach unten und ich werde gut auf ihn achten. Machen sie sich bitte keine Gedanken, ich werde alles Nötige für ihn tun. Der Verdacht liegt nahe das er ein Herzproblem hat aber das werden wir vor Ort klären. Mit diesen Worten schlug die Türe hinter ihm ins Schloss und eh ich mich versah startete der Hubschrauber wieder.

Ich sah dem davon fliegenden Hubschrauber nach und in meinem Gehirn brannte ein Feuer.

Der Hubschrauber drehte vor meinem Fenster ab und meine Starre verließ mich. Was wollte dieser Doktor? Wie hieß er noch? Was war passiert? Er nahm meinen René mit? Was sollte er haben? Ein Herzproblem? Was? Was? Was? Da ist mein Kind drin? Der nimmt mein Kind mit? Keine Sorgen? Meine Stimme überschlug sich innerlich immer mehr. Ich wurde hektisch und weinte, verstand die Sprache der anderen nicht mehr. Ich soll mir keine Sorgen machen, soll ruhig bleiben. Mein Herz zerriss, ich will das alles nicht schrie es in mir. Ich lag versteinert in meinem Bett, unfähig eine Reaktion nach außen zu zeigen, konnte mich wegen des Kaiserschnitts auch nicht bewegen und war auch wegen des Schocks bewegungsunfähig. Dann verließ mich meine Starre und ich brach zusammen. Meine Bettnachbarin holte alarmiert den Arzt herbei, der mir einen klassischen Nervenzusammenbruch diagnostizierte. Man gab mir starke Beruhigungsmittel und rief meinen Mann an, der auch sofort hinzukam, aber nichts half um meinen Tränenfluss zu stoppen. Ich war nicht mehr Herr meiner Sinne. Gefühllos, betäubt von Beruhigungsmitteln und dem Schmerz mein Kind nicht bei mir zu haben lag ich versteinert im Bett. Die Tränen liefen ohne eine andere Regung aus meinen Augen, ich konnte nicht denken, nicht reden und schon gar nicht verstehen. Endlich, am Nachmittag, kam ein Kinderarzt in mein Zimmer und setzte sich an mein Bett. Er schwieg einen Moment, sah uns beide an und begann dann mit seinen Erklärungen. „Frau Kirsch, Herr Kirsch, ich möchte mich mit ihnen über den Zustand ihres Sohnes René unterhalten. Ich versuchte mich unter all meinen Beruhigungsmitteln zu konzentrieren und hörte aufmerksam zu. „Man hat ihren Sohn heute Morgen zu uns in die Kinderklinik gebracht und meiner Fürsorge übergeben. Ich bin der behandelnde Arzt ihres Sohnes. Es lag ein dringender Verdacht auf einen Herzfehler vor.

Wir haben ihrem Sohn stabilisierende Medikamente geben müssen und haben ihn dann in kurzer Narkose einer Herzkatheter Untersuchung unterzogen. Ich bin jetzt hier um mit ihnen das Ergebnis zu besprechen und die weitere Therapie mit ihnen abzustimmen. Er hat die Untersuchung den Umständen entsprechend gut überstanden und liegt jetzt beatmet auf unserer kardiologischen Intensivstation. Das war der Moment an dem ich wieder weinte und nicht aufhören konnte. Man versuchte mich so gut es ging zu trösten, aber ich hörte nur beatmet, Narkose, Schmerz, Nadeln und Leid für meinen Kleinen. Professor Urban, der Leiter der kardiologischen Abteilung wird jeden Moment hier sein und ihnen weitere Auskunft geben.

Dieser erklärte uns dann in einfachen Worten die niederschmetternde Diagnose unseres Kindes. Er hatte eine Transposition der großen Arterien, bei der es zu schweren Sauerstoffmangelerscheinungen und einer Überflutung der Lunge kommt. Außerdem lag ein Vorhofseptumdefekt vor, ein Loch in der

Vorhofscheidewand, bei dem es durch verschobene Druckverhältnisse zur Shunt Entwicklung kam, somit weiterer Sauerstoffmangel im Körper. Eine Trikuspidalatresie, das hieß, eine fehlerhafte Anlage der Herzklappe zwischen dem rechten Vorhof und der rechten Kammer, in Verbindung mit einer Pulmonalstenose rundete das katastrophale Bild ab. Er redete und redete, ich hörte und hörte doch nicht. All die Fremdwörter, die mir zwar bekannt waren, die ich aber in meinem Hirn nicht sortiert bekam.

Man versuchte mir zu erklären, Therapien zu unterbreiten, ich jedoch verstand nur die Ausweglosigkeit dieser Diagnose. Mein Herz wollte nichts mehr wissen und schaltete ab. Ich weinte und weinte und die Ärzte beschlossen in den nächsten Tagen nochmals mit mir zu sprechen.

Sie blickten mich traurig an und verließen sichtbar erleichtert den Raum. Alles was bei mir übrig war, war der Gedanke, dass mein kleiner Liebling alleine und in dieser kalten Umgebung an Drähten und Leitungen verkabelt war und alleine war. Er litt Schmerz und Luftnot und ich konnte nichts tun. Alles was ich wollte war ein Kind. Ein gesundes Kind dem ich all die Liebe geben konnte, die es verdient hatte und nun hatte ich ein Kind geboren, welches durch meine Schuld leiden musste. Alles war meine Schuld, alles, ich hatte nicht genügend Rücksicht genommen. Ich hatte das Schicksal herausgefordert. Eine Gottesstrafe unter der mein Kind nun leiden musste? Ich fühlte mich gestraft, enttäuscht, wütend, betrogen, machtlos und traurig. Was hatte ich getan? Warum strafte man mich so und warum mein unschuldiges Kind. Ein Kind, so unschuldig wie nur eins. Es hatte nur den Wunsch gehabt auf dieser Welt zu leben, mit dem gleichen Recht wie alle anderen Kinder auch. Und nun begann sein Leben mit Schmerz und dem Tode näher als dem Leben. Ich fiel in eine tiefe Depression, aus der mich nur meine kleine Tochter rettete. Sie war mein Lichtblick in diesen Tagen und ich saugte sie in mir auf und lies sie in meiner Seele Einzug halten. Hätte ich in dieser Zeit dieses kleine niedliche Kindchen nicht gehabt, dann wäre ich, denke ich, heute nicht mehr am Leben.

Alles was ich mir vom Leben gewünscht hatte, war ein Kind gewesen und alles was das Leben mir nahm, war dieses Kind, noch bevor es dem Leben richtig die Schulter gezeigt hatte. Die nächsten Monate erlebte ich aus heutiger Sicht nur in Trance. Sie waren unendlich schmerzhaft, enttäuschend und schwer. Jeden Tag kam eine andere schreckliche Nachricht hinterher. Ich litt entsetzlich unter der Vorstellung, was mein kleiner Sohn mitmachen musste, während ich Zuhause saß und mir nichts wehtat. Ich hätte in diesen Monaten mich selbst, meinen Mann und meine Mutter dem Teufel zum Tausch angeboten nur um meinen Sohn wiederzubekommen. All die ganzen Operationen und Quälereien brachten nur neue Probleme mit sich. All die Flüge in die einzelnen Kinderkliniken, die Vorstellung bei Spezialisten, brachten nicht den gewünschten Erfolg. Drei Mal wurde er in seinen ersten drei Lebensmonaten operiert worden und jedes Mal litt er hinterher mehr als vorher. Zuerst war es nur das Herz, jetzt versagten auch die Lunge und die Leber in kürzester Zeit. „Ich habe es verstanden, sprach ich zu mir. Du hast mich genug gestraft und Strafe nicht mein Kind dafür. Es hat dir nichts getan. Es hat alles ausgehalten was du ihm auferlegt hast.

Ich sah ihn langsam verhungern, er konnte nichts mehr bei sich behalten, litt unter Luftnot und Durchfall, nahm nicht zu und wurde lethargischer denn je. Selbst sein Weinen nahm ab, dafür nahm mein Weinen zu. Nach drei Monaten wog er noch 2700 Gramm und das war für mich der Punkt an dem ich für ihn und mich und unsere ganze Familie eine Entscheidung treffen musste. Ich musste jetzt entscheiden was richtig und was falsch war, aber ich sah jetzt auch das, dass was wir taten falsch war. Alles war falsch, nichts war mehr richtig. Wenn diese Entscheidung schon nicht von den Menschen getroffen wurde die ihn bis hierher geführt hatten, dann musste ich sie eben alleine treffen. Ich gab es auf geduldig zu sein. Mein Zorn auf die Medizin wuchs ins Uferlose und ich hörte nicht mehr auf die Ratschläge und Therapievorschläge der Ärzte. Ich nahm meinen Sohn aus der Klinik, nachdem ich eine zweiseitige Erklärung unterschrieben hatte die mir deutlich machen sollte, dass ich meinen Sohn in Lebensgefahr brachte. Welcher Hohn, er war seit Monaten in Lebensgefahr und ich war mir bewusst, dass er bei mir in Würde sterben könnte. Ich stellte ihn meinem Kinderarzt vor und sah wie er blass wurde. Still und vorsichtig untersuchte er den Kleinen und wir gingen danach in sein Büro und redeten stundenlang das Für und Wider der nächsten Tage durch. Mit seiner Hilfe und seiner Rückendeckung entschied ich mich mit allen Konsequenzen, jegliche Therapie einzustellen. Ich weihte meinen kleinen Sohn dem Tod. Ich habe mich nie schlechter und schwacher gefühlt im Leben, völlig zerbrochen an den Tatsachen, denen ich so ungern ins Gesicht sah. Zehn Tage dauerte der Todeskampf von René, den ich ihm so gut es ging erleichterte. Der Kinderarzt kam täglich vorbei und gab ihm Beruhigungsmittel und Schmerzmittel, damit er nicht noch mehr leiden musste. Ansonsten kam in dieser Zeit niemand zu mir. Alle mieden den Kontakt und ich war wie immer alleine. In diesem Fall aber genoss ich es sehr. So hatte ich die Zeit mich von meinem Liebling zu verabschieden. Ich sah, dass es ihm von Tag zu Tag schlechter ging und mich beschlichen Panikgedanken und die Frage nach dem Unrecht. Hatte ich wirklich Unrecht? Durfte ich das nicht tun? Hatten wir eine andere Chance. Nein, wir hatten keine andere Wahl, nie gehabt und von vorn herein hätten wir anders handeln sollen. Ich zog mit meinem Sohn auf den Armen durch die Wohnung wie ein Tiger in der Falle, gab ihn nie aus den Händen und vergaß das Essen. Zehn Tage in denen sich mein Leben komplett änderte. Tag und Nacht wachte ich bei ihm, nahm ihn mit in mein Bett, schlief nur Zeitweise kurz und wachte erschreckt wieder auf, nur um festzustellen, dass ich drei bis fünf Minuten eingeschlafen war. In der zehnten Nacht begann sein eigentliches Sterben. Ich wachte mit einer Unruhe auf die mich sofort hellwach werden ließ. Ich suchte nach dem Grund meiner Unruhe und schaute mich um. Maya schlief friedlich in dem Bettchen neben dem meinen, René lag auf meiner Brust und ich sah ihn an. Da fiel es mir auf und die Angst durchströmte meinen Körper. Er entwickelte Atempausen, bekam hohes Fieber und stöhnte. Alarmiert, einer Panik nahe und mit den Nerven am Ende beobachtete ich jede Regung seinerseits. Einmal versuchte ich Frank zu wecken. Ich hatte Angst, war alleine und brauchte Schutz. Er jedoch wand sich mir zu und meinte: „Lass mich schlafen, ich muss morgen Arbeiten. Tief enttäuscht blieb ich allein zurück und wusste, dass ich auch dies alleine hinter mich bringen musste. Also zählte ich die Sekunden die, die Atempausen anhielten und bekam rasende Angst wenn, eine Minute überschritten war. Die ganze Nacht hielt dieser Zustand an und ging am Morgen weiter. Frank ging am nächsten

Morgen arbeiten und tat als wäre nichts gewesen. Er übersah meine verweinten Augen, übersah die Kinder und ging. Ich denke, er war nicht in der Lage mit der Situation umzugehen, wie sollte er auch, er hatte schon den Tod seines Vaters und seiner Mutter totgeschwiegen und niemals gelernt über Dinge zu reden. Er war fürsorglich und lieb, wie immer, aber auf Hilfe brauchte man nicht zu hoffen. Er klagte nie, verlangte nichts, aber man bekam auch nie das Gefühl aufgehoben zu sein. Mit Frank zusammen hatte man immer das Gefühl, selbst an der Front zu stehen, während er selbst im ruhigen Schützengraben stand und den Kugelhagel abwartete. Jetzt in dieser Krisensituation machte sich diese Eigenart, die er immer schon hatte und auch in der Bauzeit des Hauses gezeigt hatte wieder extrem bemerkbar. Er war mir fremder und unwichtiger denn je. Schon wieder ließ er mich alleine, ich hasste ihn in diesem Augenblick. Was hätte ich darum gegeben ihn gegen René zu tauschen.

Mit diesen bösen Gedanken ging ich mit meinem Sohn im Arm in den folgenden Tag. In dem sicheren Bewusstsein, dass er heute sterben würde. Aber er würde einen stillen und würdigen Tod sterben, ohne Schmerzen und ohne Maschinen, sondern in den Armen der Menschen die ihn liebten. Ich hatte auf ein Wunder gehofft und war enttäuscht worden und während ich diese Zeilen schreibe sind genau 16 Jahre, 28 Tage und 12 Stunden vergangen. Ich sitze in meinem Zimmer in der Rehaklinik Argental im Allgäu und weine.

Gegen zehn Uhr am Vormittag wurden die Atempausen immer länger, sodass ich mich entschied beim Chef meines Mannes anzurufen damit er ihn nach Hause schicken konnte. Ich dachte mir er solle zumindest die Chance haben dabei zu sein, wenn sein Sohn starb.

Nach längerer Diskussion mit André, darüber das Frank nicht in der Nähe sei, brüllte ich in den Telefonhörer, wenn er nicht in zwei Minuten anwesend wäre, dann würde er den Tod seines Sohnes verpassen. Am anderen Ende der Leitung wurde es still und wenige Minuten später stand Frank dann auch wirklich in der Tür, völlig fassungslos und überrascht, dass es denn jetzt schon so weit war sich zu verabschieden. Bissig setzte ich entgegen, wann er denn damit gerechnet hätte. In drei Monaten vielleicht mit jeder Menge Zeit sich zu verabschieden? Ich gab das Kind nicht aus den Händen und weinte und weinte. Um zehn Uhr und dreißig Minuten tat mein Sohn seinen endgültig letzten Atemzug und starb in meinen Armen. Er war viereinhalb Monate alt geworden und hatte nur einmal gelächelt. Ein Großteil meiner Seele starb in diesem Moment mit ihm. Ich weiß nicht wie ich den Rest des Tages überlebt habe. Als er gestorben war, stürmte meine gesamte Familie ein. Der Schock saß bei allen sehr tief und ich trug ihn immer noch durch die Wohnung und wollte ihn nicht loslassen. Ich wollte ihn nicht noch einmal hergeben aber nun musste ich ihn für immer loslassen. Für immer und ewig. Als man ihn mir wegnahm brach ich endgültig zusammen.

Der Schmerz ist heute noch unerträglich aber in diesem Augenblick glaubte ich nicht, dass es ein Weiterkommen für mich geben könnte. Am Abend kam David und schaute mich an, setzte sich neben mich, nahm mich in den Arm und sagte nur einen Satz: „Bitte fühl dich nicht gestraft. Mehr konnte er nicht sagen, denn er kämpfte mit den Tränen. Wir saßen im Kinderzimmer der beiden, und ich stillte gerade meine Tochter Maya. Still blickten wir auf das Kind und ich weinte wieder, unfähig etwas zu sagen.

Er war mir in diesem Augenblick näher als Frank es mir jemals gewesen war. Es gab in dieser Zeit nur ein kleines Wesen was mich am Leben hielt, sie sorgte dafür, dass ich den Mut hatte weiterzumachen. Maya, meine süße kleine Maya, einfach ein ganz besonderes Wesen. In den gesamten Monaten die wir brauchten um uns um René zu kümmern war sie still und unkompliziert. Sie weinte nicht, verlangte nicht viel, lag still und zufrieden in ihrem Bettchen. Vier lange Monate hatte sie mir immer wieder Kraft gegeben. Ihr Lächeln, Ihr Urvertrauen, das sie mir entgegen brachte und die Augenblicke der Liebe zu mir ließen mich durchhalten. Ich hatte nicht viel Zeit für sie aber das schien sie nicht zu stören. Sie fühlte wohl, dass ihre Zeit noch kommen würde. Jedes Lächeln von ihr nahm ich in mir auf um mein Herz zu trösten und wieder Hoffnung zu schöpfen und den Mut zum Leben nicht zu verlieren. Das Lächeln meiner Maya brachte mich René wieder näher. Ich hatte mir so sehr ein Lächeln von ihm gewünscht und bekam es zwei Tage vor seinem Tod. Er lag in meinem Arm und sah mich friedlich an. Einer der wenigen Momente in denen er Frieden empfunden haben musste. Ich blickte zu ihm hinunter, spürte seine Ruhe und in diesem Moment lächelte er mich an. Kurz nur, aber ich hatte es gesehen und werde dieses Gefühl nie vergessen. Sein kleines Gesichtchen, seine ängstlichen Augen, sein Blick und sein Lächeln werde ich wohl immer vor meinem geistigen Auge haben, denn es hat sich in mein Herz gebrannt. Es erfüllt mich auch heute noch, nach so langer Zeit, mit tiefer Trauer ihn verloren zu haben und auch mit Dankbarkeit im Herzen ihn geboren zu haben und dieses Lächeln sehen zu dürfen. Nun war er tot, endgültig, unwiderruflich und die Beerdigung stand bevor. An diesem Tag stand ich mit David wieder im Kinderzimmer.

Er kam zu mir, packte eine Flasche Wodka aus seinem Mantel, schüttete mir ein Glas ein und sagte trink: „Wir werden diesen Tag überleben, alle beide. Da werde ich jetzt für sorgen. Damit schüttete er nach und führte mir das Glas zum Mund. Auf dem Weg zum Grab von René ging ich direkt hinter ihm. Er trug zusammen mit meinem Bruder den kleinen weißen Sarg von René. Neben mir ging Frank, wir berührten uns nicht, wir sahen uns nicht an und wir sprachen nicht miteinander. Wir sprachen nie wieder über den Tod von René und auch nicht über die Krankheit an der er gelitten hatte. Ich erzählte ihm nichts von dem Lächeln und nichts von meinen Gefühlen. Ich stand vor dem offenen Grab mit dem kleinen Sarg und hatte keine Tränen mehr. Links neben mir David, rechts Frank und ich konnte nicht einmal mehr weinen.

Es war vorbei, René war Tod und das Leben ging weiter.

Am Todestag von René schickten wir die Todesanzeige auch an meinen Vater, den ich seit 9 Jahren nicht mehr gesehen hatte. Er wohnte 100 Kilometer entfernt in einer anderen Stadt und hatte mir damals unmissverständlich zu verstehen gegeben, dass ich nicht länger seine Tochter sei. Ich hasste ihn abgrundtief, weil er mir das alles angetan hatte aber aus Trotz bestand ich darauf ihm eine Todesanzeige zu schicken. Sie steht ihm zu, meinte ich und vielleicht rüttelt sie ihn zumindest mal auf. Ich war so paralysiert, dass ich es nicht wahrnahm und es war mir auch egal. Nichts war in diesem Moment unwichtiger als die Beziehung zu meinem Vater. Und ich wollte verletzen. Ich wollte meiner Wut freien Lauf lassen und sehen das Menschen in meinen Augen mein Leid sahen und den Blick senkten, weil sie es nicht ertragen konnten.

Trotzdem musste man jetzt nach vorne schauen. Der Trauerprozess war sehr schmerzlich, aber mit Maya an meiner Seite gelang es mir gut, mich auch mal aus der Trauer davonzuschleichen und einfach nur die Sonne zu genießen. Der Sommer kam und manchmal konnte ich sogar die Blumen riechen. Das kleine Lebewesen führte mich ohne dass sie es wusste ganz langsam ins Leben zurück. Bis heute denke ich jeden Tag den ich erwache an den kleinen mutigen Kerl, der immer versucht hat zu kämpfen und ich empfinde jeden Tag die gleiche Liebe für ihn. Das tröstet mich und ich weiß, dass es ihm besser geht als vielen anderen Kindern dieser Welt.

Der Tod von René liegt jetzt 9 Jahre zurück und ich erwarte gerade mein fünftes Kind.

Meine Freundin Andrea sitzt mir in meiner Küche gegenüber und hört sich meine Geschichte wortlos an. Sie war aufs Tiefste geschockt von meinen Enthüllungen, die ich bis dahin niemandem anvertraut hatte. All die Jahre hatte ich das alles alleine mit mir abgemacht. Man sah ihr an, dass sie kaum wusste, was sie sagen sollte. Tränen standen in unseren Augen.

Andrea

„Also, wenn du Frank nicht sagen kannst das dieses Kind nicht seines ist, dann tu es doch einfach nicht. Sag heute Abend wie es ist nämlich, dass du schwanger bist und dann warte seine Reaktion ab. „Ja, aber er wird doch fragen von wem das Kind ist. So dumm wird er doch nicht sein und dann, was soll ich dann sagen? Ich werde ihn dann anlügen müssen. „Ich hab's dir eben schon gesagt, dass du ihn die gesamte Zeit schon angelogen hast, es macht keinen Unterschied. Du musst dir nur überlegen was du möchtest. Willst du deine Ehe, deine Kinder, dein bisheriges Leben, so wie es bis jetzt war behalten und schützen, dann wirst du weiter lügen müssen. Du kannst dich auch für den anderen Weg entscheiden und abwarten was dann passiert. Und noch was. Rechne nicht mit zu viel Reaktion. Frank hat noch nie viel hinterfragt und er vermutet doch auch nichts, sonst hättest du dieses Spiel nie soweit spielen können. Und wenn du mich fragst, wird er gar nichts sagen, sondern sich freuen. Er liebt Kinder und was sollte er auch sagen. Er müsste dir damit unterstellen, dass du ihn betrügst, und das würde ihm selbst schaden. Er will es doch gar nicht wissen, außerdem müsste er dich damit angreifen und das würde er in dieser Situation mit Sicherheit nicht tun. Wenn tatsächlich diese Frage kommen sollte, dann kannst du ihm immer noch mit der Gegenfrage, was das denn solle, begegnen. Damit hast du ihm mit Sicherheit den Wind aus den Segeln genommen. Aber überlege dir gut, du hast immer die Wahl und die Wahrheit ist immer die bessere Lösung.

„Andrea, ehrlich, das geht gar nicht, glaub es mir, dann würde hier eine Bombe hochgehen.

Du wirst jetzt hier auch nicht alle Eventualitäten beantwortet bekommen, sondern wirst dich heute Abend auf dein Gefühl verlassen müssen und Ausweichantworten finden müssen. „Ich glaube du hast Recht, vermutete ich. Aber da ist ja noch viel mehr und ich weiß nicht wie ich es dir erklären soll. Dann erzählte ich ihr den Rest der Geschichte und sie sah mich geschockt an.

Ein gutes Jahr nach Renés Tod war ich wieder schwanger. Wir hatten uns überlegt, dass wir die Samenspende ein weiteres Mal für uns nutzen sollten. Nach wenigen Monaten war es dann soweit, ich war schwanger. Sophia und Peer kamen fast genau zwei Jahre nach Maya auf die Welt. Sie wurden am 18. Oktober 1991, eine Woche vor Mayas Geburtstag geboren und dieses Mal war alles gut und eine Woche nach dem geplanten Kaiserschnitt verließ ich die Klinik und feierte mit meiner „großen" Tochter ihren zweiten Geburtstag. Alles war perfekt.
Ich kämpfte nur mit einem Problem. Und auch davon erzählte ich Andrea. Kurze Zeit, nachdem René gestorben war, rief David mich im Sommer an und fragte mich ob ich mit ihm Motorradfahren würde. Eigentlich war ich nicht wirklich in Stimmung dazu, jedoch hatte er mich schon so oft gefragt und ich hatte jedes Mal abgelehnt. Er wusste wie schlecht es mir ging und wollte mir nur helfen, mich trösten oder aufbauen und er wusste auch, dass dies mit Motorradtouren möglich war. Es war sein Beitrag für mich und ich wusste es zu schätzen, also fuhr ich diesmal mit.

Es war einer der wunderschönen Tage an denen alles stimmte und wir nahmen uns vor wieder häufiger zu fahren. Von diesem Zeitpunkt an hatten wir unsere Beziehung wieder aufleben lassen und trafen uns regelmäßig. An einem Abend waren wir zum Essen unterwegs und er verwickelte mich in ein Gespräch über René und seinen Tod. Es war immer noch ein sehr aktuelles Thema, und es dauerte nicht lange da war ich den Tränen nah und wir verließen das Restaurant. Nicht wirklich zu wissen, wo wir jetzt bleiben sollten, fuhren wir zu ihm nach Hause und setzten uns wie so oft zum Kaffee in die Küche und redeten stundenlang über ihn, Rene´, mein Baby, das ich so vermisste. Es tat unendlich gut, mich mit ihm zu unterhalten über ein Thema, was von allen anderen Seiten totgeschwiegen wurde. Kurze Zeit darauf wurde es ruhiger in und um uns. Er sah mich sehr direkt an, und stellte mir dann eine Frage die ich nicht erwartet hatte und auf die ich zu diesem Zeitpunkt nur eine Antwort geben konnte. Nämlich die Wahrheit.

Seine grünblauen Augen, die ich so gut kannte und täglich sah, durchbohrten mich in dieser Sekunde.

Maya und Rene´ sind meine Kinder, oder?

Keine Sekunde länger hätte ich ihm diese Tatsache, die mich selbst innerhalb des Jahres eingeholt hatte, verschweigen können. Maya hatte seine Augen, das stechende in ihrem Blick, seine Kopfform, sein Lächeln, einfach sehr viele Dinge die ich nicht gesehen hatte und auch nicht sehen wollte. Ich hatte ihn nicht bewusst hintergehen wollen und ihm auch keine Kinder anhängen. Als es mir auffiel, durchfuhr mich ein heftiger Schreck und ich betete eine Zeitlang jeden Tag darum, dass es außer mir niemand merken würde. Es gefährdete mein Leben und ich hatte Angst, also verdrängte ich es. Jetzt hatte er es selbst herausgefunden.

Es schmerzte. Es schmerzte zu wissen, dass es seine Kinder waren, zu wissen, dass er seinen eigenen Sohn zu Grabe tragen musste, zu wissen, dass er sie nie als sein eigen bezeichnen können würde und auch mit niemandem darüber sprechen konnte, außer mir. Ich erklärte ihm, wie die Dinge in Zusammenhang standen, dass wir lange darum kämpfen mussten und das ich nichts bereuen würde und durch den Tod meines Sohnes sehr für all die Fehler bestraft worden wäre. Ich weinte viel an diesem Abend und er versuchte mich zu trösten.

Die Zwillinge

Er nahm mich in den Arm und sagte: „Wenn du irgendwann den Wunsch hast, noch ein Baby zu bekommen, dann lass all die anderen Dinge weg und komm zu mir. Wir werden dann gemeinsam noch ein Kind bekommen. Ein Kind, das den Verlust von René mildert und dich endlich glücklich werden lässt. Wir werden weiter nicht darüber sprechen und das Wissen für uns behalten. Unendlich glücklich war ich, als ich diesen Satz aus seinem Mund hörte und niemals hätte ich das von ihm erwartet. Ich liebte ihn in diesem Moment mehr als sonst einen Menschen auf dieser Welt. Er nahm dann auch die Schwangerschaft von Sophia und Peer sehr gelassen hin und heiratete sechs Tage nach der Geburt der Zwillinge seine jetzige Frau, Anja, obwohl er es vom ersten Augenblick an wusste, dass diese Kinder sein eigen waren. Ich lag im Wochenbett und sie besuchten mich nach der Trauung. Es kostete mich horrende Kraft gute Miene zum bösen Spiel zu machen, denn nun waren die Fronten verschoben. Frank dachte es wären Kinder einer Samenspende und David wusste, dass er seinen Sohn und seine Tochter durch die Klinik schob und neben dran lief die frischgebackene stolze Ehefrau, die wohlgemerkt im 4 Monat schwanger war. Diese Verletzung, die ich empfand, konnte ich nur durch den Blick auf meine Kinder auffangen und zum ersten Mal kam mir ein Gedanke durch den Kopf. „Ich habe dich nicht bekommen, aber, ich habe deine Kinder bekommen dürfen". Das Lügengebilde verdichtete sich und nun musste man langsam überlegen was man wem erzählte.

Die Zwillinge waren für mich die Erfüllung all meiner Wünsche. Ich fühlte mich bei Renes Tod betrogen um das Erlebnis einer Zwillingselternschaft. Enttäuscht, eines der Babys verloren zu haben. Sie bedeuteten mein Leben und ich fand mich mit meinen Babys und meiner kleinen Maya vollauf zufrieden in unserem Zuhause ein. Sie halfen mir den Rest der Trauer um Rene´ erträglich zu machen und es gab Tage, da dachte ich wenig an das was geschehen war. Ich konnte an diesen Tagen einfach nur Mutter solch kleiner winziger Geschöpfe sein und die Zeit mit ihnen genießen. Fünf Monate nach der Geburt der Zwillinge bekam David sein erstes Kind mit seiner Frau, Jana. Vier Jahre später kam Mara zur Welt. Und nun, zwei Jahre danach, war Ich wieder schwanger, ungewollt zwar, jedoch freute ich mich innerlich auf dieses kleine Wesen. Maya war schon 9 Jahre alt, die Zwillinge 7 Jahre, aber so richtig hatte ich noch nicht abgeschlossen und es war für mich ausgeschlossen, dass ich dieses Kind ablehnen würde. Er sollte genauso willkommen sein wie alle anderen, denn es hatte mir zu sehr wehgetan ein Kind zu verlieren, dann würde ich sicherlich nicht ein anderes Menschenkind bewusst ablehnen. Als ich im dritten

Monat meiner Schwangerschaft war, war auch Anja wieder schwanger und Nadja wurde kurz nach Alex geboren.

In der Nacht in der die Zwillinge, Sophia und Peer, gezeugt wurden, saßen wir unter Sternklarem Himmel im Garten des Hauses seiner Eltern, die zu diesem Zeitpunkt in Urlaub waren. Es war für uns sehr schwer geworden irgendeinen sicheren Platz zu finden. Einen Platz an dem man glücklich werden konnte, sicher sein durfte und doch ein gewisses Maß an Bequemlichkeit haben konnte. Zum ersten Mal kam uns der Gedanke eine eigene kleine Wohnung zu haben. Nur für uns alleine, etwas wohin man fliehen konnte, auch wenn man mal alleine sein wollte, nicht nur zu zweit alleine, sondern ganz alleine. Die Momente, die wir eigentlich beide brauchten, nämlich die Einsamkeit fehlte uns sehr. Nie konnte man ganz für Sich sein. Jeder hatte seine Familie und seinen Partner und auch noch den zweiten Partner, eine sehr belastende Kombination.

Die Sterne am winterlichen Himmel strahlten einen ganz besonderen Glanz aus und wieder war es einer der besonderen Momente unserer Beziehung. Wir hatten nicht immer eine solch tiefe Verbindung, sondern oft war es durch Alltagsprobleme belastet, obwohl wir die häuslichen Themen mieden, um unsere Gemeinsamkeit nicht zu belasten. Es gelang jedoch nicht immer, aber heute fanden wir direkt den Einstieg in gute Gespräche, in Zusammengehörigkeit, Nähe und die tiefe Empfindung die man Liebe nennt. Seinen Körper spüren zu dürfen trug mich in immer höhere Dimensionen der Zufriedenheit, der Gelassenheit und dem Glauben, dass alles gut werden würde. Es war nicht nur die sexuelle Befriedigung,

sondern das Spüren des eigenen Ich im Geist des anderen. Wenn sich unsere Blicke trafen, unsere Hände ineinander fuhren, die Beine sich umeinander schlangen, dann waren wir ganz tief im Herzen des anderen und tauschten unsere Seelen gegeneinander aus. Tiefes Verstehen und Vertrauen verband uns. Wenige Tage später, spürte ich das beginnende Leben, ohne dass man es mir hätte sagen müssen. In diesem Bewusstsein, genoss ich das Gefühl von Glück mehrere Wochen nur für mich alleine. Jeden Morgen wachte ich glücklich auf und freute mich an allen kleinen Dingen die mir begegneten. Frank merkte meine Veränderung natürlich nicht, vielleicht ließ ich es aber auch gar nicht zu, dass er sie bemerkte. Ich wollte alleine sein, mit dem Gefühl, alleine sein, mit den Gedanken an die Nächte in denen ich meinen Kindern den Weg ins Leben gab. All das erzählte ich Andrea und sie hörte still zu. Andrea hatte mir an diesem Tag über die schlimmsten Stunden hinweggeholfen und mir die Kraft gegeben für die Erklärung die ich Frank geben musste. Es war sicherlich nicht richtig die Wahrheit zu verschweigen. Man hat immer eine Wahl, aber in diesem Fall hätte ich viele andere Personen belastet. Das wollte ich zu diesem Zeitpunkt einfach nicht. Ich wollte meinen Kindern eine ungewisse Zukunft ersparen und auch dem Ungeborenen das Urvertrauen nicht wegnehmen. Außerdem hatte ich einfach Angst die Wahrheit zu sagen. Das Lügengebilde war jetzt schon so groß, dass ich nicht mehr überblicken konnte, was Gut und Böse in diesem Spiel war.
Und nun? Jetzt waren zwei Jahre ins Land gezogen die alles verändert hatten. Meine Einstellung zur Ehe, so wie sie bestand, hatte keinen Halt mehr. Ich selbst wurde nicht mehr gehalten.

Das Geständnis

Ich saß im Wohnzimmer meines Mannes, einen Tag vor dem Heiligen Abend und beichtete ihm diese Ungeheuerlichkeit, genau wie Andrea schon zwei Jahre zuvor. Den Verrat, den Vertrauensmissbrauch, die Vaterschaft von vier oder eigentlich fünf Kindern. Er wusste, dass Maya, René, Peer und Sophia niemals seine leiblichen Kinder waren, aber er hat sie trotzdem geliebt. Es war in Ordnung für ihn. Das Kind, das er sein eigen nannte, auf das er sich im Grunde seines Herzens am meisten gefreut hatte, auch wenn er die anderen abgöttisch liebte, dieses Kind, Alex, war auch nicht sein Kind. Es war wie alle anderen auch das Kind von David. Dieses Gefühl brachte ihn im eigentlichen Sinne um. Ich denke heute, dass dies der größte Verrat an ihm war. Die größte und schmerzhafteste Lüge ich ihm aufgetischt hatte. Es wäre besser gewesen, wenn ich damals die Wahrheit gesagt hätte, dann hätte er eine Wahl gehabt. So hatte er keine Wahl und er brach zusammen. Niemand war da der ihn auffangen konnte und selbst ich wollte ihn auffangen, doch mir vertraute er natürlich nicht mehr. Ich hatte ihm seine gesamte Familie zerstört, so empfand er es zumindest.

Frank flüsterte nur noch: „Ich will das alles gar nicht hören. Ich hatte gehofft, dass zumindest Alex mein Sohn ist. Ich habe dir immer vertraut, niemals etwas in Frage gestellt. Ich habe auch niemals den Mut besessen unbequeme Fragen zu stellen. Fragen nach deiner Verbindung zu David. Geahnt hatte ich es, aber ich war zu bequem und zu dumm. Das war mein größter Fehler. Wie lange, sagst du geht das schon mit euch beiden? Seit Jahren?

Und ich habe es nicht bemerkt oder nicht bemerken wollen! Ich bin ein Vollidiot!

„Nein, du bist kein Vollidiot! Wir haben uns nicht oft getroffen, damit es niemand bemerkte. Du konntest es wirklich nicht bemerken, niemand hat es gewusst. Ich wollte es mehrmals schon beenden, aber ich konnte es nicht. Es gab zu viel was mich mit ihm verband.

Die Kinder, ein Leben. Er hat es sehr geschickt angestellt mich zu halten.

„Ach ja, mit ihm hattest du Verbindungen? Und mich und Anja habt ihr damit zum Narren gehalten. Habt uns belogen, betrogen und bestimmt viel über unsere Naivität gelacht. Wir haben ja auch genügend Stoff zum Vergnügen geboten, Zuhause zu sitzen, mit den Kindern, während ihr beide auf Vergnügungstour wart. Und ich habe dir vertraut. Ich habe die Kinder angenommen, habe sie geliebt, liebe sie immer noch und dann erfahre ich, dass es alles Davids Kinder sind. Er schwieg.

„Frank, lass es mich erklären, auch wenn es nicht zu entschuldigen ist, aber bitte, lass es mich versuchen. Du weißt wie sehr wir uns Kinder gewünscht haben und wie enttäuscht ich war, als klar wurde, dass wir niemals eigene Kinder haben würden. Ich konnte mir ein Leben ohne Kinder nicht vorstellen und ich glaube wir hätten es nicht geschafft, eine so gute Ehe zu führen, wenn wir keine Kinder gehabt hätten. Aber es war nicht geplant, dass David der Vater der Kinder werden sollte. Ich weiß, dass ich dich mit ihm betrogen habe und als ich das erste Mal schwanger wurde, da glaubte ich nicht, dass es sein Kind wäre.

Erst als René und Maya da waren, da festigte sich mein Verdacht. Aber was hätte ich tun sollen.

Wir waren durch Renés Krankheit und Tod so geschockt, dass ich nichts mehr sagen konnte und für mich spielte es auch keine Rolle mehr. Es gab Schlimmeres und so sehe ich das auch heute noch. Es war für uns wichtig und wir sind die Eltern dieser Kinder, aller Kinder. Du hast sie mit mir erzogen, gewickelt, gebadet und hast die Nächte mit mir an ihrem Bettchen gestanden. Du hast die ersten Zähne mit ihnen bekommen, ihnen das Radfahren beigebracht und sie getröstet. Ich habe alles verdrängt was mit diesem Thema zu tun hatte, weil mir die Freude, die wir empfunden haben, dass wichtigste war. Ich habe dich lange Jahre mit David betrogen, das weiß ich und das tut mir auch sehr leid. Aber, dass wir die Kinder haben, dass bereue ich nicht und von wem sie im Grunde sind, war mir egal und es waren in meinen Augen immer deine Kinder.

„Dann verstehe ich eines nicht, sagte er". Warum willst du jetzt nach so langer Zeit alles aufdecken. Warum hast du es nicht einfach so gelassen wie es war. Es wäre doch gar nicht aufgefallen. Was hat dich so gestört an unserer Verbindung?

„Hättest du es denn lieber so gelassen? fragte ich ihn: „Wolltest du es nicht wissen?

„Nein, es ist mir schon lieber so, nur frage ich mich trotzdem. Was ist passiert, dass du dich so entschieden hast.

„Ich halte ihn für sehr manipulativ. Er hat dich gegen mich aufgewiegelt, er hat die Kinder gegen mich beeinflusst und wollte sie mir entfremden und wenn ich das nicht verhindere, dann wird er sie dir auch entfremden. Du kennst ihn doch, er redet so lange, bis man es glaubt was er sagt.

Ich denke, wenn René nicht gestorben wäre, dann wäre vielleicht vieles anders gekommen und ich hätte es dir früher schon sagen können. Ich war in einem absoluten Ausnahmezustand und David kam damals zu mir und bot mir an, noch ein weiteres Kind von ihm zu bekommen, damit es für mich vielleicht leichter wäre, den Verlust zu verarbeiten. Er wusste kurz nach dem Tod von René, dass es seine Kinder sind. Er sprach mich irgendwann gezielt darauf an und ich konnte es ihm nicht verheimlichen. Wir hatten oft über Renés Tod gesprochen, er hatte mir zugehört, mich getröstet. Ich möchte dich nicht angreifen, aber mit dir konnte ich nicht darüber sprechen was mich bewegte. Ich hatte immer den Eindruck, du wolltest nichts mehr davon wissen. Du hast nie selbst ein Gefühl gezeigt, hast nie gesagt wie weh es dir tut. Ich denke wir waren beide zu geschockt um darüber reden zu können. Er war als Außenstehender dazu besser in der Lage und irgendwann fragte er mich explizit ob Maya seine Tochter wäre. Was hätte ich sagen sollen? In einem Moment, in dem man ganz unten angekommen ist lügt man nicht mehr und das ist der Grund warum ich jetzt nicht mehr weiter lügen möchte. All die Jahre haben wir gedacht, es ist in Ordnung was wir tun, und alle sind zufrieden. „Denk doch mal nach: „Sechs Tage nach der Geburt von Peer und Sophia, hat er Anja geheiratet. Er hat uns damals in der Klinik besucht und mit der Gewissheit, dass es seine Kinder sind, hat er dir zur Geburt gratuliert. Viele Male habe ich versucht, diese Beziehung zu unterbrechen. Sie kam mir unwirklich und ungerecht vor.

Aber ich habe es nie geschafft, niemand schöpfte Verdacht und alle waren zufrieden und stellten keine Fragen. Wir haben uns genommen was uns gefehlt hat.

„Und warum konnte ich dir das nicht geben? Was fehlt dir

an mir?

„Frank, es tut mir leid, ich kann es dir nicht sagen. Es fehlte an Liebe, an Vertrauen. Du hast so Vieles einfach mir überlassen und abgewartet und wenn es schief ging, dann war ich es eben Schuld. Du hast mir nie die Schuld gegeben, aber auch nie eigenverantwortlich gehandelt.

„Ich fühlte mich auch nicht immer schuldig. Da David und ich uns nicht so oft sahen, habe ich es als nicht relevant betrachtet. Ein bis dreimal pro Jahr haben wir uns gesehen, mehr nicht und ich dachte, es wäre nicht wichtig.

Er wollte die Kinder nicht und für uns waren sie wichtig. Aber ich dachte, ich wäre ihm etwas schuldig. Ihm und dir. Die Beziehung änderte sich erst als Alex´ unterwegs war. Ich stoppte meinen Redefluss und schweifte mit meinen Gedanken ab. Er hatte mich nicht unterbrochen und war sehr nachdenklich geworden. Was dachte er wohl jetzt. Der Schock war ihm sichtlich anzusehen. Fröhliche Weihnachten 2001 dachte ich, aber nun hatte ich einmal den Anfang gefunden mit der Lügerei aufzuhören. Es gab für mich kein Zurück mehr und mit jedem Satz wurde es für mich leichter. Der ständige Krampf und die Angst der letzten Jahre ließ endlich etwas nach.

Alex

Ich dachte zurück an den Tag an dem Alex gezeugt worden war.

Es war ein herrlicher Tag im Sommer 1997. Keiner von uns dachte daran noch ein Kind zu bekommen. Unsere Familie war mit den drei Kindern perfekt. Wir liebten die Sommer, die wir mit den Kindern in unserem Schwimmbad verbrachten. Freunde und Bekannte kamen uns besuchen und mit David hatte ich seit mindestens einem Jahr keinen Kontakt mehr. Er fehlte mir auch nicht. Ich war weitestgehend glücklich, ging zeitweise wieder in der Klinik arbeiten und hatte damit meinen Ausgleich zwischen Familie und Berufsleben. Maya war nun schon acht Jahre alt und besuchte die zweite Grundschulklasse. Sie machte keine Probleme und auch die Zwillinge entwickelten sich gut. Sie besuchten das letzte Jahr den Kindergarten und sollten im Sommer des Folgejahres eingeschult werden. Seit kurzem hatte ich mich für einen Studiengang zum Heilpraktiker angemeldet und immer wenn die Kinder in Schule und Kindergarten waren, lernte ich den neuen Stoff. Andrea hatte mir zu dieser Entscheidung gratuliert. Sie selbst studierte Medizin im 4 Semester mit großem Erfolg. Sie hatte mir sogar bei der Entscheidungsfindung für diese Weiterbildung geholfen, weil sie auch sah, dass es mir langweilig wurde. Kinder und Haushalt alleine, füllten mich nicht aus. Ich hatte alles verdrängt, was mit David, den Kindern und dem Betrug zu tun hatte. Ich liebte diese Ruhe in meiner Umgebung. Dass es nur eine zeitgebundene Ruhe war, vermochte ich nicht zu beurteilen. Es lief einfach alles Mal ein paar Jahre ruhig und ich habe diese Zeit genossen.

Ständig war ich auf der Suche nach Ablenkung und durch das Studium wurde ich vom Nachdenken abgelenkt. Nicht, dass es mir bewusst geworden wäre, dass mir etwas fehlte. Im Grunde ging es mir gut. Vielleicht zu gut, ich hatte verlernt zu sehen was diese Familie wert war, auch wenn ich nicht in meinen Mann verliebt war. Das wusste ich sehr wohl. Ich wunderte mich über meine depressiven Verstimmungen, die mich regelmäßig einholten, über die Tage an denen es mir unendlich schwergefallen mich zu motivieren und schon nur alleine positiv zu denken. Ich hätte nicht sagen können was mir fehlte, ich wusste es nicht, aber an diesen Tagen stellte ich immer wieder alles in Frage was ich bis dahin gemacht hatte. Mit Beginn des Studiums wurde es deutlich besser und ich schob das alles auf eine gewisse Langeweile der Hausfrau und Mutterdaseins, obwohl ich auch noch berufstätig war und im Grunde genügend Arbeit hatte. Ich powerte mich immer mehr zu und ließ keine Minute des Tages ungenutzt, damit ich nicht zur Ruhe und nicht zum Nachdenken kam.

Nun, an diesem Sonntag hörte ich schon von weitem das Motorrad kommen und mein Herz machte einen nervösen Schlag. Mit einem Herzschlag war ich nervös, unruhig und ängstlich. Sollte ich? Oder nicht? Ich wusste ja was auf mich zukam. Ich schmiss innerhalb von Sekunden alle meine guten Vorsätze beiseite und wusste, dass ich gar nicht anders konnte.

David kam in voller Montur in den Garten gestiefelt und grinste mich frech an. Ich konnte diesem Blick schon nicht mehr widerstehen und grinse zurück.

Ich freute mich und auf der Stelle fühlte ich mich frisch und jung.

Die selten gewordenen Ausflüge mit ihm fehlten mir sehr und ich konnte mich noch so gut zusammenreißen, er fehlte mir trotzdem. Auch wenn er nicht der Mensch war in den man sich verlieben durfte, weil er verheiratet war, weil er Fehler machte und weil es einfach nicht sein durfte und alles gegen uns war, so war ich trotzdem in ihn verliebt. Ich spürte es immer, wenn er im Raum stand. Sei Geruch, sein Körper, seine Augen, Mayas Augen. Alles an ihm ließ mich erwachen. In der restlichen Zeit fühlte ich mich tot und starr. Meine gesamte Emotionalität war einer Funktionalität gewichen, die nichts mehr mit Leben zu tun hatte. Manchmal glaube ich, dass es eine rein körperliche Verbindung war, die ich selbst verherrlicht hatte, weil ich bis dahin noch nie wahre Liebe kennen gelernt hatte. Von Davids Seite war die Beziehung immer nur rein körperlich ausgelegt und er hatte mir auf subtile Weise deutlich gemacht, dass er keine intensiveren Gespräche mochte. Ich hatte mich gefügt, hatte mir gesagt, dass ich ebenso nichts anderes wollte und damit zufrieden sei. Ich musste mich selbst programmieren, in dieses System einleben, um es für mich erträglich zu machen. Ohne ihn wollte ich nicht mehr sein, er hatte sich für mich unentbehrlich gemacht. Ich lebte frei nach dem Motto: „ Was nicht passt, wird passend gemacht.

„ Möchtest du etwas trinken?" Nein danke, ich möchte mit dir wegfahren, kam er sofort zum Thema. Wir waren alleine im Garten und so hörte es niemand. Aber mein Herz machte einen Satz. Niemals hatte er so direkt darauf angesprochen, was er wollte. Er sah mir in die Augen und ich ihm. Um diesen Augenblick zu überspielen drehte ich mich rum und ging ins Haus. Die Kinder liefen nach draußen und Frank kam mir entgegen.

Er sah mich kurz fragend an, als wenn er etwas in meinem Blick lesen könnte und ich stürmte an ihm vorbei in die Küche und holte kalte Getränke. Kaum eine viertel Stunde später saß ich auf dem Motorrad und wir fuhren los. Mein Herz klopfte immer noch wie wild und die Stimmung im Garten war seltsam angespannt gewesen. Nicht wie sonst immer, wo wir die Umstehenden mit unserer Belanglosigkeit verblüfften und jeder glaubte wir hätten lediglich eine gute Freundschaft. Diese Freundschaft bewährte sich nach außen hin schon so lange, dass sich niemand mehr ernsthafte Gedanken machte und sinnlose Fragen stellte. Jeder Außenstehende der uns weniger kannte, merkte wie es zwischen uns knisterte und spürte die messbare Spannung zwischen uns, genauso wie an diesem Morgen.

Wir fuhren an einen kleinen Badesee in der Nähe und David zog mich an der Hand durch einen kleinen dichten Wald. Unter dem Arm eine Decke und eine Flasche Wein, wusste er genau wohin es ging. Er hatte sich die Stelle mit Sicherheit vorher angeschaut und so lotste er mich sicher durch den Wald auf eine wunderschöne kleine Lichtung direkt am See.

Niemand hatte an Badesachen gedacht aber es war heiß und der Gedanke schwimmen zu gehen kam schon relativ bald. Oft schon hatten wir ähnliche Exkursionen gemacht, sodass wir beide kein Problem damit hatten nackt schwimmen zu gehen. Im Gegenteil, wir genossen es unsere nackten Körper im Wasser zu finden und gemeinsam durch den See zu schwimmen. Ich liebte es, wenn er hinter mir her schwamm, seine Hände suchend nach mir griffen und sein Lachen, wenn er mich gefangen hatte.

Dieses Spielchen hatte sich in all den Jahren oft wiederholt und war zu einem beständigen Ritual geworden, sobald wir beide im Wasser waren. Selbst jetzt, nach so langer Zeit, war es als wären wir nie getrennt gewesen, als hätten wir uns vor einer Woche erst getroffen.

Wir spielten wie die Kinder im Wasser und genossen den Tag in der Sonne, fernab aller Konsequenzen.

Ich liebte diesen Menschen, der in meiner Nähe so anders war als in Gesellschaft aller anderen. Bei mir war er einfühlsam, zärtlich. Ich hatte im Gefühl, dass er mich auch liebte. In der Mitte des Sees, gab es eine kleine Sandbank die wir auf unserer Runde durch den See durch Zufall fanden. Wir blieben mitten im See stehen. Es war ein unwirkliches Gefühl hier mitten im Wasser eines Sees nur bis zur Hüfte zu stehen und die Sonne auf dem Rest der nackten Haut zu spüren. Unsere Hände fanden sich im Wasser und so standen wir eine ganze Weile und jeder hing seinen eigenen Gedanken nach. Als sich unsere Blicke trafen katapultierte dieser Blick mich wieder zurück zur Erde. Ich sah in die Augen meiner Tochter und eine Welle der Liebe überflutete mich.

Wir küssten uns und im gleichen Augenblick schliefen wir miteinander. Mitten im See. Ungeschützt vor anderen Blicken bewegten sich unsere Körper inmitten des Sees. Es war eine sehr innige Verbindung in diesem Moment. Unsere Seelen verschmolzen miteinander in stiller Übereinkunft. Fast schon war es uns peinlich sich hinterher zu lösen und schwimmend den Weg zurückzulegen. Es gab dem Ganzen einen jähen Ruck in die Wirklichkeit und nahm uns dem Moment des Augenblicks.

Stillschweigend lagen wir auf unserer Decke und an diesem Tag sprachen wir nicht viel miteinander, hingen unseren Gedanken nach und ich wünschte mir nicht das erste Mal, dass sich an unserer Verbindung etwas ändern möge. Ich wusste, dass er solche Themen hasste und fing dementsprechend gar nicht erst davon an. Irgendwann, tröstete ich mich, irgendwann wird er es einsehen, dass er mich liebt. Er wird kommen und mir das erste Mal sagen: „Ich liebe dich und habe es immer schon getan".

Wunschdenken, dachte ich im gleichen Moment. Mutter bleib cool. Der Satz wird nie über seine Lippen kommen. Also fuhr ich meine Emotion herunter, sah ihn von der Seite her an, stupste ihn und sagte": Hey, Meister, bring mich nach Hause. Die Kids warten. Betont flapsig fing ich an zu erzählen und schwang mich in meine Klamotten. Er sah mich einen Moment unverwandt an und dann stand auch er auf und zog sich an. Weiterhin schweigend stiefelten wir den Berg hinauf und setzten uns aufs Motorrad. Das Ende dieses Tages war irgendwie komisch gewesen, ich wusste es aber noch nicht zu deuten. Das sollte erste sehr viel später erfolgen. Wenige Tage später spürte ich es wieder. Das bekannte Gefühl ein Leben in sich zu tragen. Es konnte nicht wahr sein und es durfte nicht wahr sein. Dieses Mal schon gar nicht. Es war nicht geplant und ich wusste nicht wie ich es erklären sollte.

... Die Beziehung änderte sich erst als Alex unterwegs war. Dieser letzte Satz den ich Frank gesagt hatte kam in mein Gedächtnis zurück. Stimmte das überhaupt oder hatte ich mir was eingebildet? Mit der Schwangerschaft hatte ich lange Zeit ein Problem. Ich wusste, dass mir jetzt die Tür zur Freiheit um viele Jahre verschlossen blieb.

Auch diese Erkenntnis traf mich wie ein Schlag. Ich hatte wohl schon länger mit Frank abgeschlossen, es aber vor mir selbst geheim gehalten. Auch das Gefühl David gegenüber veränderte sich. Es war mir nur noch sehr schwer möglich einfach alles unter den Tisch zu kehren und Stillschweigen zu halten. David versuchte damals sehr oft Kontakt zu mir aufzunehmen, den ich aber bewusst vermied. Am Tag, nachdem er es erfahren hatte, rief er mich an und bat um ein Treffen. Ich schmunzelte als ich daran dachte wie er es erfahren hatte. Wir hatten es den Kindern erst Wochen nach dem ich es wusste erzählt, um sicher zu sein, dass auch alles gut ging. Ich war also in der zehnten Woche und an einem Sonntag kamen Anja und David zum Frühstück. Ohne einen einzigen Gedanken daran zu verschwenden, dass es nicht Franks Kind war, sondern Davids, lud ich die beiden zum unverfänglichen Frühstück ein. Ich wollte ihm damit zeigen, dass er zurzeit keine Rolle in meinem Leben spielte, ohne ihm zu sagen warum. Ich rechnete leider nicht mit dem Plappermäulchen meiner ältesten, die es schon öfter geschafft hatte mir Peinlichkeiten zu bereiten.

Sie öffnete den beiden die Türe und noch bevor ich sie stoppen konnte, plapperte sie wild drauf los.

Mit ihrem Lispelstimmchen sprach sie David direkt an:

„Weißt du schon, dass die Mama ein Baby bekommt? Ja, wir bekommen noch ein Geschwisterchen und ich wünsch mir einen Jungen, weißt du, weil der Peer sonst so allein ist und ich ja die Sophia noch habe!

Sie redete wild drauf los und ich konnte sie nur mit Mühe stoppen. Es war mir unendlich peinlich.

Es entstand ein betretenes Schweigen, in dem er mich durchdringend fragend anstarrte und Anja von einem zum anderen blickte, bis Frank munter seine Witzchen machte: „So, nun wisst ihr es, können wir dann jetzt zum Frühstück gehen? Der restliche Vormittag war eher gezwungen und ich war froh als er vorbei war.

Am nächsten Tag trafen wir uns also zum Spaziergang im Königsforst und er sprach mich direkt darauf an und ich wollte es nicht verheimlichen, allerdings konnte ich auch nicht sagen was ich wirklich dachte.

Wenn es denn so ist, sprach er: „Dann erwartest du eben noch ein Kind von mir. Wir haben schon vier, dann ist ein weiteres auch kein Weltuntergang mehr.

Wir werden es schon satt bekommen. Ich nickte nur, hatte ganz andere Dinge im Kopf und musste innerlich schmunzeln, dass er in der Wir Form sprach, als hätte er jemals für die anderen drei einen Finger gerührt. Enttäuschung und Trauer kamen in mir hoch. Ich zwang mich an etwas anderes zu denken und mir fiel in diesem Moment das Lied von Louis Armstrong ein: Oh, what a wonderfull World. Es tröstete mich und im Ernst: „ War es nicht eine wundervolle Welt? Ich durfte noch ein Kind bekommen. Durfte ich dieses Kind anzweifeln, wo ich doch unter solchen Schmerzen eines verloren hatte? Und war es nicht völlig egal wer der Vater dieses Kindes war? Ich wusste doch eh, dass ich auch diese Verantwortung selbst tragen musste. Die Entscheidung es zu bekommen, es nicht zu bekommen, es zu ernähren, es zu lieben, zu schützen und zu erziehen war doch schon die Aufgabe bei all den anderen gewesen. Es hatte sich doch nichts geändert. Also, worum machte ich mir Gedanken.

Ich würde es schon schaffen, dass wusste ich und ich brauchte auch niemanden dazu, keinen Schwafler, der nur redete und nichts tat und auch keinen der mir vorsülzte, dass er jede Entscheidung mit mir fällen würde. Dieser Spaziergang sollte für lange Zeit der letzte Kontakt sein den ich mit ihm hatte.

Die Schwangerschaft mit meinem letzten Kind verlief völlig unproblematisch. Andrea war viel an meiner Seite und nahm mir die Zweifel. Jeden Tag redete sie auf mich ein, dass alles gut gehen würde, niemand bemerken würde, dass dieses Kind nicht von Frank wäre, weil es eh wie die anderen aussehen würde. Viel Zeit zum Nachdenken hatte ich auch nicht, weil meine Heilpraktiker Prüfung in greifbarer Nähe über mir schwebte und ich diese auch keinesfalls verpassen wollte. Da Andrea im letzten Trimenon ihres Studiums stand und das zweite Staatsexamen anstand, konnten wir zusammen die Prüfungen vorbereiten und das taten wir täglich, bis zur Geburt meines kleinen Jungen.

Alex wurde am Freitag, dem 18. Mai 1998 morgens um 10.37 Uhr geboren. Genau wie seine Geschwister alle an einem Freitag geboren wurden. Diese Geburt brachte mich an den Rand der Erschöpfung. Kurze Zeit dachte ich daran besser gestorben zu sein. Ich erholte mich und er entlohnte mich für all die Mühen. Er war das süßeste Baby dieser Welt und weil die anderen drei schon so groß waren, war er die Attraktion in unserem Haus. Alle kümmerten sich aufopferungsvoll um mich und das Baby. Ich verdrängte David komplett aus meinem Gedächtnis und fast zwei Jahre hatten wir uns nicht alleine gesehen. Mein Leben war ruhig verlaufen. Das Baby hatte mich voll ausgefüllt.

Das Verhältnis

Meine Heilpraktiker Prüfung hatte ich bestanden, Alex war jetzt gut über ein Jahr alt und konnte schon laufen, die anderen entwickelten sich weiterhin gut und alles hätte in diesem Dornröschenschlaf weitergehen können, wäre da nicht dieser Anruf gewesen.

Mitten in der Woche, abends gegen 20.30 klingelte das Telefon. Frank nahm den Hörer des Telefons ab und redete ein paar mir unverständliche Sätze, dann kam er in den Raum und übergab mir den Hörer mit den Worten:

„Hier, dein Busenfreund ist wieder da! Zuerst wusste ich nicht wen er meinte, aber die Erkenntnis ließ nicht lange auf sich warten. Ich schwor mir, noch in der gleichen Sekunde, mich auf nichts einzulassen. Ich ärgerte mich sogar über den Kommentar meines Mannes, der ihn als meinen Busenfreund ankündigte. Ich übernahm den Telefonhörer nur widerwillig und hörte was er zu sagen hatte.

„Kannst du mir helfen, kam ein leises Stimmchen aus dem Hörer? ich habe mir einen Wirbel ausgerenkt und kann mich kaum bewegen. Bitte, komm vorbei und hilf mir. Ich habe irre Schmerzen, bitte. Wie sollte es anders sein, ich packte meine Tasche und meine tragbare Behandlungsliege und fuhr zu ihm hoch. In das Haus in dem er mit seiner Frau und den bis dahin zwei Kindern lebte. In das Haus in dem ich die erste war die darin übernachtet hatte, in dem ich die erste war die im Whirlpool mit ihm gelegen hatte. Ich schob die Gedanken beiseite und sagte mir: „Du machst lediglich einen Hausbesuch, bei jemandem dem es schlecht geht. Also stell dich nicht an und vergiss den Rest.

Zu Beginn gestaltete sich alles recht einfach.

Er konnte wirklich kaum gehen und ich sollte ihn lediglich einrenken also baute ich meine Bank auf und bereitete meine Sachen vor. Dann legte er sich auf die Liege und ich behandelte ihn. Als er jedoch mit dem Rücken zu mir saß und ich seinen Nacken behandelte, roch ich seinen Körperduft. Er erschütterte mich bis in die Tiefen meiner Seele und ich hielt kurz inne. Im gleichen Augenblick sagte er: „Es ist so schön, dass du da bist, ich habe dich so vermisst! All meine guten Vorsätze schwanden im Bruchteil einer Sekunde. Hektisch packte ich meine Sachen zusammen und flüchtete aus seinem Haus. Völlig aufgelöst kam ich Zuhause an und war froh, dass Frank schon ins Bett gegangen war und dies niemandem auffiel. Lange Zeit fand ich keinen Schlaf und es kam wie es kommen musste. Am nächsten Abend gingen wir zusammen zum Essen.

Wir trafen uns vor dem Lokal und schlenderten Arm in Arm zum Eingang. Es war wie ein Wiedersehen nach langer Zeit. Die Stimmung zwischen uns war sehr ausgelassen. Wir lachten und scherzten, redeten von alten Zeiten, den Kindern, unseren Zielen oder dem schon erreichten. Von meiner Ausbildung zum Heilpraktiker, von der Zeit die vergangen war und hielten uns an den Händen. Der Besitzer des Lokals kam zu unserem Tisch und bat David ihm doch seine so schön strahlende Frau einmal vorzustellen. Wir sahen uns an und mussten lachen. Später am Abend, beim Spaziergang am Fluss sagte er mir wie sehr er mich vermisst hatte, wie gerne er mit mir Zeit verbringen würde. Es war wie im Märchen, ich konnte es kaum glauben. Da stand dieser Mann vor mir, weinte fast und beteuerte wie froh er war, dass er mich wiedergefunden hatte. Wir fuhren zu ihm nach Hause.

Lange war ich nicht mehr in seinem Haus gewesen. Anja war mit den Kindern in Urlaub und wir waren alleine. Er küsste mich und all meine guten Vorsätze schwanden in den nächsten Minuten. Wir machten es uns in seinem Poolhaus bequem und es dauerte nicht lange, da schwammen wir zusammen. Nackt, Haut an Haut nahm ich wieder seinen Duft wahr, spürte seine weiche Haut. Ich versank in seinen Augen und war verliebter denn je. Wir schliefen im Pool miteinander und das warme Wasser um schmeichelte unser Körper. Es war eines der innigsten Momente die wir gemeinsam erlebt hatten. Keiner von uns konnte sich vom anderen lösen und unsere Hände fanden streichelnd jeden Winkel unserer Körper. Ich hatte kein schlechtes Gewissen, keine Unruhe, keine Skrupel. Hier saß der Mensch am Beckenrand, neben mir, mit dem ich alt werden wollte. Dem ich alles anvertrauen wollte. Meine Kinder, mein Leben, mich selbst.

An die Wand gelehnt, erschöpft, glücklich, saßen wir ineinander gekuschelt. Ich hätte niemals damit gerechnet, die magischen Worte aus seinem Mund zu hören. Er sah mich an und nach 13 Jahren, die wir unseren Partnern fremdgingen. Nach 13 Jahren, sieben Kindern und unzählige Tränen, sah er mich an und sagte.

„Katherine, ich liebe Dich.

Die Worte, die ich so gerne schon, so lange schon hören wollte. Hier waren sie und mir lief das Herz über.

An diesem Abend war meine bisherige Ehe Farce ein für alle Mal erledigt. Mir war klar, dass ich diesen Mann liebte, immer schon, und nun der Zeitpunkt gekommen war für ihn frei zu sein. Ich wollte in dieser Nacht nicht nach Hause, ich wollte bei ihm sein, in seinen Armen liegen, ihn lieben und geliebt werden. Mir kam ein weiteres Lied in den Sinn. „ I believe I kann fly. Ich fühlte

mich schwebend und als wir in dieser Nacht erneut miteinander schliefen, war es, als wenn es die Besiegelung dieser Liebe sein sollte. Einer Liebe die nichts mehr zerstören kann. Dachte ich.
Wie naiv.

Paula

Paula und Ich liefen uns zum denkbar günstigsten Zeitpunkt über den Weg, den man sich vorstellen konnte. Tief verletzt und alleine waren wir beide und wir konnten uns herrlich darüber auslassen, wie dumm Männer doch im Grunde waren und wie feige. Wir wurden schnell zu guten Freundinnen, zu den besten Freundinnen. Sie hatte immer Zeit für mich und ich immer für Sie. Wir gingen beide noch nicht arbeiten und so hatten wir viel Zeit totzuschlagen. Diese Zeit nutzen wir gemeinsam. Mit keinem konnte ich so gut reden wie mit ihr und niemand verstand so gut wie Sie. Wir hatten das gleiche Problem und waren somit vor dem Unverständnis des anderen geschützt. Ihre Lage war prekär. Ohne zu überlegen hatte sie ihren Mann vor die Türe gesetzt, nachdem sie ihn inflagranti mit ihrer Nachbarin ertappt hatte. So hatte sie noch niemand verletzt und im Grunde war die Beziehung schon Jahre vorher kaputt gewesen. Er wollte die Kinder nicht und wollte sie auch nicht heiraten. In all das hatte sie ihn reingedrängt und nun war er weg. Das Problem war, dass mit seinem Auszug auch das Einkommen und die Ersparnisse weg waren. Die Konten waren geplündert.
Sie wohnte nun alleine mit ihren drei Mädchen in dem vor kurzer Zeit neu gebauten Haus, paralysiert von der Not die über sie hereinbrach. Sie war bis dahin Hausfrau und

Mutter gewesen und konnte sich nicht vorstellen arbeiten zu gehen oder überhaupt Arbeit zu finden.

Elias, ihr Noch Ehemann zahlte aber weder Unterhalt für sie noch für die Kinder. Er trug auch nichts dazu dabei das Haus weiter zu finanzieren. Er war weg, im wahrsten Sinne des Wortes. Selbst nach den Kindern fragte er nicht. Alles was man von ihm hörte oder sah war ein Schreiben von seinem Anwalt, in dem er mitteilte, jetzt seinen Anteil des Eigentums geltend zu machen. Alle Versuche das zu verhindern scheiterten an der Tatsache, dass dieses Haus notariell beiden gehörte, obwohl die gesamten finanziellen Hintergründe aus Paulas Familie stammten. Er schaffte es 130.000 DM aus ihr herauszupressen, Geld was sie eigentlich nicht besaß und nur über ihre Eltern zu bekommen war. Ihre Eltern verziehen ihr nie, dass sie das für sie tun mussten. Sie gaben ihr die Schuld am Scheitern der Ehe, obwohl sie vorher alles getan hatten um Elias immer im schlechten Licht stehen zu sehen.

Sie gaben ihr auch die Schuld an ihrer finanziellen Misere und gab es mal nichts zu beklagen, dann fanden sie etwas was sie anklagen konnten. Paula saß im Blick und Schussfeld ihrer Familie, in der sie wohl das schwarze Schaf war. Eine Hiobsbotschaft folgte der anderen. An einem Abend im April klingelte abends spät noch mein Telefon. Als ich den Hörer abnahm, hörte ich Paulas Stimme. Sie weinte als sie mich bat in der nächsten Zeit ein wenig auf ihre Kinder zu achten.

Ich fragte: „Was hast du denn vor? Ich nahm an, sie müsse etwas Dringendes erledigen. Bis zu diesem Tag hatten wir zwar mal öfter einen Kaffee getrunken aber sonst keinen Kontakt gepflegt. Sie hatte ihren Mann am selben Tag verlassen, als ich meinen Mann auch verließ. Von einer Freundschaft konnte aber noch keine Rede sein.

„Sie antwortete: „Ich setze mich ab. Ich kann einfach nicht mehr. Ich fühl mich dieser Belastung nicht mehr gewachsen und will nicht alleine die Verantwortung für all das übernehmen müssen. Jetzt muss Elias mal sehen wie er es hinbekommt. Er kann sich auch mal um seine Kinder kümmern. Ihr Redeschwall nahm kein Ende, sie war völlig verzweifelt. Die Bank machte Stress, weil die Darlehen nicht bedient wurden, Rechnungen türmten sich, der Kühlschrank war leer. Kein Job in Sicht und auch gar keine Lust einen zu suchen. Ihre Eltern und ihre Tante kümmerten sich lediglich darum, dass der Schein nach außen gewahrt wurde.

Das alles erzählte sie mir an diesem Abend, nachdem ich sie davon überzeugt hatte erst mal ein Bier trinken zu gehen und in Ruhe über alles zu sprechen, bevor sie irgendeine vorschnelle Aktion startete. Wir trafen uns im Markthaus, einer kleinen Kneipe in unserem Ort, von der man zu später Stunde mit Sicherheit auch zu Fuß nach Hause gehen konnte, wenn es denn der Alkoholpegel noch zuließ. Stunde um Stunde saßen wir da und ich hörte eigentlich nur zu was sie erzählte. Die Situation war wirklich prekär. Sie hatte erhebliche finanzielle Sorgen, für die sich niemand mehr verantwortlich fühlte und sie hatte offensichtlich nicht mehr die Kraft und den Mut das alleine zu regeln.

Ich konnte nichts anderes tun als ihr gut zureden, nachdem sie fertig war zu erzählen. Ich appellierte an ihr Verantwortungsgefühl den Kindern gegenüber.

„Hör mal, begann ich: „Du kannst jetzt nicht einfach abhauen. Du hast diese Kinder haben wollen, und du hast sie auch bekommen und, auch wenn nicht alles so läuft wie du es dir vorstellst, so kann man die Verantwortung nicht einfach ablegen wie einen zu engen Mantel. Elias hat noch nie Interesse an den Kindern gezeigt und wollte sie auch nicht, wie du mir eben gesagt hast, dann kannst du jetzt nicht erwarten, dass er sich darum kümmern wird.

Also, mit Abhauen würdest du es dir ähnlich leicht machen wie Elias auch und ich glaube nicht, dass du das willst. Was sollen die Kinder denn machen? Warten bis sich der Kühlschrank von alleine füllt? Oder auf die Großeltern hoffen? Die Genugtuung das du es nicht schaffst willst du ihnen doch wohl nicht geben oder?

Nein, da wirst du dir wohl was anderes ausdenken müssen, denn aus der Nummer kommst du so einfach nicht raus. Auch mit deinem eigenen Gewissen nicht und bei mir stößt du mit Sicherheit nicht auf Unterstützung bei dieser Lösung. Ich kann dir Hilfe anbieten, wenn du welche brauchst. Ich kann dir deine finanzielle Last nicht nehmen aber vielleicht finden wir gemeinsam eine Lösung. Ich hatte gehofft, dass sie eigenes Engagement aufbringen würde um sich aus dem Schlamm zu ziehen. Sie versprach, alles zu tun was Nötig war, war aber innerlich nicht bereit dazu sich mit unangenehmen Dingen auseinanderzusetzen. Schnell wurde mir in den nächsten Wochen klar, dass bei Paula die Uhren noch langsamer tickten als bei anderen Menschen und das man Dinge regelrecht weg warten konnte. Manchmal ärgerte ich mich darüber. Ich machte mir Gedanken und überlegte nach Lösungsmöglichkeiten und von ihr kam nur: „Das ist nicht meine Lösung! Ich fand das Zeitweise sehr mühsam. In jedem Vorschlag, der von meiner aber auch von anderer Seite kam, fand sie mindestens einen Hacken der das ganze zum Scheitern brachte.

Wir trafen uns zwischenzeitlich täglich und jeden Abend, wenn ich zu ihr kam, fiel mir auf das sie schon getrunken hatte. Die erste Flasche Wein war schon halb geleert oder zumindest angebrochen. Ich kritisierte sie nicht, weil es mir zu diesem Zeitpunkt ganz einfach egal war. Im Grunde musste sie es doch selbst wissen wo sie ihre Grenze setzte und ich war froh meine trostlosen Abendstunden bei jemandem verbringen zu können den ich wirklich mochte. David war nicht immer für mich da oder anders ausgedrückt er hatte immer Zeit für mich außer an den Wochenenden, Feiertagen, Familientagen, Weihnachten, Ostern und an den Tagen, wenn seine Frau schlecht drauf war.

Toll, ich führte das Leben einer billigen Geliebten und akzeptierte es auch noch. Selbst Schuld dachte ich oft und so verbrachte ich meine Abende gerne mit Paula. Alles war besser als alleine zu sein oder in meinem Keller zu vereinsamen. Ich vermied Zuhause den Kontakt ins normale Wohnzimmer zu verlegen, weil dies unweigerlich zu Streitereien mit Frank geführt hätte und das wollte ich den Kindern ersparen. Also blieb nichts anderes als wegzulaufen.

Manchmal traf ich mich auch mit David. Wenn er nicht gerade damit beschäftigt war, mir die neuesten, von einem bekannten Wissenschaftler herausgefundenen Theorien zu unterbreiten, zum Beispiel, dass es jetzt bewiesen wäre, dass die Blitze nicht aus der Atmosphäre nach unten auf die Erde aufschlügen, sondern die Elektrizität sich aus dem Erdboden nach oben begeben würde, versuchte er mich dazu zu überreden zu Frank zurückzukehren.

Katherine; beschwor er mich: „Du kannst das nicht alles hinwerfen. Dazu hat es zu lange gedauert. Wir haben es immer so akzeptiert und ich kann meine Familie auch nicht im Stich lassen. Das wollte ich nie und das werde ich auch nicht tun. Er erklärte mir, warum er nicht von Zuhause weg konnte. Mal waren es die Kinder die noch zu klein waren, mal seine unselbstständige Frau, die nach seinen Äußerungen nicht bis drei zählen konnte. Ich kannte Anja recht gut und mir machte sie diesen Eindruck ganz und gar nicht. Ich bemitleidete sie sogar eine ganze Weile, weil er ständig bemüht war sie zu korrigieren und zu verbessern, wenn sie sich äußerte. Die Kinder, denk doch mal an die Kinder. Das ist es nicht Wert. Es macht keinen Sinn, geh zurück und arrangiere dich mit ihm. Diese Aussagen verletzten mich natürlich sehr. Ich wollte nicht zurück. Ich wollte bei ihm sein. Ich wollte, dass er mich verstand. Einmal hatte er mich soweit. Ende April 2000 war ich weichgeklopft. Ich führte ein Gespräch mit Frank indem ich ihm anbot zurückzukommen. Er war ganz aus dem Häuschen, und ich bereute es noch in der Sekunde in der ich es ausgesprochen hatte. Er turnte auf Zehenspitzen tänzelnd durchs Haus und die Freude stand ihm im Gesicht. Ich aber versank in der Minute in einer tiefen Depression. Bis zum August hielt ich es durch nicht mit ihm schlafen zu müssen oder auch nicht zur gleichen Zeit ins Bett zu gehen. Wir berührten uns nicht, küssten uns nicht und schliefen auch nicht miteinander. Ich war bei Freunden, bei Paula, bei der Arbeit, hatte Kopfschmerzen, Übelkeit oder war einfach unpässlich. Irgendeinen Grund fand ich halt immer um ihn nicht näher an mich heran zu lassen. Knapp 4 Monate schaffte ich es mich zu drücken.

Frank sprach mich immer wieder darauf an aber ich wich aus und so schleppten sich die nächsten Monate durchs Land. Am 18 August war sein Geburtstag und das war der Tag an dem mein Gewissen es nicht mehr zuließ mich zurückzuziehen. Er wollte auch nicht wieder abgewiesen werden, es gab keine andere Wahl. Mir läuft heute noch eine Gänsehaut über den Rücken, wenn ich an diese Nacht denke. Ich hielt es aus, dass wir miteinander verkehrten, ich war angewidert, weinte mich hinterher in den Schlaf und Frank war so frustriert das ich dachte er tut sich was an. Ich hasste es von ihm geküsst zu werden, hasste es schon sehr lange und vermied es, wenn möglich. Und in dieser Nacht musste ich es wieder ertragen, seine Küsse, seine Hände auf meinem Körper, seine Liebkosungen. Mir wäre es lieber gewesen er hätte sein Geschäft erledigt und mich dann in Ruhe gelassen. Aber er wollte mir besonders gut tun und erreichte dabei nur das Gegenteil. Am nächsten Tag trennte ich mich endgültig von ihm. Ich versuchte es ihm so gut es ging zu erklären ohne ihm noch mehr weh zu tun. Natürlich gelang das nicht.

Aber ich wusste nun, ich konnte nie wieder mit ihm in einem Bett schlafen, geschweige denn mit ihm schlafen. Es war endgültig aus. Ich glaube, dass bei mir der Zeitpunkt sich von einem Partner zu trennen sehr viel mit der Sexualität zu tun hat. Kann ich den Sex nicht mehr ertragen, hat die Beziehung keine Chance mehr.
Ich bekam den Trost den ich brauchte, von Paula. Sie war immer für mich da und darüber entwickelte sich eine tiefe Freundschaft. Es machte irre viel Spaß Zeit mit ihr zu verbringen und wir nutzten jede Gelegenheit zum Lachen.

Sie half mir bei vielen Dingen, die ich alleine nicht so einfach geschafft hätte und ich tat das gleiche, denn wir waren beide alleine. Jeder besprach seine Probleme zuerst mit dem anderen, und wir wurden ein unschlagbares Team. Es begann eine wunderbare Zeit für uns, denn das Leben machte auf einmal wieder Spaß.

Es gab ja auch vieles zu erzählen, denn wir hatten jeder ein Leben gelebt und viele Dinge erlebt die man sich mal von der Seele reden konnte. Oftmals wurden es feuchtfröhliche Abende die damit endeten, dass ich am nächsten Tag einen dicken Kopf hatte.

Es waren aber auch viele kreative Abende dabei. Meine Homepage, auf die ich sehr stolz war, wurde geboren, Praxisprospekte geschrieben, Wunschzettel für das Leben verfasst und natürlich über die Männer philosophiert. Es gab auf einmal wieder Ausflüge mit den Kindern und der erste gemeinsame Urlaub wurde geplant. Ein ganzes Jahr lang sahen wir uns fast täglich, mal bei ihr, mal bei mir in der Praxis. Eine unserer Lieblingsbeschäftigungen war Musik hören. Stundenlang grub sie in ihrer CD Sammlung und präsentierte die besten Stücke. Selbst David wurde für mich immer unwichtiger in dieser Zeit. Ich fand nach und nach die Kraft mich gegen ihn zur Wehr zu setzen. Ich glaubte nicht mehr alles was er sagte und fing an zu widersprechen. Das gefiel ihm gar nicht und der Umgangston wurde schärfer. Er zeigte seinen Unmut über Paula deutlich. Er machte sie dafür verantwortlich, dass ich mich von ihm distanzierte. Sie wurde für mich immer wichtiger, der wichtigste Mensch in meinem Leben, neben meinen Kindern natürlich und nach heutiger Sicht ist sie das immer noch.

Bei ihr fand ich die Ruhe, all meine Probleme zu lösen, oder auch nur Kraft zu tanken, zu entspannen oder mal herzhaft zu lachen. Mit David dagegen hatte ich immer größere Differenzen. Er traktierte mich niederen Kommentaren die ich selbst hier nicht niederschreiben kann, reduzierte mich auf das was ich wohl war. Sein Mittwochsnachmittagshobby. Ich wollte aber kein Hobby sein, sondern eine Frau die geachtet werden wollte und ein Leben mit ihm verbringen wollte. Ich wollte die erste Geige spielen. Basta. Die Antwort, die ich darauf erhielt war erniedrigend.

„Was, du willst die erste Geige spielen? Ha, du kannst froh sein, dass du in diesem Orchester überhaupt mitspielst und ich werde den Teufel tun und für dich irgendwas aufgeben. Ich überdachte daraufhin meine Position und stellte mir die Frage, ob ich das eigentlich noch wollte. Wollte ich einen Menschen der mich nur wie den letzten Dreck behandelte? Wollte ich das wirklich, dann musste ich mir die Frage stellen warum? Liebe konnte nicht groß genug sein um sich treten zu lassen. Jedenfalls bei mir nicht. Ich wurde immer stärker und überlegter und er wurde immer panischer und nervöser, wenn wir uns sahen. Im Geiste sehe ich ihn heute als ein um mich tanzender böser Troll, der wild versuchte seine Machtposition wiederzufinden. Er wurde in meinem Sichtbild immer kleiner, immer peinlicher und nichtssagender. Ich ließ ihn oft einfach abblitzen. Er prallte ab an meiner Gelassenheit. Auch darüber sprach ich mit Paula und sie half mir langsam mit ihm abzuschließen. Es dauerte eine ganze Weile aber der Tag kam an dem ich diese Beziehung endlich und für lange Zeit, wirksam abschließen konnte. Aber dieser Tag sollte noch etwas auf sich warten lassen.

All die Angst vor den Dingen die noch vor mir lagen wurde kleiner in ihrer Nähe. Ich fühlte mich sicher und vor allen Anfeindungen geschützt in ihrer Trutzburg. Ich glaube ihr ging es nicht anders, zumindest gab sie mir zu verstehen, dass sie sehr glücklich war, dass wir uns hatten. An einem dieser feuchtfröhlichen Abende, kurz vor dem ersten Mai 2001 saßen wir wieder einmal in meiner Praxis und lauschten den Texten von Sting, Elton John oder Paolo Conte. Auf einmal begann Paula ein eigenartiges Gespräch. Sie wurde merkwürdig unsicher und fragend in ihrem Blick und ich wusste nicht genau was dies zu bedeuten hatte. Aber, ich ließ mich darauf ein. Ich hatte keine Angst vor ihr oder ihren Fragen.

Außerdem war mein Kopf etwas benebelt von einem Glas Wein zu viel.

Beziehung

„Was stellst du dir unter einer Beziehung eigentlich vor? Fragte sie: „Ich meine, wir haben zwar unseren Wunschzettel geschrieben, aber das ist doch alles sehr allgemein. Mal ehrlich, was würdest du dir wünschen, wenn jetzt jemand auftauchen würde, der dir gefallen würde? Ich glaube nicht dass zurzeit jemand sonderlich auf mich steht, antwortete ich. Und außerdem habe ich überhaupt keine Lust wieder in ein Fettnäpfchen zu laufen. Männer sind doch alle gleich. Aber was für mich ganz wichtig wäre, dass man nicht mehr lügen müsste. Ich habe diese Lügerei so satt. Ich würde am liebsten eine Handgranate zünden und die Welle durchs Dorf jagen, damit alle Bescheid wüssten und mich endlich in Ruhe ließen. Und dann verfiel ich ins schwelgen.

„Tja, was würde ich mir noch wünschen. Jemand der mich

so liebte wie ich nun einmal wäre! Jemand, der keinen Unterschied zwischen männlich und weiblich machte, und mich nicht versuchte zu beherrschen! Jemand der mir treu wäre und Verständnis aufbrächte für all die Fehler die ich gemacht habe. „Das findest du nur unter Frauen lachte sie: „was du suchst, gibt es in männlicher Form nicht.

Du suchst an der falschen Stelle, grinste sie. Glaubst du wirklich, dass es solche Männer gibt?

„Klar, sagte ich: „" Ich glaube schon das es sie gibt diese Männer. Männer mit Verständnis, mit Fairness, mit Verstand. Ich dachte immer Frank wäre so jemand gewesen. Er hat mich akzeptiert, mir meinen Freiraum gelassen und mir nie Vorschriften gemacht.

Ich habe es erst viel später gesehen, dass er im Grunde nur aus Desinteresse handelte. Er hat das nicht so gemacht, weil er es so wollte, sondern weil es ihm egal war. Solange er mit Dingen die ihn nicht interessierten in Ruhe gelassen wurde, hatte er keine Probleme. Er hat meine Bedürfnisse nicht erkannt und Gemeinsamkeiten hatten wir keine. Sie gab mir Recht. Wir hatten nie viel Gemeinsam. Wir unterhielten uns noch eine ganze Weile darüber, was wir uns beide wünschen würden, und irgendwann, verstand ich worauf sie hinaus wollte.

„Worüber reden wir hier eigentlich, fragte ich sie?

„ Sie antwortete mir mit scheuem Seitenblick: „ Über eine Beziehung zwischen zwei Frauen?

„Nein, antwortete ich und lachte: „Das kann ich nicht und das ist auch nicht mein Ding und ich hielt eine Rede über Freundschaft und Liebe und den Unterschied in beidem. Über Wünsche und Träume und schon wieder Heimlichkeiten und verstecken müssen. Ich war davon überzeugt das Richtige zu sagen um sie davon abzubringen. Außerdem war ich an diesem Abend sehr verunsichert aber ich fühlte mich auch geschmeichelt. Da versuchte jemand ganz vorsichtig in mein Innerstes zu dringen und ich spürte, dass sie es tatsächlich schaffen konnte. Ich entwickelte Angst aber auch Neugier. Die Erkenntnis, dass ich neugierig wurde traf mich dann nochmals hart. In mir hätte sich alles sträuben müssen und ich hätte sofort die Flucht ergreifen müssen, wenn nicht irgendwo in mir die Bereitschaft zu spannenden und unbekannten Dingen der Sexualität liegen würde. Ich war erschreckt über meine eigenen Gedanken, die sich damit auseinander setzten was sie gesagt hatte.

Schon als ich ihr gesagt hatte was ich davon hielt, wusste ich das mein Widerstand nicht groß genug war, dass ich eine große Zuneigung zu ihr spürte und immer das Bedürfnis hatte bei ihr zu sein. Ich wusste ganz genau was sie wollte, und trotzdem besuchte ich sie immer wieder und lies immer wieder zu das sie zu mir kam. Wir redeten viel und lachten viel und es waren herrliche Stunden. Am nächsten Tag schrieb ich ihr einen Brief, in dem ich ihr erklären wollte, warum ich das, was sie sich wünschte, nicht geben konnte.

Der erste Brief.

Ich schrieb ihr wie wichtig sie für mich geworden war und wie glücklich ich bin,

...dass du für mich da bist. Du bist zu einem Zeitpunkt in mein Leben gekommen an dem ich nicht mehr wusste was Gut und was Böse war. Du bist zu meiner besten Freundin geworden und ich habe dich sehr, sehr lieb. Aber glaub mir! Ich wäre eine schlechte Freundin, wenn ich die Situation jetzt ausnutzen würde in der du dich befindest. Ich sehe ziemlich genau, dass du dich alleine fühlst, einsam bist und im Grunde wie ein Blinder auf der Kreuzung herumtappst und nicht weißt in welche Richtung du dich drehen sollst ohne überfahren zu werden. Mir geht es nicht viel anders und ich denke einer von uns muss den Kopf behalten damit nicht noch mehr Fehlentscheidungen getroffen werden. Wir beide haben noch viel vor uns in der nächsten Zeit und jeder ist mit seinem Leben beschäftigt und wir brauchen nicht noch mehr Probleme. Ich wäre nicht deine Freundin, wenn ich die Situation jetzt für mich nutzen würde. Irgendwann muss jeder für sich selbst Entscheidungen treffen und auch mal eine Zeit alleine leben können, ohne Partner, ohne jemanden neben sich im Bett. Diese Zeit ist auch für mich gekommen und glaube mir, sie ist auch für mich schwer. Es ist schwer zu erkenne, dass man ganz alleine da steht, das einem niemand mehr hilft, und alle sich gegen einen verschworen haben. Du weißt das ich immer für dich da sein werde und dir beistehen werde so gut ich kann, aber ich bin selbst einer der Blinden auf der Kreuzung und zudem noch sehr an David gebunden und kann deinem Wunsch nicht nachkommen.

Außerdem denke ich, dass du das im Grunde nicht ernst meinst. Was du suchst, findest du sicherlich nicht bei mir und wenn der richtige Mann kommt, dann wirst du ihn erkennen können, auch wenn du jetzt denkst, dass es keinen Mann mehr in deinem Leben geben wird. Ich hoffe du weißt, dass ich immer für dich da sein werde und dich sehr lieb habe.
Pimpelchen

Dieses Gespräch fand statt im April 2001. Wir verbrachten weiterhin jeden Tag miteinander. Ich wusste was sie wollte, was sie sich wünschte und ich spielte mit bei dem Spiel der zufälligen Berührungen oder der Blicke die mich taxierten und mit mehr als normalem Interesse über meinen Körper glitten. Ihre Blicke hafteten in meinem Dekolté, suchten meine Augen, hatten immer einen fragenden Ausdruck und wollten sich nicht von meinen Lippen lösen. Mir gefiel zunehmend wie sie mich ansah, wie sie mich berührte. Zufällige, weiche Berührungen. Der Geruch den sie verströmte brannte sich in meinem Gehirn ein und ich war süchtig nach ihrer Nähe, und ihrer warmen Liebe mit der sie mich einhüllte in einer Zeit, in der ich an allen anderen Enden nur im Regen stand. Ich liebte die Abende bei ihr im Büro, wenn wir vor dem Rechner saßen und die witzigsten Dinge taten oder auch hochkonzentriert an meiner Homepage arbeiteten, Texte überarbeiteten und neue Ideen suchten für die nächste Seite dieser Page. Wir waren unendlich stolz auf das Ergebnis und ich war unendlich stolz eine solche Freundin zu haben. Ich wollte sie nie im Leben wieder verlieren aber ich ahnte auch, dass diese Freundschaft ihren Preis haben würde.

Ich wusste, dass es für mich, wenn ich diese Freundschaft haben wollte, bedeutete eine Beziehung mit ihr eingehen zu müssen. Und sie würde nicht mehr lange warten wollen. Aber selbst dieser Gedanke schreckte mich nicht mehr ab. Ich überdachte mehr als einmal am Tag meine bisherigen Beziehungen mit dem männlichen Geschlecht und stellte fest, dass die Männer die mich begeisterten, mir bis dato immer nur Schaden zugefügt hatten. Dass es eine Liebe, in der Form wie ich sie mir wünschte, mit diesen Männern nicht möglich war. Ich hatte Angst davor wieder neu suchen zu müssen. Angst davor, David nie vergessen zu können. Er war der Einzige den ich liebte. Der Einzige den ich wollte und mit dem ich mir vorstellen konnte zu leben. Aber ich war auch müde des Kampfes um ihn, weil ich im Grunde wusste, dass ich diesen Kampf schon verloren hatte. Es gab nichts mehr was ich noch tun konnte, um für mich, oder meine Kinder etwas besser machen zu können. Ich suchte den Weg nach vorn und der hieß in diesem Augenblick nun einmal Paula, denn ohne sie hätte ich gar keine Richtung mehr gefunden. Sie gab mir Halt, Wärme, Sicherheit und Frieden und das, obwohl sie genügend eigene Probleme zu bewältigen hatte, bei derer Lösung ich nicht unbeteiligt sein konnte. Wir halfen uns in diesem Fall gegenseitig, denn, immer wenn man sich mit den Problemen des anderen befasste, musste man sich mit seinen eigenen nicht auseinandersetzen. Trotz all der Widrigkeiten, mit denen wir uns auseinander setzten mussten, fanden wir immer noch die Zeit herumzualbern wie die Kinder oder gute Gespräche zu führen oder einfach gute Musik zu hören.

An einem der Abende saßen wir in meiner kleinen Praxis, dem einzigen Ort an dem wir ungestört waren und sprachen über ernsthafte Dinge. Dinge die getan werden mussten, Probleme die gelöst werden wollten und Fehler die man selbst begangen hatte. Es war ein depressiver Abend an dem man die Schwere dessen was vor einem lag, körperlich spüren konnte. Sie weinte.

Als ich sie tröstete und das erste Mal in all der ganzen Zeit in den Arm nahm, wurde mir bewusst wie sehr ich ihre Nähe schätzte und wie gut sie sich in meinen Händen anfühlte. Es war für mich ein erster Versuch herauszufinden wie sie sich anfühlte, wie sie roch und was ich dabei empfand. Ich wusste, dass ich ein gefährliches Spiel spielte aber ohne es genau zu wissen, wollte ich diese Beziehung nicht ganz ablehnen. Sie genoss diese erste Umarmung sehr. Das spürte man. Ihr Körper schmiegte sich an meinen in all seiner Form und ich nahm jeden Zentimeter wahr. Erschreckt ließ ich sie los und überspielte diesen intimen Moment mit einem unsicherem Grinsen. Auch am nächsten Abend besuchte sie mich. Dieses Mal war die Stimmung ausgelassen, denn wir tranken wie so oft eine Flasche Wein und hörten dazu gute Musik. Es knisterte in der Luft, und selbst als ich ihr erneut erklären wollte das ich eine solche Beziehung nicht wollte, hielten wir uns das nächste Mal im Arm.

Wenige Tage später, es war am ersten Mai 2001, saßen wir beide Abends vor unserem Rechner und alberten über das Telegramm miteinander.

„Weißt du eigentlich, dass wir heute den ersten Mai haben fragte sie?" Klar sagte ich. Der Tag der Liebenden an dem man seiner Liebsten einen Maibaum setzt.

Bei uns in der Straße ist schon der Teufel los. „Ich glaube ich komm gleich auch bei dir vorbei und setzte dir einen Maibaum lachte sie und ich beschwor sie es nicht zu tun! „ Was sollen denn die Leute von mir denken sagte ich und nahm es immer noch als Spaß auf. „ Mach dir nicht immer so viele Gedanken um die Leute. Es fragt auch keiner nach dir, wenn du am Boden liegst. Außerdem sind die meisten doch eh nur neidisch auf alles was sich bewegt. Und noch was. So ein kleiner Skandal würde unserem Kaff mal wieder echt gut tun, lachte sie" „wir wären das Gesprächsthema Nummer Eins bei uns im Dorf! Wir lachten und stellten uns all die dummen Gesichter vor die völlig unverständlich und mit erhobenen Zeigefingern in dieser Erzkatholischen Gemeinde auf uns zeigen würden. Allen voran unsere Eltern. Meine Mutter die sofort einen weiteren Infarkt bekommen würde. Ihre Mutter die vor Gram im Boden versinken würde und sie fragen würde": Kind wie kannst du uns das antun? Was soll denn der Papa von dir denken und all die Leute aus dem Dorf. Du bringst uns ja total in Verruf!

Wir steigerten uns in das Gespräch hinein und es war total ausgelassen. Sich vorzustellen wie die Leute schauen würden, wenn wir uns gemeinsam sehen lassen würden. Hand in Hand durchs Dorf gehen würden und allen zeigen würden wie gut eine Frauenbeziehung sein kann. Alle Frauen die hinter uns die Köpfe zusammenstecken würden, tuschelnd ihren Neid sprudeln lassen würden. Oder auch die Männer, die angewidert und erschreckt den Killerladys hinterher blicken würden. Ich schrieb und schrieb immer weiter und merkte nicht, dass sie mir schon seit langem nicht mehr geantwortet hatte.

„Hallo? Fragte ich: Noch jemand im Orbit? Oder musst du wieder Pippi machen, Kippen holen, oder ist die Flasche Wein leer?

„Huhu! Warum antwortest du nicht mehr?

Ich war verwundert aber ich bekam keine Antwort mehr. Das war im Grunde nicht weiter verwunderlich, weil es schon sehr spät war und es schon mehrmals vorgekommen war das der ein oder andere über dem Rechner eingeschlafen war. Uns beide zog nichts ins Bett, denn dann holten einen die wilden Gedanken wieder ein. Ich ging also davon aus das sie schlief, obwohl es schon seltsam war. Aus einem solchen Gespräch war sie noch nie einfach so ausgebrochen. In diesem Augenblick klopfte es auch schon an mein Kellerfenster und innerlich musste ich lächeln und freute mich königlich sie noch heute sehen zu können. Die Überraschung war gelungen. Ich staunte nicht schlecht, als ich sah was sie in den Händen hielt. Wir beide mussten furchtbar lachen, denn sie hatte einen Birkenast geschmückt und ihn mir als Maibaum mitgebracht. Er hatte wie jeder andere Maibaum bunte Bänder und ein Schild an seinem Stamm hängen.

Sie war mit dem Fahrrad gekommen und hatte den Maibaum hinter sich her geschleppt, sodass sogar die Menschen im Dorf gestaunt hatten und ihr hinterher gerufen hatten.

„Nein, wie nett, schau dir den Jungen auf dem Rad an! Hieß es und sie mußte wieder lachen als sie die Geschichte erzählte. Ich freute mich sehr darüber und nahm sie in den Arm. Mein Gesicht schmiegte sich in ihre Halsbeuge und ich sog ihren süßen Duft in mich hinein.

Die weiche, glatte Haut unter meinen Fingern brachte mich zum Beben. Ich wollte sie in diesem Moment für nichts auf der Welt mehr loslassen. Wenige Minuten später fanden sich unsere Gesichter und wir schauten uns tief in die Augen.

Ein unvergesslicher Augenblick entstand als sich ihr Mund dem meinen näherte. Sie küsste mich. So voller Liebe, zart, weich und voller Süße. Nie hatte ich einen solchen Kuss bekommen. Zaghaft, vorsichtig und fast zitternd tastete ihre Zunge nach meinen Lippen und als sie in mich eindrang wurde mir schwindlig vor lauter Erregung und Lust. Lust sie zu nehmen, zu lieben wie ich noch niemals vorher jemanden geliebt hatte. Zu ertasten wie sich eine Frau anfühlt. In sie einzudringen, ihre feuchte Wärme zu spüren und sie zum Höhepunkt zu begleiten. Ihre Haut zu küssen, zu spüren wie sie unter meinen Händen erbebt und sich in meine Handlung ergibt, sich fallen lässt und nichts mehr möchte als sich selbst zu fühlen und dem Höhepunkt entgegenwiegt.

„Das ist alles was ich mir schon so lange gewünscht habe: „flüsterte sie! Dich zu küssen und zu schmecken, deine Lippen ein einziges Mal zu spüren und ihre Weichheit in mir aufzunehmen. Unsere Hände fanden sich und verschlangen sich ineinander, lösten sich wieder und begannen von neuem die Reise auf dem anderen Körper, der dem eigenen doch so ähnlich und doch so anders war. In dieser Nacht zum ersten Mai 2001 sprachen wir nicht mehr. Wir liebten uns, küssten uns und erfuhren die Liebe des gleichen Geschlechts, ohne dass wir vorher gewusst hätten auf was wir uns einließen. Unsere Körper verschmolzen warm und weich ineinander, sie klebten förmlich am anderen.

Die Küsse wurden intensiver, die Berührungen fordernder und zielstrebiger. Langsam zogen wir uns gegenseitig aus und ohne Worte betrachteten wir unsere erregten Körper, genossen die Spannung in uns und bei all dem verloren wir in dieser Nacht nie den Augenkontakt. Er war wichtig für uns. Er gab uns die Realität des Augenblicks und das Erkennen der Wahrheit ohne etwas verbergen zu können. Meine Hände drängten sich zwischen uns und ließen mich ihre Brüste erspüren und ein wohliger Schauer überzog ihren Körper. Sie tat es mir gleich und ich explodierte förmlich unter ihren Händen. Noch niemals konnte ich mich so frei geben. Niemals fühlte ich mich so sicher, so geborgen und so wenig benutzt wie in diesem Augenblick. Die Küsse, die so weich waren und so gut schmeckten wie nur eine Frau schmecken kann machten mich gierig auf mehr.

„Ich wünschte mir, dass diese Nacht niemals ein Ende finden würde, flüsterte ich! Ich will dich, ich will dich mehr als alles andere auf dieser Welt und in diesem Moment. Sie drang in mich ein, tief spürte ich sie in mir und ich empfand eine unbändige Liebe für sie. Es wurde warm in mir. Mein gesamter Körper fiel in einen Gleichklang den er glaubte nicht zu kennen. Wir führten uns nacheinander zum Höhepunkt, den wir in dieser Intensität noch nie erlebt hatten. Entweder war es das andere, das verbotene oder einfach die Tatsache das man sich in die andere Richtung entschieden hatte, oder es war einfach die richtige Person zum richtigen Zeitpunkt. Ich wunderte mich über meine Fähigkeit so in Extase zu geraten, wie ich es noch nicht erlebt hatte und war überrascht von der Gelassenheit mit der ich all dies zulassen konnte.

Mit keinem Gedanken dachte ich an meine Kinder die drei Stockwerke über mir in tiefem Schlaf lagen. Ich genoss die Nacht und saugte das Gefühl in mir auf eine Frau zu lieben und all das mit ihr zu erleben was mir wichtig war. Ich liebte eine Frau und diese Liebe erschien mir vom ersten Moment an viel tiefer als ich sie jemals mit einem Mann hätte erleben können. Selbst mit David hatte ich die Liebe nicht so erfahren, obwohl er der einzige Mensch war den ich überhaupt geliebt hatte. Bis zu einem gewissen Punkt hätte ich alles für ihn getan. Diesen Punkt hatte ich wohl in jener Nacht erreicht. Der Flair, den seine Person ausstrahlte, war in der Sekunde vorbei in der ich Paula geküsst hatte und die weiche Schale knacken durfte die sie umgab.

Mit der leisen Musik von Sting im Hintergrund küssten und streichelten wir uns die ganze Nacht und der Raum war erfüllt von geladener Atmosphäre.
Am Ende dieser Nacht fuhr ich sie nach Hause. Auf dem Weg machten wir Halt am Fluss. Wir standen am Ufer und hielten uns an den Händen und wussten, dass eine neue Zeitrechnung für uns begonnen hatte. In den nächsten Wochen ging es nur darum, zu verheimlichen was geschehen war. Niemand sollte es wissen. Wir brauchten Zeit. Zeit um zu verstehen was geschehen war, Zeit für uns alleine, Zeit um das alles akzeptieren zu können was uns betraf. Leise flackerte bei uns beiden das Gefühl der Scham an die Oberfläche.
„Was tust du da? Fragte ich mich immer wieder: Wie kannst du so etwas wollen. Niemals hättest du dich darauf einlassen dürfen!

Die Stimme in meinem Kopf wurde größer und lauter und behinderte mich in meinen Überlegungen. Ich wollte meinen Kindern, denen ich in anderen Dingen schon so viel angetan hatte, nicht noch mehr mit auf den Weg geben. Diese Fragen drängten sich in mein Gehirn, sobald ich alleine war. Allen Zweifeln zum Trotz, fanden unsere Körper jede Nacht zueinander. Zu Beginn sehr vorsichtig und zart und mit der Zeit immer fordernder und wild, gierig nach mehr. Wir entdeckten in der stille der Nacht was uns in all den Jahren gefehlt hatte und lebten alles aus was jemals in stillen Momenten gedacht worden war. Kein Mann war jemals in der Lage gewesen diese Befriedigung in mir zu erreichen. Ich glaube auch heute noch das es nicht viele Männer auf diesem Planeten gibt die, die Wünsche einer Frau erraten könnten, und auch noch in der Ausführung der Dinge so ausdauernd wären. Und obwohl ich mit David sehr gerne und aus Liebe geschlafen hatte, so hatte ich doch viele Kompromisse eingehen müssen, auch was den Sex betraf. Die Tatsache, dass wir beide Frauen waren hatte den Vorteil genau zu wissen was der andere mochte und was ihm gut tat. Sie hatte schnell herausgefunden was ich brauchte und wie sie mich berühren musste damit ich sie wollte. Und ich wollte sie oft. Wann immer ich sie ansah hatte ich das Bedürfnis sie anzufassen und in Extase zu versetzen. Ich genoss es, wenn sie unter meinen Händen zerfloss und sich ihr Körper dem meinen anbot. Seit dieser Nacht des ersten Mai führten wir eine feste Beziehung miteinander die allerdings vom ersten Tag an sehr belastet war. Ich frage mich heute oft, warum wir nicht von Beginn an schon einen gemeinsamen Weg eingeschlagen haben. Es wäre nicht belastender gewesen als das was wir bis jetzt gelebt haben.

Wir hatten sieben Kinder zu erziehen und viele Steine wurden uns in den Weg gelegt. Nach und nach vertrauten wir uns anderen an und erhielten von allen Seiten eine positive Resonanz, sodass sich unser Selbstwertgefühl wieder steigerte. Ich fand nach und nach meine Sicherheit wieder. Im Grunde gab es nur wenige Leute die uns nicht verstanden. Ihre Eltern und ihre Tante, denen sie sich verschrieben hatte, machten immer wieder Ärger und drohten mit Repressalien, obwohl keiner von den beiden Parteien richtig wusste wie es um uns stand. Diese Offenbarung durften sie erst erfahren als es schon wieder vorbei war. Das heißt Jahre später. Fast drei Jahre dauerte der Zustand des Verliebt seins an. Niemand drang zu uns vor, weil wir niemanden hereinlassen wollten und wir genügten uns selbst. Es war ein Traum, der dann irgendwann für uns zum nicht enden wollenden Alptraum wurde. Ich denke heute oft, dass wir die Zeit hätten nutzen sollen und einen Weg für uns gemeinsam hätten suchen müssen. Vielleicht wäre dann alles anders gekommen.

In diesen ersten Jahren kämpfte ich noch darum mir ein eigenes Haus zu bauen oder zu kaufen. Ich kämpfte um Unterhalt für die Kinder, kämpfte mit David, mit Frank, alle verteufelten mich, und versuchten alles gegen mich zu finden, was machbar war. Zu dieser Zeit konferierte ich mit insgesamt vier Anwälten die alle bezahlt werden wollten und trotz allem keinen Schritt weiter kamen. Ich offenbarte Frank seine Nichtvaterschaft, David seine Vaterschaft, versuchte eine Existenz für uns Fünf zu finden. Wandte mich an den Firmenanwalt mit dem Versuch über Davids Bruder die Dinge regeln zu können ohne viel Aufwand zu machen.

Ich war selbst in einem Zustand des Grauens, nur noch funktionell und berechnend denkend. Relativ schnell erkannte ich, dass ich nur selbst aus dem Kreis ausbrechen konnte und mich nicht auf diverse Anwälte verlassen konnte. Also ging ich den Schritt nach vorn und wandte mich selbst an André.

Hätte ich damals die finanzielle Deckung gehabt, wäre ich niemals auf die Idee gekommen um Hilfe zu bitten. So aber blieb mir keine Wahl. Es waren vier Kinder zu ernähren, die zwar von allen gewollt waren, von allen Beteiligten aber nun abgestritten wurden. Frank sah überhaupt nicht mehr ein Unterhalt zahlen zu müssen, weil es ja offensichtlich nicht seine Kinder waren, obwohl er sie doch so liebte. David fühlte sich nicht im geringsten dafür verantwortlich, obwohl er noch bei Alex gesagt hatte das wir diesen kleinen Burschen wohl auch noch groß bekommen würden und sah sein Bankkonto gefährdet. Auf einmal stellte er in Frage was er vor Tagen und Wochen noch geliebt haben wollte. Der Firmenanwalt sah sich in der prekären Angelegenheit nicht dazu in der Lage den Schritt nach vorne zu tun und wartete immer auf einen günstigen Moment, der natürlich nie da sein würde. Also wurde ich selber vorstellig bei dem großen Boss. Nachdem ich ihm die Sachlage erklärt hatte schmunzelte er und nach einer kleinen Pause sprach er mich direkt an.
„Vier Kinder sagst du: „Und alle von David? Kannst du das beweisen?
„Ich will dir nichts unterstellen und dir auch Hilfe zulassen kommen, aber du wirst sicher verstehen, dass ich das fragen muss. Denn vier Kinder zu unterhalten, ist ja nicht gerade ein Pappenstiel und ich weiß ehrlich gesagt nicht, was jemandem in dem Fall an Unterhalt zustehen würde.

„Ich bin dir nicht böse, dass du diese Frage stellst. Ich denke auch, dass du das musst. Ich kann es beweisen, wenn du mir hilfst. Ich mache einen Test und dieser wird es dir beweisen. Aber den kann ich nicht bezahlen. Da geht eine Menge Geld durch die Finger.

„Ich denke das ist kein Problem, daran sollte es nicht scheitern. Mach diesen Test und dann werde ich dir helfen. Dann grinste er wieder. „Vier Kinder! Ich denke ja nicht, dass du ihn zwingen musstest! Dazwischen liegen knapp zehn Jahre. „Wie zum Teufel habt ihr beiden das so lange verheimlichen können? Und wie ich meinen kleinen Bruder kenne, musstest du ihn sicherlich auch nicht fesseln dazu. Er stellte noch viele Fragen und zum Schluss meinte er dann: „ Auch wenn mich das jetzt überrascht, so bin ich doch nicht im geringsten verwundert. Im Gegenteil, jetzt verstehe ich so manche Dinge der letzten Jahre und das letzte Puzzleteil wird sichtbar. Also, mach dir keine Gedanken. Mach den Test und dann komm wieder.

„Ich danke dir sagte ich: Ich werde es dir beweisen und danke dir schon im Voraus für dein Verständnis. Als er dann das Ergebnis der Untersuchung vorliegen hatte sprach er umgehend mit David und von da an nahm das Chaos seinen Lauf.

Meine große Liebe, Paula. Ich hatte eine wunderschöne Zeit mit ihr, jedoch verlief auch mit ihr nicht alles so, wie man es sich wünschen würde. Sie war sehr anhänglich und jede Minute die wir nicht zusammen verbrachten verursachte ihre körperlichen Schmerzen. Die Zeit für mich alleine war knapp.

Ich aber brauchte den Abstand, um überhaupt Luft zu bekommen und mich mit all meinen Dingen wahrnehmen zu können. Im ersten Verliebt sein, bemerkte ich nicht, dass mir die Luft genommen wurde. Erst als ich mich bei einem ihrer unangemeldeten Besuche in der Küche auf den Boden fallen ließ und mit klopfendem Herzen darauf wartete dass sie das Haus umrundet hatte, wurde mir klar, dass es vielleicht etwas viel war, was ich mir zumutete. Aber ich liebte sie, ich begehrte sie und so akzeptierte ich auch ihre ständige Anwesenheit. Im Grunde ihres Herzens, hätte sie den Abstand ebenso dringend gebraucht wie ich, aber sie gestand es sich nicht ein und sie hasste Veränderung. Und bei mir gab es ständig Veränderung. Ich musste Kompromisse schließen, ständig und jederzeit. Pläne wurden geschmiedet und wieder verworfen. Zum Teil nicht aus eigenem Interesse, sondern weil ich immer noch versuchte eine Einigung zwischen David und mir herzustellen. Der Kompromiss den sie dabei abschloss war von vornherein zum Scheitern verurteilt. Sie verbog sich für mich, wollte das Sein was ich brauchte und zu Anfang gelang es ihr auch.

Ich hatte viel zu viele andere Dinge im Kopf um zu bemerken, dass sie sich nur meinetwegen so verbog oder sich überhaupt anders verhielt als normal. Sie war immer da, verlangte nichts, akzeptierte den X-ten Richtungswechsel, hielt meine Heulabende aus und fand immer noch tröstende Worte. Ich dagegen genoss die Ruhe die sie ausstrahlte und fand in ihren Armen, in ihrem Haus und in ihrer Nähe den Ausgleich der mein Leben erst lebbar machte. Wie so oft, oder eigentlich immer, ist jeder Kompromiss auf Zeit hin ausgerichtet und mit und mit konnte sie diesem Druck bei dem so wenig für sie heraussprang nicht lange standhalten und sie versuchte langsam aber sicher meine eigenen Bedürfnisse zu untergraben und sie zu umgehen. Als sie versuchte meine Bewegung und meine Denkweise und auch meine Zeit zu beschneiden, indem sie mir vermittelte, dass sie mehr Zeit für uns herausholen wollte, gab es erhebliche Probleme. Insgesamt gab es mindestens zehn Versuche meinerseits die Beziehung zu beenden. Eigentlich immer nur weil es mir zu eng wurde, jedoch nach kurzer Zeit fehlte sie mir so sehr das ich dachte ich müsse sterben, wenn ich sie nicht wiedersehen würde. Ich liebte sie, ich brauchte sie und ich wollte mit ihr schlafen. Sie küssen, streicheln und festhalten. Wenn es keine anderen Menschen auf diesem Planeten gegeben hätte, dann denke ich mir, wir wären das ewige und perfekte Liebespaar geworden. Sie focht jeden Kampf mit mir aus, beschwerte sich aber auch zunehmend bei mir, dass sie sich nicht wahrgenommen fühlte oder zu kurz kam. Alle Versuche diese Beziehung zu retten scheiterten auf kurz oder lang. Heute sind wir fast 6 Jahre miteinander verbunden, jedoch die letzten anderthalb Jahre nur im Stress miteinander. Es gab diverse Auslöser, die das Fass auch für mich zum Überlaufen brachten und ich denke, dass es jetzt endgültig vorbei ist. Nur um dies mal festzuhalten. Wir schreiben heute den siebten März 2007 und seit dem 10.Januar 2006 versuchen wir uns selbst, unsere Aggression untereinander, die Verletzungen die wir uns beigebracht haben und den Schmerz zu vergessen und stolpern doch immer wieder über die Beinchen die wir uns selbst und gegenseitig in den Weg gestellt haben. Ich hänge noch sehr an dieser Verbindung, weil Paula für mich lange Zeit das Größte und Schönste dieser Welt bedeutete.

Es war das Beste was ich je erlebt hatte und im Grunde wollten wir beide, dass es wieder so werden würde. Leider kann man die Zeit nicht zurückdrehen.

In all den Jahren in denen sie mit mir zusammen war, erkämpfte ich viele Dinge von meinen Männern. Lange, nachdem Frank ausgezogen war und ich alleine für das Haus und die Kinder verantwortlich war, kam es endlich zur Auszahlung meines Anteils an dem Haus. Es war ein bitterer Kampf mit vielen Anwälten, Gutachten und Gegengutachten. Frank kümmerte sich um nichts. Wie immer war er mit allem überfordert, nur wenn es darum ging Kritik zu üben oder sein Einverständnis in einen bindenden Vertrag zu geben, schmiss er wiederholt alles über den Haufen. Mühsam wurde ein Ehevertrag geschlossen, der jedes kleine Teil unserer 20- Jährigen Beziehung regelte. Das war ein großer Tag. Ich war zumindest auf dem Papier stolzer Besitzer von einhunderttausend Euro. Die wollten gut eingesetzt werden und wir planten ein Haus auf ihrem Grundstück zu bauen. Ein Traum sollte für uns in Erfüllung gehen. Es ist wie immer anders gekommen. Ihre Eltern und ihre Tante vereitelten unseren Plan und wie schon so oft ließ sie sich davon beeinflussen. Wie auch schon in ihrer Ehe mit Elias war sie zu sehr beeinflusst von ihren Eltern. Sie war immer noch das kleine Mädchen das sich nicht wehren konnte. Der größte Kampf den ich ausfechten musste stand mir aber noch bevor. Die Unterhaltszahlungen. Es musste ein Gutachten erstellt werden indem klar heraus zu ersehen war das Frank nicht der Vater der Kinder war. André hatte darauf bestanden. Also ging ich eines Nachts mit klopfendem Herzen und einem Stempelkissen in die Kinderzimmer und nahm Haarproben und Fingerabdrücke.

Wie ein Verbrecher kam ich mir vor. Ich sah auf meine kleinen Mäuse herab, die noch so unschuldig in ihren Bettchen lagen. Was hatte ich ihnen zugemutet und wie würden sie irgendwann darauf reagieren. Am meisten Angst hatte ich vor der Reaktion meiner Großen. Maya war sehr hellhörig, wenn es um die zwischenmenschlichen Dinge ging.

Und wie sollte ich ihnen morgen früh erklären, warum sie alle, blaue Finger hatten? Also war mein nächster Gang mit Nagellackentferner in die Zimmer, immer auf der Hut, dass niemand durch den stechenden Aceton Geruch wach werden würde. Obwohl ich genau wusste was aus diesem Test zu ersehen war, so war ich doch sehr gespannt auf das Ergebnis, ich traute mir selbst nicht mehr über den Weg. Alles war so kompliziert geworden. Ich hatte so oft und ausdauernd gelogen, dass ich selbst nicht mehr wusste was der Wahrheit, und was der Unwahrheit, entsprach.

„Hallo André: „da sitzen wir wieder mal, sagte ich! Ich habe das Ergebnis des Tests mitgebracht und das wollte ich dir zeigen. Du wirst sicherlich nicht erstaunt darüber sein, allerdings sagt es ja nur aus, dass Frank nicht der Vater der Kinder ist. Wie wir besprochen haben.

Ich reichte ihm nach unserer Begrüßung und nachdem er uns wortlos einen Kaffee geholt hatte, das Gutachten herüber und er nahm es an und lehnte sich in seinem Sessel zurück.

Wie beim letzten Mal saßen wir nicht in seinem Büro, sondern im Besprechungsraum der Firma. Er saß mir auch nicht gegenüber, sondern seitlich von mir. Das machte mir jedes Mal wieder bewusst wie genau dieser Mensch wusste wie er sich zu verhalten hatte.

Er ging nicht auf Distanz zu mir, sondern solidarisierte sich in diesem Augenblick mit mir, ebenso wie schon beim ersten Besuch meinerseits. Er las es genau durch, schmunzelte und meinte: „Ich gehe jetzt mal davon aus, das sich nicht noch mehr Männer in dieser Zeit in deinem Umfeld bewegt haben, denn ich denke das du mir die Wahrheit gesagt hast. Außerdem halte ich meinen Bruder für entsprechend dumm genug um in ein solches Drama durchaus verwickelt zu werden.

„Das ist jetzt nicht nett André: sagte ich" Ich habe das bestimmt nicht getan um ihm einen Denkzettel zu verpassen. Ich habe all die Jahre akzeptiert, dass er verheiratet ist. Und meine Kinder sind älter als Anjas Kinder. Er hatte genügend Zeit sich damit auseinander zu setzen und sich zu entscheiden. Aber er ist immer wieder aufgetaucht und wollte die Beziehung zu mir nicht verlieren. Ich bin dumm genug gewesen zu hoffen, dass er sich eines Tages für mich entscheidet. Wir waren schon ein Paar, da hat es Anja in seinem Leben noch nicht gegeben. Er wusste vom ersten Kind an, das es seines war und er hat seinen eigenen Sohn ins Grab getragen. „Ich denke, dass wir nicht viele Möglichkeiten hatten in dieser Konstellation. Damals mit dem Tod von Rene´ konnte ich Frank unmöglich verlassen.

„Ich verstehe, sagte er: „Ich denke man musste ihn nicht zwingen, diese Kinder mit dir zu bekommen. Und es sah auch bestimmt nicht so aus, als hättest du ihn ans Bett fesseln müssen". Ich lachte ihn offen an.

„Nein, sicherlich nicht. Meistens war er es, der sich bei mir meldete. Du kennst deinen Bruder noch nicht. Aber ich habe ihn auch jetzt erst richtig kennen gelernt.

„Es tut mir leid, dass ich hier sitzen muss und darum bettele, dass die Kinder ernährt werden.

Wenn ich es alleine könnte, wäre ich auf keinen Fall hier. Mit dem Tag an dem Frank erfahren hat, dass er nicht der Vater der Kinder ist die er bis zum heutigen Tag erzogen und geliebt haben will, ist er nicht mehr gewillt für die Kinder aufzukommen. Aber es kommt noch besser. David, der immer behauptet hat, dass diese Kinder sein Fleisch und Blut sind und sich im Grunde über die Erziehung von Frank aufgeregt hat, kennt sie auf einmal auch nicht mehr und fühlt sich nicht verantwortlich. Ich habe es jetzt lange genug versucht. Aber ich habe einfach keine Kraft mehr mich gegen ihn zur Wehr zu setzen. Ich weiß, wo meine Grenzen sind und brauche jetzt einfach Hilfe von jemand Außenstehendem. Sorry, dass du es in diesem Fall bist sagte ich, und lächelte ihn an.

„Das geht schon in Ordnung, solange du mich nicht anlügst, sagte er! Ich kann es nicht verstehen das sich jemand so aus der Affäre zieht, wenn es denn eng wird. Aber wir werden sehen. Ich werde mit ihm sprechen.

„Hast du denn schon einmal mit einem Anwalt darüber konferiert?

„Ja klar, ich habe mich an den Menschen gewendet, von dem ich dachte, dass er für mich am meisten erreichen könnte. Dein Firmenanwalt, Ulli Michels. Ich bin davon ausgegangen, dass er dieses Thema am effizientesten und loyalsten bearbeitete, ohne die Pferde scheu zu machen.

„André, ich möchte keinen Wind machen und am liebsten wäre mir eine Regelung die uns allen dient.

„Die wäre mir auch Recht, denn ich denke, dass es für die Kinder und auch für alle anderen am besten wäre. Ich mache dir einen Vorschlag. Ich werde dir den Unterhalt, solange zahlen, bis die ich dieses Thema mit David besprochen habe.

Dann werden wir zusammen mit Ulli Michels einen Vertrag aushandeln, der uns allen gerecht wird.

„Du kannst dich auf mich verlassen. Ich hoffe, du weißt das, sagte er und sah mich direkt an. Aber ich erwarte von dir weitestgehend Stillschweigen bis die Situation geklärt ist.

Danke, sagte ich: „Ich wusste das ich mich auf dich verlassen kann und ich vertraue dir". Ich glaube auch, dass du der einzige bist, der mir in dieser Situation helfen kann.

Zufrieden verlies ich sein Büro und fuhr auf direktem Weg zu Paula und berichtete die freudige Botschaft nun endlich Unterhalt für die Kinder zu bekommen. Drei Jahre dauerte der Rechtsstreit und in dieser Zeit, zahlte André ohne Unterlass den Unterhalt den eigentlich sein Bruder übernehmen musste. Viele Anwälte befassten sich in den nächsten Jahren mit dem Problem aber nur einer half mir wirklich raus. Zum guten Schluss, als alle vermeintlichen Versuche, es im Stillen und verborgenen in vernünftige Bahnen zu lenken, scheiterte, wurde von Gericht aus ein Anwalt für meine Kinder benannt, der nur ihre Interessen vertrat und alles was er für richtig hielt, auch durch setzte. Und dies alles in kürzester Zeit. Verträge mit dem Jugendamt und dem dann festgestellten und auch festgenagelten Vater. Der Richter der damals für die Verhandlung verantwortlich war, vertrat die Meinung, dass der Vater, wenn er es denn schon so lange wusste, zumindest bei der Verhandlung hätte dabei sein können.

Er war ziemlich böse, dass von Davids Seite nur sein Anwalt zugegen war. Er nahm meine Aussage auf ein Band auf und wurde noch böser, als er hörte, das in den letzten drei Jahren die Unterhaltszahlung von Davids Bruder geleistet worden waren. Es wurde ein wasserdichter Vertrag unter richterlicher Kontrolle, mit dem Jugendamt ausgehandelt.

Ich konnte es kaum glauben, dass nun der Unterhalt von Davids Konto aus gezahlt wurde und ich war die ersten Monate sehr misstrauisch. Im April 2005 sollte die erste Zahlung erfolgen und eine Woche vor dem Termin erschien David bei mir und wollte etwas mit mir besprechen. Mir wurde schlecht vor Angst, er könnte wieder etwas ausgeheckt haben um mir zu schaden. Wir trafen uns bei mir zum Kaffee und als er kam hatte ich Herzklopfen. Ich hatte ihn jetzt fast drei Jahre nicht gesehen. Alles was gesagt worden war, war über seinen Bruder geregelt worden. Er übte immer noch eine Faszination auf mich aus die mich erschrecken ließ. Nahm das denn nie ein Ende? Würde ich niemals darüber hinweg kommen und immer an diesem einen Mann kleben bleiben. Ich holte tief Luft und fragte: „Was möchtest du. Du hast um ein Gespräch gebeten aber ich weiß nicht recht wozu, denn alles was geklärt werden musste, ist schon geklärt.

Er schmunzelte. „Nein, sagte er, nicht alles. „Wenn ich jetzt schon für die Kinder zahlen soll, dann möchte ich auch, dass sie wissen, von wem dieser Unterhalt gezahlt wird. Ich möchte, dass die Kinder wissen wer ihr Vater ist. „Ich übernehme natürlich die gesamte Verantwortung dafür, aber ich habe ein Recht darauf, dass meine Kinder wissen, wer ihr Vater ist. Dabei sah er mich grinsend an. Ich starrte zurück. Nun war der Moment gekommen. Ich hatte nicht erwartet, dass dieser Augenblick so schnell kommen würde aber mein Anwalt hatte es vorausgesehen und einmal mehr bewunderte ich seine Erfahrung in solchen Dingen.

Nicht nur das David sich die letzten Jahre über vor seiner Verantwortung gedrückt hatte und die Last auf seinen

Bruder abgewälzt hatte. Nein, jetzt wollte er sein letztes Ass aus dem Ärmel schütteln um mir weh zu tun.

Er wollte mit mir gemeinsam die Kinder aufklären und ihnen schonungslos die Wahrheit ins Gesicht schleudern. Mit Sicherheit legte er es nicht darauf an, weiteren Kontakt mit ihnen zu pflegen. Hier ging es nicht im Geringsten um die Kinder. Nein, verletzen wollte er mich, weil ich ihn gezwungen hatte die Wahrheit zu sprechen. Vor Gericht hatte ich ihn gezerrt, ihn, den großen David Amberger. Ihm, war so etwas widerfahren, wo er doch allwissend und immer im Recht war. Ich hatte gewonnen, gegen ihn. Das passte ihm nicht und daher wollte er Rache. Mir fiel ein Stein vom Herzen und ich konnte einmal mehr beweisen, dass ich ihm immer einen Schritt voraus war.

„David, du kleiner Dummer, antwortete ich süffisant lächelnd. Hast du es eigentlich immer noch nicht verstanden? Du kannst mich nicht mehr quälen. „ Die Kinder wissen über all das was Uns, mich, dich, Anja, Jana, Mara, Nadja, Paula, Frank und alle anderen betrifft schon lange Bescheid. Schon sehr lange, (das war geschwindelt) wissen sie wer ihr Erzeuger ist und wer ihr Vater ist und ich denke, wenn sie gewollt hätten, wären sie auf dich zugekommen. Sind sie aber nicht. Sie haben sich entschieden bei dem Menschen zu bleiben der immer für sie da war und den man nicht zwingen musste. David, geh du zu deiner Anja und den drei Mädchen, bring es den Mädchen bei, dass sie noch vier Geschwister haben.

Ich denke das wäre besser, bevor sie es von meinen Kindern erfahren.

Und wieder einmal sah ich ihn vor mir sitzen mit diesem grünweißlichen Gesichtsausdruck, völlig fassungslos. „Sie wissen es schon? Stammelte er: Ja aber, wann hast du es ihnen denn gesagt? Und warum denn schon so früh? Sie sind doch noch so jung.

„David, begann ich wieder: Um genau solche Aktionen, die mich unvorbereitet treffen würden, zu vermeiden. Ich mache mit dir keine Geschäfte mehr und ich vertraue dir keine zwei Zentimeter über den Weg, dass müsstest du eigentlich wissen. Du hast nur ein Ziel noch in deinem Leben. Mich fertig zu machen. Du vergisst eines dabei, ich bin dir voraus, immer schon. Also, lass es einfach sein. Sollten meine Kinder jemals den Wunsch haben dich zu sehen, werde ich dich anrufen. Ansonsten, lass uns einfach unser Leben hier leben. Lass uns in Ruhe und tu deine Pflicht. Er erhob sich schwerfällig aus dem Sessel in dem er etwas zusammengesackt saß und verließ wortlos mein Haus. Und es war mein Haus, dass, was er nicht wollte. Er hätte mich gerne unter seiner Kontrolle gesehen, in einem seiner Häuser. Das hatte ich damals nicht zugelassen und einmal mehr war ich froh darum. Ich schloss die Türe hinter mir, zitterte immer noch am ganzen Leib und war mächtig stolz auf mich, dass ich die Situation so gut gemeistert hatte. Ich konnte kaum klar denken als ich mir einen neuen Kaffee kochte und mich mit der Tasse in der Hand und in Gedanken verloren in meinen Sessel fallen ließ. Ein Gespräch mit dem Anwalt meiner Kinder kam in mein Gedächtnis und mir flogen Gedankenfetzen durchs Gehirn.

„Frau Kirsch: Sie sollten ihre Kinder, sobald als möglich in die Geschichte einweihen. Es passieren immer wieder nicht vorherzusehende Dinge, und die Kinder werden ihnen vorhalten sie hätten sie all die Jahre belogen. Seien sie klug und bereiten sie sich vor. Es gibt Situationen, denen können sie nicht entweichen und darauf sollten sie vorbereitet sein.

„Heute saß ich da und hatte eine solche Situation erfahren.

Ich dankte dem Herrn und auch meinem Anwalt. Er hatte dafür gesorgt, dass alles seinen gerechten Lauf nahm. Ich hatte angefangen die Wahrheit zu sagen und das war gut so, denn nun gab es nichts mehr was man mir noch vorwerfen konnte.

Aufklärung

Ich dachte an den Tag, an dem ich meiner ältesten Tochter die ganze Wahrheit erzählt hatte. Für mich der absolute Gang nach Kanossa. Man will seinen Kindern immer nur gutes Tun, sie schützen, sie behütet aufwachsen lassen, damit sie sich gesund und sicher entwickeln und belastet sie dann, mit solchen Dingen. Man erkennt seine eigene Dummheit im Ganzen und erschrickt über so viel Naivität. Maya, meine älteste Tochter war gerade 12 gewesen als sie einen Brief in meinem PC las, der nicht für ihre Augen bestimmt war. Er war an Anja, Davids Frau gerichtet. In ihm war alles enthalten was in den letzten 15 Jahren passiert war. Wann, wo, warum wir uns gefunden und wieder verloren hatten. Ich wollte sie nicht im Unreinen lassen und wollte auf keinen Fall irgendetwas vergessen. Sie hatte nach der Offenbarung ihres Mannes im Dezember 2001 darum gebeten mit mir ein Gespräch zu führen. Ich hatte mich damals darauf vorbereitet und diesen Brief verfasst, den ich ihr dann auch mitgegeben hatte. Maya fand dieses Dokument in meinem Rechner und las ihn. Gott sei Dank, verstand sie nur die Hälfte von dem was drin stand. Dachte ich zumindest damals. Als sie mich daraufhin ansprach und fragte was das denn sei, versuchte ich ihr klar zu machen, dass es lediglich eine Geschichte sei, eine Geschichte, die ich geschrieben hatte, die aber nicht der Wirklichkeit entsprach. Sie gab sich damals damit zufrieden. Lange Zeit danach, wir waren schon in unser neues Haus eingezogen gab es eine Situation an die ich mich noch gut erinnern kann. Sie lag in der Badewanne und ich betrat den Raum aus irgendeinem Grund.

Ohne Vorbereitung fragte sie mich: „Mama, ist Papa eigentlich unser richtiger Papa? Mir blieb auf der Stelle das Herz stehen.

Ich sah sie nur an und antwortete: Maya, es gibt Dinge die würdest du jetzt noch nicht verstehen, wenn ich sie dir erklären müsste aber ich verspreche dir, sobald ich es selbst verstanden habe und dazu in der Lage bin es dir zu erklären, dann werde ich es tun. Es gibt vieles was du wissen musst und ich verspreche dir auch, dass es nicht mehr lange dauern wird. Aber ich muss es erst mit mir selbst besprechen. Damit verließ ich das Bad, und sie sprach mich nicht mehr darauf an.

Wenige Wochen später, nachdem ich mit Herrn Rösser, dem Anwalt meiner Kinder gesprochen hatte und er mich davon überzeugt hatte, dass es besser wäre den Kindern die Wahrheit anzuvertrauen, ergab sich eine Gelegenheit mit meiner Tochter ungestört zu sprechen. Ich kam in ihr Zimmer und auch diesen Tag werde ich nie vergessen. So schlimm es auch war, es hatte auch etwas Positives und sie machte es mir sehr leicht.

Ich erinnerte sie an das Gespräch im Bad.

„Maya weißt du noch, als du mich vor Wochen im Bad auf etwas angesprochen hast? Ich habe dir damals gesagt, dass ich es dir möglichst schnell erklären werde. Heute wäre der Tag an dem ich dir gerne ein paar Dinge aus meinem Leben erzählen würde.

Sie sah von ihren Schulaufgaben auf und fragte: „Hat es

was mit dem Brief zu tun, den ich damals in deinem Rechner gelesen habe und den ich nicht verstehen konnte? „Ja, das hat es. Komm, wir setzen uns auf dein Bett, und dann versuche ich dir zu erklären, was passiert ist in den letzten Jahren und was ihr alle damit zu tun habt.

Sie unterbrach mich nicht in meinem Geständnis, jedoch wurden ihre Züge immer erstaunter und ihre Blicke immer ungläubiger. Ich versuchte ihr so schonend und emotionslos wie möglich zu erklären das David ihr wirklicher Vater war und wie das alles entstanden war. Welche Missverständnisse und welcher Leichtsinn dazu geführt hatten, dass es so gekommen war. Ich versuchte ihr auch klar zu machen, dass sie nicht in Frage stellen sollte was Frank für sie und ihre Geschwister getan hatte. Dass er immer ihr Vater gewesen war und das auch bleiben wollte. Sie sackte innerlich zusammen, dass konnte man ihrem Gesicht ansehen. Diese Eröffnung von solcher Tragweite zwang sie das erste Mal in ihrem Leben in die Knie. Tränen rannen über ihr Gesicht und genau die Frage kam, vor der ich mich gefürchtete hatte.

„Warum hast du mir das nicht schon alles viel früher erzählt? Warum hast du mich die ganze Zeit belogen? "Ich hatte keine Antwort darauf, außer dass ich in dem Glauben war, dass jede Erfahrung ihr gewisses Alter braucht und dass sie einfach noch zu jung gewesen wäre um damit leben zu können. Ich wollte ihr begreiflich machen, dass auch die Zwillinge, Sophia und Peer nun informiert werden würden und dass auch sie ein Alter erreicht haben mussten, um sie mit dieser Information nicht zu zerstören. Lange dachte sie nach, weinte und ließ sich trösten. Darüber war ich schon sehr froh, denn das zeigte mir, dass sie mich nicht für das hasste, was ich ihr angetan hatte.

„Sag mal, begann sie: „Du willst mir allen Ernstes sagen,

dass dieser Mensch, den ich noch nie leiden konnte, dieser Möchtegern und anmaßender Mensch, mein Vater ist? Habe ich das richtig verstanden?

Sie wurde fast hysterisch.

Mama, warum der? Den konnte ich noch nie leiden!

„Und dann überleg doch mal!

„Ich habe also einen Papa, der mich lieb hat und der für mich da war in all den Jahren.

„Ich habe einen Papa, ich meine jetzt den André, der eigentlich mein Onkel ist, der mich aber ernährt oder dafür sorgt, dass hier alles normal läuft."

„Dann habe ich noch einen Papa, der mich zwar nicht will und mich nicht mag, der aber mein Erzeuger ist."

„Dann habe ich eine Mama und eine Ersatzmama, damit meine ich Paula."

„Ich habe sechs Paar Großeltern, wovon ein paar schon Tod sind und die anderen noch nicht einmal wissen, dass es mich gibt. Und ich habe noch drei Geschwister. Drei kleine Schwestern habe ich. Jana, Mara und Nadja sind meine Schwestern. Ich kann's nicht glauben.

„Und Aylin sagt immer sie hätte eine große Familie. Ist ja lachhaft.

Mit diesem letzten Satz sank sie wieder in sich zusammen. Wir saßen noch lange so auf ihrem Bett. Jeder war in seinen eigenen Gedanken versunken. Ab und an stellte sie eine Frage, die ich ihr so gut es ging beantwortete. Dann bat sie mich, ich möge sie alleine lassen. Sie wollte über alles ein wenig nachdenken. „Mama, sagte sie: „ Es ist in Ordnung, aber lass mich jetzt bitte alleine. Ich muss alleine darüber nachdenken was du gesagt hast. „Ich denke ich werde damit leben können, solange sich für mich nichts ändert.

Mit einem guten und einem weniger guten Gefühl ließ ich

sie alleine. Es war kein Fehler, das stellte sich im Lauf der Dinge schnell heraus. Meine Not war, dass Maya sich ihrer Schwester Sophia anvertraute.

Mit irgendjemandem musste sie ja sprechen und ich setzte voraus, dass sie sich nicht an die Außenwelt oder ihre Freunde wandte. Sie sprach mit Johanna noch am gleichen Abend darüber. Das war für mich auch völlig in Ordnung.

Johanna war Paulas älteste Tochter und Mayas beste Freundin zu diesem Zeitpunkt. Johanna verstand sie, ihr konnte sie vertrauen. Trotzdem wusste ich, dass sie noch sehr jung war und dass die Zeit gegen mich arbeitete. Mir waren die Worte meines Anwalts noch sehr lebendig im Ohr. Er erwartete, dass David mich unter Druck setzte und ich sollte mich vorsehen. Und er sollte Recht behalten. Als David im Jahr 2004 anfing seinen Unterhalt Selbst zu zahlen kam er postwendend zu mir und wollte die Kinder einweihen und erwartete nicht, dass ich sie schon informiert hatte. Ich sagte ihm damals, dass die Kinder es schon lange wussten. Die Wahrheit war, dass Maya es genau 5 Monate wusste. Mit Sophia hatte ich wenige Wochen später gesprochen und Peer wusste noch von gar nichts. Aber als er damals in meiner Küche saß, mich süffisant anlächelte und mir sagte: „ Ich möchte, dass die Kinder wissen wer ihr Vater ist, wenn ich schon den Unterhalt zahlen muss, hatte ich große Angst, dass er mir zuvor kommen würde

Mir war so sehr der Schreck in die Glieder gefahren, dass ich zu Beginn nicht wusste was ich sagen sollte. Aber Peer war vorerst der letzte den ich über die Geschehnisse informieren musste. Also schoss ich in die Offensive und behauptete die Kinder wüssten es schon alle. Im Grunde war es ja nicht ganz falsch. Ich hatte bei Peer lediglich noch Bedenken und Angst, mehr als bei den Mädchen. Ich hatte Angst, dass er mit Unverständnis oder Abscheu reagieren würde. Nun wusste ich, dass mir die Zeit davon gelaufen war. Ich musste das schnell nachholen. Und ich würde mich beeilen müssen, denn er hatte schon Kontakt zu David gehabt. David hatte sich in Peers Kanuverein angemeldet um Kontakt zu ihm zu haben. Damals bin ich fast ausgerastet, als ich es erfuhr. Aber ich musste mich ja beherrschen, weil niemand verstanden hätte warum ich mich so aufrege. Alex war einfach noch zu klein um das alles verstehen zu können. Daher fiel er aus der Entscheidung heraus. Er war erst 6 Jahre alt, er hätte es nicht realisieren können. Das steht bis heute noch aus. Heute ist er neun Jahre alt und für meinen Geschmack immer noch zu jung. Die Zeit wird für mich arbeiten. Auch er wird es erfahren müssen. Wann, das werde ich dann entscheiden, wenn die Zeit gekommen ist. Als Sophia es erfuhr, reagierte sie ähnlich wie Maya. Sie dachte daran wie sie mit Jana gespielt hatte. Sie waren gemeinsam im Schwimmbad gewesen. Sie erzählte mir, dass sie und Jana immer ähnliche Gedanken hatten und spielten sie wären Geschwister. Auch sie weinte, wusste mit ihren Aggressionen nicht wohin. Sie war allerdings etwas realistischer. Es interessierte sie ob Jana es auch schon wusste, ob sie sich trauen würde sie darauf anzusprechen. Ich glaube die beiden Mädchen haben sich einmal darüber unterhalten. Ich habe nicht versucht auf die Mädchen einzuwirken, nur habe ich vermitteln wollen, dass sie jederzeit mit mir darüber sprechen konnten. Das ein oder andere Mal, haben sie das auch getan.

Ich hatte nicht mehr viel Zeit, also musste ich Peer notgedrungen einweihen, obwohl ich riesige Angst hatte ihm weh zu tun. Ich weiß, dass er ein sehr sensibler

Mensch ist, der auch heute noch nicht mit Aggression oder Angst umgehen kann. Er ist sehr unfertig und nicht in der Lage über seine Gefühle zu sprechen. Er hatte den Kontakt mit David ja schon begonnen und er kannte ihn aus früheren Treffen, jedoch wunderte er sich über die Intensität, die David ihm zollte. Als er es erfuhr, war er sehr getroffen, denn er hatte bis dahin einen sehr guten Kontakt zu Frank, seinem bisherigen Vater. Für alle war Frank bis dahin der Vater gewesen und alle sahen ihn auch als solchen. Keines der Kinder stellte ihn in seiner Rolle in Frage und keines der Kinder veränderte das Verhalten ihm gegenüber. Peer versuchte tapfer seine Tränen zu verbergen, jedoch erkannte er sehr genau den Vorteil, die ihm diese Erkenntnis bringen würde, wenn er versuchte die Situation zu beherrschen. Sich mit beiden gut stellen war seine Lösung, während die beiden Mädchen sämtliche Schuld auf David luden und ihn ablehnten. Ich versuchte ihnen immer zu vermitteln, dass er nicht der Alleinschuldige war, sondern, dass ich ebensolche Schuld trug, aber sie wollten einen Schuldigen, um mit der Situation umgehen zu können.

Ich sprach viel mit Paula über diesen Tag und auch darüber wie die Zwillinge reagiert hatten und sie versicherte mir immer wieder, dass ich die richtige Entscheidung getroffen hatte. Sie half mir über mein schlechtes Gewissen und den depressiven Zustand hinweg, der mir immer wieder sagte, dass ich eine schlechte Mutter gewesen sei, ein schlechter Mensch, der es nicht verdiente glücklich zu sein. Und dabei war ich doch so glücklich.

Ich hatte in Paula einen Menschen gefunden, der mich verstand, der mich liebte, wie auch immer ich sein wollte, dachte ich zumindest. Dass sie mich ähnlich manipulierte wie alle anderen Menschen in meinem Umfeld auch, sah ich zu diesem Zeitpunkt noch nicht. Natürlich wollte sie nichts Schlechtes. Sie wollte mehr Zeit, mehr Konzentration in ihre Richtung. Zu Beginn sah ich keinen Grund auszubrechen. Ich fühlte mich wohl in ihrer Gesellschaft. Alleinsein mit ihr war mir genug, wie es unter Verliebten normal war. Es gab vieles was besprochen werden musste, von ihrer Seite ebenso wie von meiner Seite. Wir redeten nächtelang, tauschten unsere intimsten Geheimnisse aus und wenn ich das Haus verließ, zwitscherten nicht selten schon die ersten Vögel in ihren Nestern. Oder wir verbrachten die halbe Nacht mit einem Glas Wein auf der Dammkrone und plauderten über belangloses. Dann lag ich mit meinem Kopf in ihrem Schoß, fühlte mich sauwohl und wusste, dass ich sie liebte. Aber ich wusste auch, dass dies ein wahrscheinlich zeitlich begrenzter Zustand war.

Oftmals war es schon früher Morgen, wenn ich nach Hause kam und dann noch genau zwei Stunden Schlaf bekam. Die ersten Wochen und Monate unserer Beziehung standen unter extremem Schlafmangel und oftmals ahnte ich, dass es so nicht weitergehen konnte. Ich musste Arbeiten, für die Kinder da sein, und den Haushalt in Ordnung halten. Ich stand unter Dauerstrom und der Adrenalinpegel nahm nicht ab. Wenn sie den Raum betrat, dann flimmerte mein Herz. Wir hatten beide ein Dauergrinsen im Gesicht, wenn wir uns sahen und es war die schönste Zeit meines Lebens.

Wenn ich heute am frühen Morgen die Vögel höre, dann erinnere ich mich an die Nächte mit ihr, die durchredeten Nächte, die durchliebten Nächte und ich kann verstehen, dass sie genau diese Zeit zurückhaben möchte. Aber die Zeit lässt sich bekanntlich nicht zurückdrehen und Erinnerungen lassen sich nicht löschen. Gute, wie schlechte Erinnerungen, belasten unsere Herzen. Es ist viel passiert im Laufe unserer Beziehungszeit und noch mehr in der Zeit, in der wir willentlich oder nicht willentlich getrennt waren. Die ersten zehn Tage die wir getrennt verbrachten, waren die Tage meines ersten Krankenhausaufenthaltes im Jahr 2004. Obwohl wir uns täglich sahen, vermisste ich sie unendlich. Wir schrieben uns gegenseitig Briefe, die ausdrücken sollten wie sehr wir uns liebten und vermissten, welche Sehnsucht wir in uns fühlten. Sie schrieb ein Tagebuch, vom Tag der Operation an.

Sie litt entsetzlich unter der Tatsache, dass ich abends nicht da war und versuchte sich damit abzulenken. Ich hätte diese Zeit viel mehr genießen müssen und ihr mehr zeigen müssen, dass ich ähnlich dachte. Aber da schon kämpfte ich immer mehr mit der Tatsache, dass ich mein Leben mit einer Frau führte und das, das eigentlich nicht in meinem Sinne war. Ich fühlte, dass ich diese emotionsüberladene Basis nicht ewig aufrecht halten konnte. Immer wieder versuchte ich es etwas zu drosseln, in realistische Bahnen zu lenken aber sie ließ es nicht zu. Wir wollten beide diese Beziehung niemals langweilig werden lassen. Niemals in die Situation eines Ehepaares kommen, die sich nach Jahren nichts mehr zu sagen hatten. Nein, bei uns sollte es anders laufen. Spannend bleiben, interessant.

Wir wollten die Zeit nutzen, die uns blieb neben all den Verpflichtungen, all den Kindern, all den Leuten die nichts von dem wussten was uns bewegte.

Heute weiß ich, dass Paula die Liebe mit all ihren Schmetterlingen die sie mit sich führt, einfrieren wollte. Sie wollte sie in sich beherbergen und so gut betreuen, dass sie nie den Wunsch hätten wegzufliegen, wie es normal war. Für sich hatte sie es fast geschafft, wenn da nicht ihr eigenes Ego gewesen wäre, dass ihr Mit und Mit Streiche spielte. Das waren die Momente an denen sie nicht weiter wusste, an denen es nicht funktionierte das man die Schmetterlinge ewig lebendig halten konnte und an denen ihr nur allzu bewusst wurde, dass diese Schmetterlinge trotz all ihrer Bemühungen einzuschlafen drohten. Dann brach sie aus. Sie brach aus der Beziehung aus, mindestens zehn Mal. Sie brach aus den Gewohnheiten aus, ähnlich oft und es dauerte immer einige Tage bis sie sich beruhigt hatte und den einen oder anderen lebenden Schmetterling fand. Dann kam sie zurück und entschuldigte sich für böse Gedanken und böse Aussagen. Jedes Mal hatte sie mich verletzt. Zu Tode getroffen saß ich Zuhause und wusste nicht weiter. Mit der Zeit begannen mich ihre Exzesse zu langweilen. Aber nicht nur das. Ich stumpfte ab, nahm es mir nicht mehr zu Herzen, verlor den Respekt vor ihr, fing an sie ebenfalls zu verletzen. Und mein größter Fehler war, dass ich mit der Zeit gegen mein Gefühl für sie kämpfte. Ich redete mir ein, dass es eh eine Frage der Zeit gewesen wäre. Ich verlor meine Liebe für sie. Als ich das merkte, war es im Grunde schon zu spät. Sie hatte so viel für mich getan und sie hätte es verdient sie abgrundtief und bedingungslos zu lieben.

Aber ich konnte es nicht mehr. Zu viel war passiert, bei ihr, in mir. Ich war hart geworden, versuchte mein Leben alleine zu meistern. Ich hatte gelernt, dass alle Menschen die ich je geliebt hatte, mich früher oder später verlassen würden und bevor sie das konnten, verlies ich sie.

Ich denke, das war eine gelernte Reaktion aus meiner Kindheit und die bekam Sie am meisten zu spüren, denn sie war die einzige die mich wirklich geliebt hatte.

Heute, am 17. März 2007, sitze ich wieder einmal im Nachtdienst und sinniere darüber, wie sehr ich sie geliebt habe. Wie sehr ich die Zeit mit ihr genossen habe. Ich denke an all die Unternehmungen die wir trotz unserer ständigen, beiderseitigen Geldknappheit mit den Kindern gemacht, hatten. An die schönen Stunden, Tage, Nächte. Ich denke an unseren ersten Urlaub in Spanien. Wir waren mit all den Kindern unterwegs nach Spanien und hatten nur ein Ziel. Wir wollten unsere Beziehung leben dürfen. Wir standen ganz am Anfang einer haarsträubenden Beziehung und hatten einfach nur irre viel Spaß. Zwei Frauen und sieben Kinder im Alter von drei Jahren bis zwölf Jahren. Wir wollten der Welt beweisen, dass wir es ohne Männer schaffen konnten. Pubertierende Kinder waren wir. In den ersten Wochen dieser Beziehung konnten wir kaum voneinander lassen. Jeder Blick, jede Berührung brachte uns beide an den Rand der Begierde. Wir liebten es einfach nur beisammen zu sein, aber auch miteinander zu sein. Wir genossen jeden Tag, als wäre es der letzte. Es gab immer etwas zu lachen, immer was zu planen. Von ersten Tag an planten wir unser eigenes Reich. In den schillerndsten Farben malten wir unsere gemeinsame Zukunft mit einem Bauvorhaben in ihrem Garten aus.

Sie träumte, ich versuchte zu realisieren und bemerkte dabei nicht, dass es ihr nur ums Träumen ging. All das haben wir im letzten Jahr versucht wiederzubeleben aber es ist nicht gelungen. Es ist tot. In der Hauptsache liegt es wohl an mir. Ich glaube nicht an die wundersame Auferstehung aller Schmetterlinge. Ich glaube nicht und ich fühle nicht mehr. Zu viel ist passiert in mir, in den letzten Jahren, als das ich noch Urvertrauen hätte. Nicht in mich und nicht in den Rest der großen, weiten Welt. Ich sitze hier und höre REM, eine unserer Lieblings CDs, zu gegebener Zeit. Jedes Musikstück erinnert mich an sie. Alles ist eine Quälerei, und wie bei jeder großen Liebe die zu Ende geht ist das Verstehen und Vergessen besonders schwer.

Paula hatte sich vor meiner Zeit nicht bei ihrer Familie durchgesetzt, und tat das auch mit mir nicht. Sie akzeptierte ein „Nein" von Seiten ihrer Familie, obwohl sie niemanden hätte fragen müssen. Es war ihr Grundstück, ihre Entscheidung, sie hätte sich lediglich durchsetzen müssen. Das Projekt scheiterte frühzeitig und zum heutigen Zeitpunkt war es wahrscheinlich besser so. Vielleicht hatte sie immer schon den Weitblick, es zu durchschauen. Wer weiß das schon. Dass war die Zeit in der ich hart lernen musste, dass sie sich niemals offen zu mir bekennen würde. Sie würde für mich nicht mit dem Kopf durch die Wand gehen. Auch in ihrer Liebe zu mir gab es Einschränkungen. Ich hatte mich zu diesem Zeitpunkt für sie entschieden und den ersten Weg zu meiner Schwester und meinem Bruder gesucht. Meine Freunde wussten schon davon. Jetzt war die Familie dran. Ein schwerer Gang für mich mit sehr viel Scham belastet. Aber ich zog es durch und hinterher ging es mir besser.

Endlich war der Druck in mir, durch die Akzeptanz seitens meiner Geschwister, weniger geworden. Jeder akzeptierte sie als meine Freundin. Man versuchte sie zu verstehen und ich versuchte sie zu verteidigen, wo es ging. Obwohl es viele Dinge gab, die ich nicht sehen wollte. Ich will sie auch heute noch nicht sehen. Aber ich kann sie vor mir selbst auch nicht mehr verteidigen. Ich sehe darüber hinweg und in vielen Dingen kann ich sagen, dass es mich auch nicht mehr interessiert. Ich kann niemanden verändern, selbst mich nicht.

Hunderte Male haben wir die Beziehung im letzten Jahr angefangen und wieder beendet, jedes Mal mit lauten Diskussionen und Gezeter ihrer oder meinerseits. Dieses Mal ist es anders. Es ist ein stiller Abschied. Nach der letzten Feier bei Bettina, meiner besten Freundin, haben wir uns nicht wiedergesehen.

Sie ist nicht mehr bei mir gewesen und ich nicht mehr bei ihr. Sie ging in der Nacht alleine und sturzbetrunken gegen ein Uhr nach Hause. Ich fragte sie noch, ob ich ihr ein Taxi holen solle. Sie sah mich an, völlig unverständlich, dass ich jetzt nicht mit ihr gehen würde. Ich hatte nicht viel getrunken, wie immer und ich hasste es, wenn sie sich betrank und daher hatte ich überhaupt keine Lust von dieser netten Feier nach Hause zu gehen. Sie sah mich an, hatte Tränen in den Augen und wankte nach Hause. Ich war zum einen sauer auf sie, dass sie sich wieder einmal betrunken hatte. Immer, wenn das der Fall war, wurde sie melancholisch und depressiv. Eine Stimmung die ich in den letzten Jahren zu oft ertragen musste, also reagierte ich nicht darauf. In Ihren Augen aber war es ein Vertrauensbruch, denke ich zumindest.

Sie beschwerte sich Tage später darüber bei Bettina, dass ich nicht gekommen war und gefragt hätte ob und wann sie nach Hause gekommen war. Ich reagierte nicht darauf, denn auch ich wurde nicht wieder besucht und auch nicht gefragt ob und wann ich nach Hause gekommen war. Wir brauchen uns nichts vorzuwerfen. Es ist alles gesagt und geschrieben und jeder muss nun endgültig mit sich selbst leben und zurechtkommen. Eine große Liebe ist kaputt und wir haben alle beide die Schuld und die Last zu tragen. Es drängt sich bei mir die Frage auf, ob es überhaupt eine Liebe gibt, die ein Leben halten kann oder ob ich einfach Beziehungsunfähig bin.

Apropos beziehungsunfähig. Paula war die einzige Frau die ich im Leben gehabt haben werde, weil ich definitiv mehr auf Männer stehe, auch wenn ich weiß, dass Männer und Frauen... aber ihr wisst ja schon was ich meine. Dazu sage ich nur eines. Frauen und Frauen passen auch nicht zueinander. Aber Sie, hat den anderen Beziehungen gegenüber einen großen Vorteil. Ich bin ihr nie Fremdgegangen. Na ja zumindest fast. Ein klitzekleines Mal aus Trotz. Das ist eine Geschichte die ich noch erzählen werde. Meinen Piraten lernte ich auf einer Karnevalsfete im letzten Februar kennen. Bettina hatte mir eine Karte besorgt von einer Feier, von der ich lange Zeit nicht wusste, wo es hinging. Paula war vom ersten Augenblick furchtbar entnervt, dass ich dorthin wollte. Und ich wollte mir nicht noch mehr das Heft aus der Hand nehmen lassen. Ich freute mich tierisch darauf.

Bettina besorgte uns ein Kostüm, wir wollten mit vier Mädchen als Polizistinnen gehen. Ich fand die Idee gut, bis ich erkannte wohin es ging.

Wir gingen zur Tiefgaragenfete des Polizeipräsidiums München und waren natürlich sehr klassisch gekleidet. Nun gut, wir sorgten schon im Vorfeld für Gelächter. Und da stand er. Mein Pirat, ähnlich fehl am Platz wie ich und wir erkannten schnell unsere Chance. Dieser Mensch hat mir den Weg zu den Männern neu geebnet. Er küsste mich ohne Vorwarnung und er schmeckte so gut, dass ich den Rest des Abends eigentlich keine Zeit für andere Dinge bekam aber ich habe es in vollen Zügen genossen. Er war Nichtraucher und ich ahnte nicht wie gut man als Nichtraucher schmeckt. Es war ein Labsal für meine Seele, dass es einen gutaussehenden Menschen gab, der mich wollte. So wie ich in diesem Moment war. Ich wusste, dass es sich nur um ein Karnevalsvergnügen handelte aber ich war bereit. Wenn ich schon ständig dafür gestraft wurde, dass ich alleine wegging und die Eifersucht in Person mich kontrollierte, dann wollte ich dieses eine Mal wenigstens die Schuld dafür auch genießen dürfen. In dieser Nacht schlief ich mit diesem Menschen, den ich nicht im Ansatz kannte. Ich fühlte wieder etwas. Ich fühlte, dass er ein guter Mensch war. Weder er noch ich waren betrunken. Er erzählte mir viel von seiner Familie. Von seinen Kindern, fünf und anderthalb Jahre alt. Das war meine erste Erfahrung mit einem „One Night Stand". Eine tolle Erfahrung, die ich nicht immer brauche. Ich bin ihm nicht böse. Er und ich, versuchten den Kontakt zu halten, jedoch war ich nicht bereit dazu. Ich wollte nicht teilen, nicht mit Kleinkindern zusammen sein. Meine Kinder waren jetzt schon fast erwachsen, zumindest die drei Großen und ich wollte nicht noch eine Familie auf mein Gewissen laden. Da waren schon zwei, die leiden mussten und am wichtigsten meine eigene. Definitiv zwei Zuviel.

Anja, Davids Frau starrte mich, wenn wir uns begegneten immer noch mit todbringenden Blicken an, was ich durchaus verstehen konnte. Sie musste all die Schuld auf mich projizieren, sonst hätte sie keinen einzigen Tag mehr mit ihrem Ach so tollen und unschuldigen Held zusammen leben können.

Ich erinnere mich noch sehr gut an unser letztes Gespräch im Januar 2001. Sie bat damals um ein Gespräch unter vier Augen. Nachdem sie meine Geschichte zu dem Thema gehört hatte versicherte sie mir:
„Also, David hat mir das ganze etwas anders erzählt und du wirst ja wohl auch verstehen, dass ich ihm mehr glaube wie dir! Ich lachte damals, und ich muss auch heute noch lächeln. Was wird er ihr wohl erzählt haben?
Klar: „sagte ich, das verstehe ich. Er hat dir sicherlich erzählt, dass er dich liebt und dass all das nur reine Zufälle sind. Eigentlich bestimmt nur Versehen. Er ist ganz ohne Schuld in mich reingestolpert und hat in Zehn Jahren 5 Kinder da gelassen. Oder er hat die gesagt, dass ich ihn gezwungen oder erpresst hätte. Wenn du nicht mit mir schläfst, dann werde ich verraten das wir schon ein Kind haben, oder zwei Kinder haben, drei Kinder haben. Ich musste wirklich lachen. Sie saß wie vom Donner gerührt da. Anja, begann ich. Er hat dich betrogen. Er hat 18 Jahre mit mir eine Beziehung geführt, die schon lange begonnen hatte, bevor es dich gab und er hat auch nicht aufgehört mit mir zu schlafen, als er in dich angeblich frisch verliebt war. Und seine erste Aussage war, dass du nicht die Frau sein darfst, die seine Kinder bekommt. Maya ist immerhin anderthalb Jahre älter als Jana.

Sophia und Peer sind viel älter als Mara und selbst Alex ist älter als Nadja. Er war meistens der erste der mich besuchte, wenn wir wieder ein Kind bekommen hatten. Er wusste es beim ersten und auch beim letzten Kind, dass es seine waren. Er war stolz auf seine Jungen und Mädchen. Er hat Rene beerdigt, es war eine Strafe für ihn, ich weiß das. Ich habe ihn bis zum Tod begleitet, er hat ihn ins Grab begleitet. Das war das mindeste was er tun konnte. Er hat ihn in der Klinik besucht, wenn er in der Arbeit ein wenig Zeit fand. Und du willst mir erzählen, dass er das alles nicht wusste. Anja, mal ehrlich, sagte ich: „Ich kenne deinen Mann wesentlich besser als du und ich weiß das er im Grunde ein Feigling ist.

Er hätte dich nicht verlassen und er wird dich nicht verlassen, darauf kannst du dich verlassen. Aber glaube ja nicht so naiv, dass er es deinetwegen nicht tut. Er verlässt dich nicht, weil er Angst vor den Konsequenzen hat. Angst, in erster Linie vor seinen Eltern, vor André. Vor Armut, denn André würde ihm den Hahn zu drehen. Außer diesem Haus hat er nicht wirklich viel erreicht im Leben. Außer sieben Kinder zu zeugen! Sie weinte nun. Ich war ebenso erschüttert wie sie aber ich war Steinhart zu ihr. Es tut mir heute leid, dass ich sie so fertig gemacht hatte aber auch ich war verletzt und es erschreckte mich zutiefst, dass dieser Mensch sie so gut unter Kontrolle hatte. Sie war dümmer als ich vermutet hatte. Auf der anderen Seite wusste ich nur zu gut was in ihr vorging. Was hätte sie denn tun sollen, mit drei kleinen Kindern in ein Haus, weit entfernt in einem anderen Ort ziehen, dass er ihr vor einem halben Jahr gekauft hatte? Darauf warten, dass ein neuer Mensch auftauchte und sie glücklich machte? Sie war zu unselbstständig und wusste das auch.

Geschlagen und keinen Schritt weiter verließ sie mein

Haus und bei mir blieb ein schales Gefühl zurück. Heute noch tötet sie mich mit Blicken, wenn wir uns begegnen. Sie stiert mich an, als wenn sie sich wünschen würde, dass ich endlich das Feld räume. Aber diesen Gefallen habe ich beiden Männern nicht getan und auch nicht Paulas Eltern, nicht meiner Mutter und all den Anderen, die sich das gewünscht hatten. Ich denke, da gab es einige. Nein, ich hielt aus. Dumm, nicht wahr. Ich hätte mir selbst den Gefallen tun sollen. Sie hätte sich den Gefallen tun sollen. Aber gut, man macht Fehler. Meistens immer wieder denselben. Das fiel mir auf, als ich mich in den nächsten Mann verliebte.

Thorben trat in mein Leben zu einer Zeit als es mir gar nicht gut ging. Es war im Jahr 2005. Im Oktober, nach unserem Urlaub hatte mich Paula wieder einmal verlassen und ich hatte das dringende Bedürfnis jetzt nicht wieder zuzulassen, dass sie nach ein paar Tagen reumütig wiederkam. Also kämpfte ich mich durch die Tage. Thorben war der Vater von Dan, der wiederum der erste feste Freund von meiner Großen war. Dan hatte vor wenigen Monaten seine Mutter unter tragischen Umständen verloren und auch Thorben war sehr geschockt zu dieser Zeit. Die ganze Familie befand sich im Trauma. Als ich ihn kennen lernte, fand ich ihn direkt ansprechend. Er passte in mein Beuteschema fand meine Schwester. An dem Tag als ich mit meiner besten Freundin und einer gehörigen Portion Angst in die Klinik fuhr um mich dort ein weiteres Mal von meinen Schmerzen befreien lassen wollte, rief er mich das erste Mal an und versprach sich mit um meine Kinder zu kümmern. Ich freute mich sehr darüber, da Paula ja definitiv einen Rückzieher gemacht hatte.

Sie hatte in den letzten Wochen mehrmals gesagt, dass sie

nicht einsehen würde jetzt wieder in die Rolle des Helfers zu steigen und alles für mich zu tun. Sie hätte mich verlassen und das aus gutem Grund, also würde sie auch die Verantwortung für meine Kids nicht übernehmen. Gut, ich hatte mich danach zu richten und besprach mit meinen Kindern, dass sie es wohl alleine schaffen mussten. Es brach mir an diesem Morgen das Herz, meine Kinder winkend in der Türe stehen zu sehen. Ich weinte, weil ich nicht wusste was auf mich zukam und weil ich nicht mehr wusste wie die Zukunft aussah. Paula war weg. Mein Halt war weg. Meine Kinder alleine. Frank kümmerte sich nicht. David auch nicht. Bettina saß mir betreten gegenüber und wusste nichts zu sagen. Da klingelte das Telefon. Thorben war dran. „Guten Morgen, sagte er: „Ich wollte dir alles Gute und viel Erfolg wünschen. Und nimm es nicht so schwer. Es wird schon alles gut werden. Ich werde ein wenig mit auf die Kinder achten. Mach dir keine Sorgen und wenn du wieder da bist, dann gehen wir mal schön Essen. Ich würgte immer noch an meinen Tränen aber ich war ein klein wenig, besserer Stimmung und so sollte es auch bleiben. Von diesem Tag an wurde er mein persönlicher Pausenclown, der mich bei jeder Gelegenheit mit seinen SMS aufheiterte. Er war da, wenn auch nur über das Telefon. Er hielt mich mit seinen netten Sprüchen und Bildern über Wasser. Er stellte die Verbindung zwischen mir und den Kindern her, nahm sie mir zum Bowlen und zum Essen und damit war ich glücklich.
Ich konnte mich auf mich und die Zeit nach der Operation besinnen und fuhr also noch drei Wochen zu meiner Schwester. Alleine Zuhause hätte ich es auch nicht geschafft.

Ich konnte keine Scheibe Wurst vom Teller ziehen und selbst wenn, ich nur duschen wollte brauchte ich Hilfe. Aber auch diese Wochen lenkte er mich ab mit netten SMS und einem netten Telefonat täglich. Ich hatte den Eindruck einen wirklich normalen und lieben Menschen gefunden zu haben. Auch beruflich stand er voll im Leben und ich dachte er hätte sein Trauma fast überwunden. So dachte ich zumindest. Er erzählte nichts von Maria, seiner verstorbenen Frau. Ich fragte auch nicht. Er sollte den Weg zu mir finden, wenn er darüber reden wollte. Aber er kam nicht, spielte den Pausenclown, war lustig und heiterte mich auf. Ich war oft depressiv in dieser Zeit. Die Trennung von meiner Freundin, tat mehr weh als ich mir eingestehen wollte und ich verdrängte schon morgens den Gedanken an sie. Dazu kam noch, dass sie weiterhin die bösesten SMS und Emails schickte, sodass ich auch noch sehr verletzt und getroffen war von ihrer Wut und Schärfe. Und das alles zu einem Zeitpunkt, als es mir auch körperlich mehr als schlecht ging. In den sechs Wochen die ich von Zuhause weg war, tauschten Thorben und Ich an die 750 SMS aus. Ich wusste, dass würde meine Handykosten in die Höhe schnellen lassen aber Er war es mir wert. Irgendwie musste es gehen und schon morgens erwartete ich die erste SMS mit Spannung. Als ich endlich nach Hause konnte und soweit war, dass ich zumindest alleine duschen konnte, versprach er mir mich abzuholen. Es war die schlimmste Fahrt von Bayern nach Hause, die ich jemals erlebt hatte. Das Wetter war ein paar Tage vor Weihnachten mehr als schlecht und die Autobahn in der Nacht zugeschneit und eisglatt. Außerdem bestand ein sehr hohes Verkehrsaufkommen. Es kam wie es kommen musste.

Eine Vollsperrung, wir standen sieben Stunden in der Nacht auf der Autobahn und waren nach elf Stunden endlich Zuhause angekommen. Nicht nur die Dauer dieser Fahrt war das Problem. Nein, es tat sich ein viel Schlimmeres auf. Wir hatten uns nicht das Geringste zu sagen. Sechs lange Wochen hatten wir per Telefon SMS jeden Tag miteinander über Gott und die Welt geredet und jetzt, wo wir uns gegenüber saßen waren wir beide wie blockiert. Es tat sich kein einziges länger währendes Gespräch auf und die Stimmung wurde denkbar frostig. Innen wie außen. Gähnende Leere tat sich in mir auf und mir wurde fast warm, weil die Sprachlosigkeit so allgegenwärtig war.

„Der Fahrer darf während der Fahrt angesprochen werden, versuchte er irgendwann die Stimmung aufzuhellen. Wir lachten, aber dann war wieder schweigen angesagt.

„Erzähl doch mal einen Schwank aus deinem Leben, sagte er. Ach was soll ich dir da erzählen, erwiderte ich lahm. Mein Leben ist so langweilig, da fällt mir gar nichts ein. Ich hätte mich ohrfeigen können für diese Antwort. Stocksteif und unbehaglich saß ich auf meinem Sitz und war mit dieser Situation hoffnungslos überfordert. „Erzähl du doch was, erwiderte ich.

„Ok, meinte er. Ich zeige dir ein paar Bilder aus dem letzten Urlaub. Es folgten Bilder, die mir nichts sagten und Namen, die ich in der Sekunde wieder vergaß. Aber wir waren eine Stunde damit beschäftigt. Ich hegte die Hoffnung einmal seine Frau auf diesen Bildern zu sehen aber den Gefallen tat er mir nicht. Er wollte nicht über sie reden und ich nicht über Paula. Also war das Thema Ehe und Beziehung auch vom Tisch.

Eine einzige Situation gab es allerdings die uns beide und alle die um uns herum standen zum Lachen brachte. Sie war so irreal, dass sie mir heute fast unwirklich vorkam. Während sich das folgende vor unseren Augen abspielte, saßen wir völlig geschockt und wortlos da und starrten auf das, was da geschah.

Wir standen wie schon gesagt auf festgefahrener Schneedecke kurz vor Nürnberg im Stau. Es schneite und alle hatten aus Stromspargründen ihre Autos ausgemacht. Es war leise und unwirklich, fast schon anheimelnd. Manchmal stiegen wir aus und kein Geräusch drang zu uns vor, denn die Gegenseite war ebenfalls gesperrt. So hörte man auf dieser Autobahn nur das ein oder andere Geräusch aus dem Wald. Die Seitenränder waren zum Wald hin hoch zugeschneit.

Wir hatten den 18 Dezember, sechs Tage vor Weihnachten stand ich also mitten in der Nacht auf der Autobahn, mit einem wildfremden Mann. Wir waren eben wieder eingestiegen ins warme Wageninnere, als es im Bus rechts vor uns unruhig wurde. Das Licht ging an und die Türe wurde geöffnet. Ein älterer Herr stieg aus und sah sich um, fand aber offensichtlich nicht was er suchte, denn er irrte hin und her. Er sah uns und unseren Nachbarn an, stierte in die Autos und drehte sich dann weg. Was dann geschah, ließ uns den Atem stocken. Dieser alte und etwas unbeholfene Mann, zog vor unseren Augen seine Hose hinunter, hockte sich mühevoll hinter den Bus, so dass wir ihn alle gut sehen konnten und setzte vor unseren Augen einen riesigen dampfenden Haufen in den Schnee. Es dampfte und stank hundserbärmlich. Dann zog er sich wieder an und stieg in den Bus, ohne sich vorher gesäubert zu haben.

Wir brachen in schallendes Gelächter aus, schlossen sofort die Fenster und auch unser Nachbar konnte sich vor Lachen kaum halten. Er machte das Standlicht an und wir sahen den dampfenden Haufen im weißen Schnee liegen. Thorben und ich stellten uns vor wie die Geruchsbelästigung wohl im inneren des Busses wäre und staunten über die Dreistigkeit des alten Mannes. Über diese Anekdote Lachen wir noch heute.

Im Großen und Ganzen muss über die Beziehung zu Thorben nicht viel gesagt werden. Er half mir mit witzigen SMS und einigen Telefonaten über eine schwere Zeit hinweg. Aber es war der Mensch, der mir im Leben am wenigsten bedeutet hat. Er war jemand, mit dem ich nicht ein einziges Mal in ein tiefgehendes Gespräch gekommen wäre. Eigentlich hatte ich gar kein Gesprächsthema mit ihm. Er wollte oder konnte sich nicht öffnen. Vielleicht war er aber auch ein Mensch der sich nie öffnete. Sein gesamtes Verhalten zeigte ein emotionales Desaster. Seine Wohnung spiegelte dies in allem wieder. Völlig steril, leer, ohne Emotion eingerichtet, zweckmäßig, teuer, weiß. Keine Blume, kein Bild, kein Buch, keine einzige Kerze, kein Dekorstück was hätte verstauben können. Ich war erschüttert. Die Beziehung endete schon wenige Tage, nachdem sie begonnen hatte. Einer der Letzen Sätze, die ich ihm sagte war,, Thorben, mit dir habe ich noch am liebsten geschwiegen. Die wenigen sexuellen Kontakte waren ebenfalls ein einziges Desaster. Nicht Wert darüber ein positives oder negatives Wort zu verlieren. Er muss wohl ähnlich empfunden haben, denn er verließ mich. Es wäre wohl auch zu einfach gewesen, für beide Seiten, von der vergangenen Beziehung in die neue Beziehung zu gehen.

Und trotzdem stürzte mich die Tatsache, dass er mich verließ, wieder einmal in eine Depression. Es wurde mir deutlich, dass er gut gewesen war um mich abzulenken. Abzulenken vom eigentlichen Problem. Paula. Es wurde mir sehr deutlich bewusst wie sehr ich ihre Nähe vermisste. Sie war all die Jahre mein Schatten gewesen, meine beste Freundin. Ich hatte mir in all den Wochen des Krankenhausaufenthaltes eingeredet sie nicht zu wollen oder zu brauchen. Jetzt war ich allein. Und alles was ich bisher geschafft hatte, hatte ich nur mit ihrer Hilfe geschafft. Ich konnte es nicht mehr genießen. Ich fühlte mich richtig einsam und verlassen. In dieser Zeit fing ich wieder an neue Fehler zu machen. Ich suchte den Kontakt zu ihr um alles wieder ins Lot zu bringen. Ich erhoffte mir, die Beziehung retten zu können, wenn ich nur genügend Einsatz zeigen würde. Ich musste mir nur genügend Mühe geben, dann würde bestimmt alles wieder wie früher.

Von diesem Zeitpunkt an verherrlichte ich die Beziehung die wir miteinander hatten, als etwas Unwiederbringliches. Ich sah und sehe auch heute noch nicht, dass sie vorbei ist. Meine grundeigene Lebensangst, meine Feigheit, hält mich schon wieder in einer Beziehung fest, die schon seit einigen Jahren keinen Erfolg mehr hat. Und obwohl ich so viel alleine geschafft habe und es auch weiterhin alleine schaffen würde, fehlt mir die emotionale Reife das einzusehen. Seit Januar 2006 haben wir uns schon mindestens Zehn-mal getrennt und sind nach wenigen Wochen wieder zusammen gekommen. Auch nach Bettinas Fest im März 2007 sind wir nach wenigen Wochen wieder zusammen gewesen. Ich fehle ihr, sie fehlt mir. Ich halte es für Feigheit. Beiderseits.

Im Grunde konnte ich mich immer auf mein Bauchgefühl verlassen. Und mein Bauchgefühl sagt mir, dass es vorbei ist. Ich kann kaum noch mit ihr schlafen und alles was uns verband, das Gefühl der Gemeinsamkeit, das tiefe Gefühl der Liebe ist bei mir weg. Wahrscheinlich habe ich es mir kaputt geredet. Ich weiß es nicht, denn immer, wenn ich sie ein paar Wochen nicht gesehen habe, werde ich fast wahnsinnig. Sie fehlt mir dann, ihre Nähe, ihr Geruch, ihre Weichheit.

Aber wenn wir zusammen sind, fühle ich gar nichts. Nichts, wenn wir uns lieben, oder küssen, nichts, wenn wir miteinander reden oder Unternehmungen machen. Mein Körper reagiert auf nichts mehr, und alles worauf ich früher mit wilder Lust reagiert habe, es genießen konnte, wenn sie mich mit den Augen auszog, bringt mich heute in Verlegenheit. Ich mag nicht angestarrt werden und nicht angefasst werden. Ich denke, dass dies Indiz genug wäre um eine Entscheidung herauf zu beschwören. Ich kann es aber nicht. Immer, wenn sie weg von mir ist, schwelge ich in Erinnerungen vergangener Tage und Nächte. Ich vermisse die Innigkeit, die Verbundenheit mit diesem Menschen. Ich hatte mir einmal geschworen, dass ich eine Beziehung sofort beenden würde, wenn ich bemerken würde, dass die Körperlichkeit mir Schmerzen bereiten würde. Tja, so ist das mit den Versprechen sich selbst gegenüber. Zum Schluss siegen doch die Feigheit, die Gewohnheit und die Einsamkeit.

So sind die letzten Monate ins Land gezogen. Die nächste Reha stand an und ich befinde mich jetzt im Sommer 2007 in Aachen. Hier habe ich wieder einmal die Zeit und die Muße weiterzuschreiben, an einem Buch was wohl nie fertig werden wird.

Seit langem schon bin ich in einem Zustand des stagnieren. Ich fühle mich nicht wohl, nicht mit Paula, nicht mit mir selbst. Mein ganzes Leben ist ein einziges Chaos, und ich bin mal wieder an einem Punkt, an dem ich nicht weiterkomme. Ich warte darauf meine innere Stimme zu hören die mir den Weg zeigt, so wie sie es immer schon getan hatte, die mir sagt was ich tun soll. Aber es ist Stille in mir. Bedrohliche, selbstzerstörerische Stille.

Nein, es ist noch nicht einmal Stille, ich höre meine innere Stimme, ich ignoriere sie lediglich. Obwohl ich im Grunde schon weiß was ich tun müsste. Aber mir fehlt der Mut. Als ich 2003 endlich ein eigenes Haus für mich und die Kinder gefunden hatte, dachte ich das, das Glück nun endlich mit einziehen würde in unser kleines Reich. Aber es sollte alles ganz anders kommen. An einem Morgen im Januar 2004, wollte ich mir mal wieder Selbst etwas beweisen und schleppte einen Zementsack ins neu gekaufte und noch zu renovierende Haus und brach dann zusammen. Ein unendlich großer und scharfer Schmerz drängte sich in mein Hirn und ich wusste, dass nun der „Tag X" gekommen war. Meine Bandscheibe, die ja schon seit Ewigkeiten meinem Lebenswandel nicht standhalten konnte, verabschiedete sich auf ewig in die Tiefen meines Spinalkanals und sämtliche dort ansässigen Nerven wehrten sich dagegen. Mit letzter Kraft gelang es mir Paula anzurufen, die mich dann ins Krankenhaus fuhr. Nach einer eindeutigen Diagnosestellung und einer Woche voller Schmerz und Tränen wurde ich dann endlich operiert und war nach kurzer Zeit schmerzfrei. Zumindest hatte ich gehofft, dass dieser Zustand länger als drei Monate anhalten würde. Aber auch das kam anders.

Als das Haus endlich fertig war, von Paula alleine ausgebaut, in nächtelanger Arbeit geleistet, war sie mit ihren Nerven am Ende. Selbst Mutter von drei Kindern hatte sie mir das Haus ausgebaut, meine 4 Kinder noch mitbetreut als ich in der Klinik lag und war auch für mich jede Minute des Tages da gewesen. In meinem grenzenlosen Egoismus sah ich natürlich wieder einmal nicht, dass es auch andere Leute gab, denen es schlecht ging. Bei all den Fehlern die wir in den Jahren unserer Beziehung gemacht hatten, war ich mit Sicherheit diejenige, die den Löwenanteil daran trug. Wir schafften uns gegenseitig. Wenn man die Fehler mal in Worte fassen wollte, dann war es mit Sicherheit mein egoistischer und oft verletzender Freiheitsdrang der zum Problem wurde. Und bei ihr war es die ständig anwesende Eifersucht, die in Verbindung mit einem ständig zu hohen Alkoholkonsum noch verstärkt wurde. Dazu noch die Gesamtsituation, die nicht unbedingt für das Gelingen dieser Beziehung sprach. Wir hatten schon den einen oder anderen Stein zu bewegen. Es war uns nicht immer gelungen.

In der Zwischenzeit wurde ich noch ein weiteres Mal operiert. Mit einer OP gebe ich mich ja nicht zufrieden. Zwei Jahre nach der ersten also im Jahr 2005 musste ich mich nach einem Urlaub mit Paula, bei dem wir eine Bergwanderung machten, ein weiteres Mal unters Messer legen. Und diesmal sah es schlimmer aus. Paula, die absolut keine Lust mehr auf Frust hatte, beendete wieder einmal die Beziehung zum denkbar ungünstigsten Zeitpunkt, nämlich dann als ich sie am dringendsten brauchte. Nicht nur physisch, sondern eher psychisch. Aber diesen Weg ging ich dann auch alleine.

Ich war in meinem Trotz so gefangen, und so verletzt, dass jeder Versuch von ihr, mich wieder zu beruhigen oder zu mir zurück zu finden scheiterte. Das führte natürlich zu immer mehr aufgestauter Aggression gegen mich. Das wiederum brachte ständig böse Mails, mit denen sie mich traktierte, die wiederum meine Laune auf sie nicht unbedingt besserten. Ich schwor mir nie wieder etwas mit dieser Frau zu tun haben zu wollen. Ich redete mir alles schlecht, was ehemals gut war. Mit jeder Mail und jeder SMS die sie schrieb schürte sie meine Aggression gegen sie. Selbst nette Mails, konnte ich nicht erkennen und redete sie mir schlecht. Seit dieser Zeit habe ich Schwierigkeiten mich ganz auf sie einzulassen. Ich möchte am liebsten alles alleine machen und durchstehen. Aber da spielt mir mein eigenes Ego einen Streich. Ich schaffe es einfach nicht mich ganz von ihr zu trennen und keiner kann mir die Frage beantworten ob es daran liegt, dass die Beziehung vielleicht einfach noch nicht zu Ende ist, oder ob ich einfach nicht alleine sein kann oder will. Warum fehlt sie mir, warum möchte ich den Kontakt zu Männern wieder haben, warum mag ich nicht mit ihr schlafen? All diese Fragen beschäftigen mich. Ich bekomme keine Antwort. Heute, an einem Tag in der Reha in Schwertbad, Aachen, war sie hier um mich zu besuchen. Sie fährt und ich vermisse sie schon in diesem Atemzug. Sie war hier und wir hatten eine sehr vertraute Zeit. Aachen ist eine traumhafte Stadt und wir haben die Zeit sehr genossen, beieinander zu sein, miteinander zu sein. Gestern Abend haben wir mit Käse, Trauben und Wein, essend in meinem Bett gelegen und es war eine herrliche Stimmung. Der Tag heute war erfüllt von einem Stadtbummel am Aachener Dom.

Warum kann ich es nicht einfach so hinnehmen, obwohl es mir so gut tut. Jetzt ist sie wieder weg und ich sitze hier und weine. Ich habe sie geliebt, gehasst, betrogen, verteufelt und komme doch nicht von ihr weg.

Ende?

Hier und jetzt könnte das Buch dem Ende zu gehen. Ich habe das wichtigste aus meinem Leben aufgeschrieben. Alles was wichtig war ist drin, alles was nicht gesagt worden ist, ist nicht wichtig. Ich bin eine ganz normale Frau, mit ganz normalen Fehlern. Ich habe viel im Leben erlebt, viel negatives aber auch viel Positives. Alles was man falsch machen konnte, habe ich falsch gemacht und mich nie vor Fehlern gedrückt. Nicht als ich sie machen konnte und auch nicht in der letzten Konsequenz dieser Fehler. Hier und heute sitze ich wieder einmal in einer Rehaklinik. Ich bin hier um mich von den Strapazen des normalen Lebens zu erholen. Mein Rücken bleibt, solange stabil, solange ich was für ihn tue. Und das werde ich tun. Ich bin jetzt 44 Jahre alt. Meine älteste Tochter, Maya, ist fast 18 Jahre alt. Sie wird im nächsten Jahr ihr Abitur machen. Sie ist sehr erwachsen für ihr Alter, oftmals unreif aber schon sehr zielsicher. Sie möchte Ärztin werden. Ich konnte sie nicht davon abbringen. Aber sie weiß, dass sie auf keinen Fall Krankenschwester werden will. Der Job wäre ihr zu anstrengend meinte sie. Da zerbricht man sich nur mit. Wie Recht sie hat. Oftmals frage ich mich, was aus Maya geworden wäre, wenn Rene´ noch leben würde. Was aus ihr geworden wäre, wenn ich alles unter dem Deckmantel der Moral gehalten hätte.

Wäre sie weniger sarkastisch, oder weniger geformt? Hätte sie mehr Zuversicht in den Gedanken? Sie möchte gerne ausziehen. Bei dem Gedanken wird es mir warm. Ich will und kann sie nicht halten, das ist auch nicht das Ziel. Aber ich hatte gehofft es besser hinzukriegen. Sie sollten sich alle wohlfühlen in ihrem neuen Zuhause. Aber das Gegenteil ist der Fall. Es ist ihr zu eng, zu unruhig. Sie will raus. Für meinen Begriff, zu früh. Ich hoffe ich kann sie halten, bis sie ihr Abitur in der Tasche hat, denn ich glaube sie flieht, genau wie ich es getan habe zu einer gewissen Zeit. Und das ist nicht in meinem Sinne. Ich wollte für meine Kinder ein gesundes Klima schaffen und Raum um sich zu entfalten. Meine beiden Zwillinge, Sophia und Peer, meine kleinen Problemkinder, kämpfen weiterhin mit Freunden, sich selbst, mir, der Schule und der eigenen Unzulänglichkeit. Jedoch weiß ich im Grunde, dass sie es schaffen werden.

Sie sind jetzt 16 Jahre alt und noch sehr unfertig aber auch sehr liebenswert. Sophia möchte Kinderkrankenschwester oder Hebamme werden. Ich wäre sehr stolz auf sie. Es sind beides wundervolle Jobs und sie hätte Freude in ihrem Leben. Sie hat gerade zwei schwere Jahre hinter sich in denen auch nicht alles so gelaufen ist wie sie es sich vorgestellt hat. Wir haben viele Machtkämpfe miteinander ausgefochten und oftmals hat sie mich gehasst. Ich weiß nicht, ob sie es im Grunde noch tut. Keines meiner Kinder hat mir jemals Vorwürfe gemacht, jedoch glaube ich, dass sie das ein oder andere Mal mit meiner Lebensweise nicht klar gekommen sind und auch heute noch darunter leiden. Peer hat sich den Beruf des Kapitäns mal ins Auge gefasst. Sehr mutig. Ich wünsche ihm dass er es schafft.

Er hat es zur Zeit sehr schwer, konfrontiert immer wieder mit mir, seinen Lehrern, mit Paula und wir alle leiden darunter, dass er mit sich selbst nicht im Reinen ist. Auch er kämpft immer noch mit der Situation, der zwei Väter, nicht wissen, wo er hingehört, mit „den Müttern", die ihn so unter Druck setzen. Ich wünsche mir für ihn, dass er sich wieder fängt und er sich klar wird, warum vieles im Leben eben nicht immer ganz glatt läuft. Auch bei ihm nicht. Man fühlt sich oft zutiefst verletzt und ich denke, genau da befindet er sich jetzt. In einer tiefen Verletzung. Er kann nicht aus seiner Haut heraus, schämt sich, für mich, für seine Aussetzer und für sein Unvermögen damit klar zu kommen. Mein jüngster, Alex, der kleine Sonnenschein ist jetzt 9 Jahre alt. Noch kämpfen wir alle mit den ersten Grundschuljahren. Und wenn er in der Pubertät ähnlich schwierig wird wie Sophia und Peer, dann werde ich ihn wohl für ein paar Jahre in der Gefriertruhe konservieren müssen. Das halt ich nicht noch mal aus. Aber alles in allem ist es mir bis hierher gelungen, vernünftige Menschen aus ihnen zu machen. Und das bei einer Mutter, die selbst völlig ungefestigt ist. Immer noch nicht gelernt hat, sich von Vergangenem zu lösen. Immer noch das Gefühl hat, alleine auf dieser Welt zu stehen und mit dem Kopf durch die Wand will. Es hat sich also in all den Jahren nicht wirklich viel geändert in meiner Seele. Ich fühlte mich alleine, als ich mit Frank verheiratet war, alleine als ich an Renes Grab stand, alleine als ich um David vergeblich kämpfte, alleine als meine Beziehung zu Paula verging und auch alleine und machtlos als Frank vor gut einem Jahr die Kinder gegen eine Freundin tauschte und seit dieser Zeit keinen Kontakt mehr zu ihnen pflegt.

Der ewig einfach gestrickte, der nie etwas dazu lernen wollte, hört jetzt als Untergebener auf eine Frau, die keine Kinder will. Also, will Er sie auch nicht mehr. So einfach ist das bei den einfach gestrickten. Das Leid der Kinder. Er vertritt die Meinung, wenn die Kinder Kontakt zu ihm haben wollen, dann müssen sie ihn suchen. Er sieht seine Pflicht als Vater nicht mehr. Und es kommt für ihn auch nicht in Frage sich selbst mal zu bemühen, den Kontakt wieder zu finden, den er selbst unterbrochen hat. Er hat sich vor ihnen verleugnen lassen, er ist nicht ans Telefon gegangen, hat sie vor der Türe stehen lassen und mehr als einmal Termine abgesagt, wenn seine Freundin das wollte. Er wundert sich trotzdem, dass die Kinder sich nicht mehr melden. Typisch Frank. Manchmal frage ich mich, was all meine Energie, mit dem Kopf durch die Wand zu gehen, gebracht hat. Wäre es nicht einfacher gewesen sich ins Schicksal zu ergeben, wenn man es denn schon falsch begonnen hat. Meine Energien wurden immer in Richtungen verschwendet Fehler auszugleichen, anstatt direkt eine andere Richtung einzunehmen. Aber welche ist die richtige Richtung? Weiß das schon jemand?

Ich sage, und das gilt nur für mich, ich war feige. Zu feige meine Ehe frühzeitig zu beenden und mit frühzeitig meine ich, bevor sie geschlossen wurde, denn da wusste ich schon, dass es ein Fehler war. Ich habe David 20 Jahre lang nicht verlassen, weil ich zu feige war mir einen Partner zu suchen, mit dem ich glücklich hätte werden können und mit dem ich meine Kinder auf eine ruhigere und gesündere Art hätte bekommen können. Ich verlasse Paula jetzt nicht, weil ich Angst habe dann ganz alleine zu sein. Mein ganzes Leben wird beherrscht von der Angst des verlassen Seins und des Alleinseins.

Es gibt doch in meinem Leben tatsächlich erschreckende

Parallelen zu meiner Mutter, die ich so schlecht akzeptieren kann. Ich hätte es ruhiger und gesünder in meinem Leben haben können, wenn ich das von vornherein gewusst hätte. Aber ich musste alle Erfahrungen die es im Leben zu machen gibt selbst ausprobieren und ich habe glaub ich nicht viele davon ausgelassen. Vor wenigen Monaten geschah das Unfassbare. Etwas womit ich in meinem Leben nicht mehr gerechnet hätte. Ich joggte aus meiner Einfahrt raus und in diesem Moment fuhr David an mir vorbei. Er sah mich und winkte. Ich bog in die nächste Gasse ein um ihm nicht begegnen zu müssen, doch er fing mich ab. Wieder einmal saß er in seinem Auto, doch diesmal war sein Lächeln nicht siegessicher und arrogant, sondern eher scheu und zurückhaltend. „Hallo, Katherine, wir haben uns lange nicht gesehen, begann er.

„Ja, antwortete ich nur, was willst du von mir?

„Ich wollte dich fragen, ob du mit mir in den nächsten Wochen einmal Essen gehst, nur zum Erzählen. Zum Reden. Mir schwoll schon wieder der Kamm. „ Was willst du denn besprechen? Was gibt es so wichtiges? Und weiß eigentlich deine Frau davon, oder wo soll sie sein zu diesem Zeitpunkt. Willst du sie mitbringen zum Essen? Ich grinste ihn an. Er zögerte mit der Antwort. „Nein, begann er, ich möchte mich mit dir vertragen. Wir sind Eltern von 4 Kindern und wir sollten uns wie normale Menschen verhalten. Ich glaubte meinen Ohren nicht zu trauen. Diese Worte kamen von ihm. Der Mensch mit dem ich vor Gericht stand, der mein Feind geworden war. Ich hatte mich jetzt 7 Jahre mit ihm gestritten. Wir redeten seit Jahren nur noch über Anwälte miteinander.

„Ich musste fast lachen, wenn es nicht so traurig gewesen wäre. Das sagst du mir? „Was willst du David? Ich weiß schon lange, dass diese Kinder meine sind. Ich trage seit 18 Jahren die Verantwortung dafür alleine. Es fällt dir spät ein, dass auch du eine Verantwortung hattest. Jetzt wo sie fast erwachsen sind. Was willst du also?

„Ich möchte mich nur mit dir unterhalten, bitte, geh mit mir Essen. Nur Essen. Wir hätten so viel zu besprechen. Gib mir die Möglichkeit mit dir zu reden.

Mir schossen die Tränen in die Augen. „Mir hast du diese Möglichkeit damals nicht gegeben, sagte ich und lief um sein Auto herum um möglichst schnell fort zu kommen. Er sollte nicht sehen, das mir die Tränen liefen und das es mich so aufgewühlt hatte ihn nach all den Jahren einmal zu sehen. Er gab wie immer keine Ruhe und nervte so lange, bis ich nach ein paar Wochen einwilligte mit ihm Essen zu gehen. Er fuhr doch tatsächlich mit mir in eines der Restaurants in denen wir früher oft gesessen hatten. An diesem Abend wollte er es mir möglichst Recht machen und übersah dabei, dass ich es als Erinnerungsfang sah. Auch er hatte sich in den letzten Jahren nicht verändert. Anstatt über das zu reden, weshalb er mich eingeladen hatte, kamen wieder die gleichen Sätze wie vor Jahren. Er beweihräucherte sich selbst. Er erzählte von Projekten, von Hallen die er gebaut hatte, von seinem Vorhaben ein Boot zu bauen. Ich erfuhr vieles von seinen Kindern, von Anja, von einem geplanten Schwimmteich, von seinem Garten und so weiter, und so weiter. Er kam mir sehr arm vor. Er stellte mir keine Fragen, nicht über die Kinder, nicht über mich, nicht wie es uns ergangen war. Ab und an nahm er meine Hand und sah auf meine Finger.

Er hielt sie fest, bis ihm auffiel, dass er sie hielt. Wir aßen und tranken in dem Lokal in dem ihn damals, vor Jahren, der Kellner darum bat ihm doch seine hübsche blonde Frau vorzustellen. Innerlich musste ich lachen. Er war nicht viel anders als Frank. Auch er war vor Jahren stehen geblieben. Nach unserer Zeit hatte er sich keinen Millimeter weiter entwickelt. Er beweihräucherte sich immer noch als ich ihn stoppte und bat mich nach Hause zu fahren. Er sah mich ungläubig an, stand dann auf und wir verließen das Lokal wortlos. In der ganzen Zeit in der er mich zu textete und von seinen Projekten sprach, ging mir durch den Kopf, was dieser Mensch mir alles angetan hatte. Oder besser gesagt was wir uns angetan hatten. Ich dachte an die letzten 7 Jahre in denen ich allein war, allein für die 4 verantwortlich war und alles alleine ausbaden musste. Ich dachte an seine Drohung, die er mir vor drei Jahren an den Kopf geworfen hatte.

„Wag es dich ja nicht, irgendeine Erhöhung im Unterhalt zu fordern. Dann bekommst du gar nichts mehr." Ich war damals sehr eingeschüchtert und verängstigt. Ich erinnere mich gut an die Not, die wir die ersten Jahre leiden mussten. Und nun saß dieser Mensch mir gegenüber und redete wieder einmal von Baustellen und Hallen. Er schleppte mich noch an diesem Abend in eine dieser Hallen und wollte mir sein Prachtstück zeigen. Draußen an der Wand prangerte das Firmenlogo in Überlebensgröße und ich dachte wieder einmal wie arm doch diese Familie war, dass man sich mit solchen Dingen aufplustern musste. In all ihrem Reichtum hatten sie vergessen, was das wesentliche im Leben war. Es ging nur noch darum schneller, höher, weiter zu kommen als alle anderen.

Und alle die dies nicht mithalten konnten, waren in den Augen dieser Familie Versager. Mir wurde wieder einmal bewusst, dass ich es wohl nicht lange ausgehalten hätte in der Nähe solcher Menschen und das ich stolz war, dass meine Kinder so niemals denken würden, obwohl sie dieser Familie auch entstammten. Davids Einfluss auf die Kinder war beschnitten worden und das war gut so. Er hatte versucht an ihnen dran zu bleiben als er sich mit Frank verbrüderte. Er hatte versucht mich mürbe zu machen indem er mein Privatleben in den Schmutz zog, zu einer Zeit in der er keinen Einfluss mehr auf mich hatte. Vor meinen Kindern wurden diese Dinge damals besprochen und das war der Moment, in dem Ich, in der Ecke stehend um mich schlug und alles auffliegen ließ. Ich hatte mich bitter gerächt, hatte allen gezeigt, dass es ohne Ihn ging. Und nun saß er neben mir im Auto und schwieg betreten. Was für ein armer Mensch.

„Würdest du mich bitte mal in den Arm nehmen?", bat er leise. Ich sah ihn unverwandt an und konnte trotzdem nicht anders. Ich nahm ihn also in den Arm und tröstete ihn wie einen kleinen Jungen. Ich hielt ihn im Arm, spürte seine Wärme, all die bekannten Dinge die Ihn ausmachten. Ich roch seinen Körperduft und in mir brach eine Barriere auf, die ich all die Jahre krampfhaft geschlossen hielt. Ich brach in Tränen aus. Wie immer saßen wir im Auto, wie immer, dachte ich. Es hat sich nichts verändert.

Ich liebte diesen Menschen immer noch. Eine lange Zeit saßen wir wortlos und bewegungslos. Wir hielten uns wie zwei Wiedergefundene in den Armen und irgendwann in dieser Nacht schliefen wir miteinander. Es war so bekannt und doch so fremd geworden ihn zu lieben. Ich horchte in mich hinein.

Ich fühlte seinen Körper, nahm ihn in mir auf. Was war das? Liebe? Hass? Veränderung? Was fühlte ich? Warum tat ich das, warum verletzte ich Paula in diesem Augenblick. Warum musste es David sein? Warum hatte ich mich wieder auf ihn eingelassen. Noch im gleichen Augenblick wusste ich die Antwort. Ich musste es für mich wissen, wie viel mir dieser Mensch noch bedeutete, was war in mir los, wenn ich mich ihm ergeben konnte oder durfte. Ich fühlte tief in mich hinein und versuchte die Liebe zu spüren die ich immer für ihn empfunden hatte. Ich empfand keine wirkliche Liebe mehr, auch wenn ich noch so sehr suchte. Was ich fühlte war Erinnerung, Mitleid, Sehnsucht. Ja ich hatte Sehnsucht, nach einem Menschen der für mich da war. Einen Mann der mir sagte, dass er mich liebte. Paula war für mich nicht mehr die Partnerin mit der ich mir vorstellen konnte alt zu werden. Sie war leider nicht mehr das was ich mir wünschte. Ich wünschte, ich hätte mein Leben noch einmal von vorn beginnen können. Vielleicht wäre vieles einfacher gewesen. Eines aber hatte ich an dem Abend gelernt. Ich wollte auf keinen Fall wieder die Geliebte eines Menschen werden, der sich niemals trennen würde. Ich wollte nicht noch eine Großbaustelle eröffnen in meiner Seele, nicht noch mehr Leichen in den Keller schaffen. Er brachte mich nach Hause.

„Sehen wir uns wieder, fragte er mich". Würdest du an meinem Geburtstag, am 8 Juli, mit mir Essen gehen? Ich überlegte kurz und sagte dann zu. Absagen kannst du immer noch, dachte ich mir. Am folgenden Tag fuhr ich mit meinen beiden Jungen in den Urlaub nach Wilhelmshaven. Ich hatte dort eine sehr liebe langjährige Freundin und ich freute mich auf die Tage mit ihr, mit meinen Jungen, mit mir alleine.

In diesen Zehn Tagen dachte ich viel über die Nacht mit David nach und begann einen Brief zu schreiben. Ich musste ihm meine Gefühle mitteilen. Es durfte nicht mehr sein, dass man sich die nächsten Jahre wieder nicht in die Augen schauen konnte. Oder, dass man nicht miteinander reden konnte. Aber ich spürte auch die Aggression in mir, alles was geschehen war musste einmal aus meiner Sicht klar gemacht werden. Er hatte mir nie zugehört, nie richtig verstanden was ich wollte, und auch gar nicht die Lust darauf gehabt es zu verstehen. Jetzt sah die Situation anders aus. Fast 7 Jahre nach unserer Trennung fand er den Weg zu mir. Er hatte ein Recht darauf zu erfahren wie es mir ergangen war und ich hatte ein Recht darauf ihm das alles mitzuteilen. Ich hatte nicht den Anspruch, dass er das alles verstehen würde. Mit Sicherheit würde er viele Dinge anders sehen. Aber er sollte zumindest mal gelesen haben, wie ich dachte. Also schrieb ich ihm über die Zehn Tage meines Urlaubs diesen Brief. In der Hoffnung....

Davids Brief

....

„das du zumindest ein Stück weit verstehst, was ich dir sagen möchte.
Eine Woche hatte ich jetzt Zeit darüber nachzudenken, was in der letzten Woche geschehen ist. Ich bin froh, dass wir in der Lage sind überhaupt miteinander zu reden. Das ist mehr als ich jemals erwartet habe. Jedoch ist mir auch an unserem ersten Treffen aufgefallen, dass du im Grund nicht in der Lage bist zuzuhören. Deshalb schreibe ich dir meine Gedanken auf. Das habe ich schon öfters getan. Auch damals ohne erkennbaren Erfolg, aber diesmal ist es denke ich, auch etwas anders gelegen. Ich möchte mit diesem Brief nichts erreichen. Du sollst ihn

lediglich lesen und darüber nachdenken. Wobei ich
allerdings stark bezweifele, dass du auch nur im Ansatz
verstehen wirst was ich dir damit sagen will.

Du hast viel davon geredet wie es dir ergangen ist in den
letzten Jahren, hast deinen Standpunkt klar gemacht. Bist
mit mir durch deine Hallen marschiert und hast mir
gezeigt, wie schön du andere am Arbeiten halten kannst,
was du alles kannst, grins, du hast ein wenig von
Zuhause erzählt, von Jana, Mara und Nadja, der Sauna,
dem Garten, dem Schwimmteich und wie verletzt Anja
wäre, wenn sie erfahren würde das wir uns getroffen
hätten. Deine eigenen Worte waren,
"Sie würde wahnsinnig werden"
Hast davon geredet, was dir für eine Beziehung zwischen
uns vorschwebt, genau klar gemacht, wie beim letzten
Mal, dass es nur darum geht das man sich ab und an
einmal sieht, miteinander ins Bett geht, bzw. ins Auto,
denn, auch daran hat sich nichts geändert.

Ich habe das alles zur Kenntnis genommen, habe
versucht ab und an zu Wort zu kommen, was mir im
Grunde nicht gelungen ist. Ich sehe die Lage der Dinge
die passiert sind natürlich etwas anders und würde sie
dir gerne mal erklären, denn es ist mir wichtig, dass du
zumindest schon mal davon gehört hast was Ich dazu zu
sagen habe. Ich gönne dir deinen Luxus, ganz ehrlich,
weil ich dann kein schlechtes Gewissen mehr haben
muss.

Ich fange also ganz vorne an mit der Geburt von Maya
und Rene.
Es war nicht geplant, dass du der Vater der Kinder wirst

und ich habe alles drangesetzt das du es nicht erfährst.
Ich habe in all den Wochen der Schwangerschaft gehofft
du mögest es nicht sein. Ich hatte Angst vor dem Tag der
Geburt, denn mir war klar, dass ich es im ersten
Augenblick sehen würde...
Und so war es denn auch. Rene sah dir wie aus dem
Gesicht geschnitten ähnlich. Ich war trotzdem
überglücklich, weil ich endlich diese Kinder hatte.
Kinder die ich mir so sehnlichst gewünscht hatte. Im
ersten Moment ging meine Angst nur darum, dass es
jemandem auffallen könnte. Was dann auch geschah.
Meine Schwester sah es direkt, außerdem konnte sie sich
den Rest dazu reimen. Ich habe es auch bei ihr
abgestritten und wir haben Jahre nicht mehr darüber
gesprochen. Es war kein Thema.
Rene wurde krank und starb. Und ich fühlte mich
bestraft. Bestraft für all die Male die wir uns heimlich
getroffen hatten. Zu diesem Zeitpunkt hast du schon
gewusst, dass es deine Kinder sind, wir haben darüber
gesprochen und du hast ähnlich gedacht wie ich, es darf
nicht rauskommen. Außerdem habe ich dir immer
felsenfest versucht zu vermitteln, dass es nicht sein kann.
Kurz darauf haben wir in deiner alten Küche gesessen,
wir haben über Renes Tod gesprochen, und du hast
erfahren, dass er dein Sohn war.
Was du hinterher als Lüge abgestritten hast war, dass du
mir in einer Minute der Unzurechnungsfähigkeit gesagt
hast: (...) „ Wenn du noch ein Kind möchtest, dann weißt
du wo du mich findest"!
Ich habe das damals in meiner kaputten Seele geglaubt
und ich kann dir versichern, dass ich selbst heute noch
dein Gesicht sehe, mit dem du mich damals angeschaut
hast. Es war so wichtig für mich, dass ich das mit

Sicherheit nicht überhört hätte oder falsch verstanden.
Ich glaube dir sogar vielleicht, dass du es nicht mehr
weißt, denn du redest viel und oftmals weißt du nicht was
du sagst. Aber im Grunde meines Selbst weiß ich, dass du
ganz genau weißt, was du gesagt hast in diesem Moment.
Den Zeitpunkt bestimmte ich damals selbst, das war ein
Fehler. Den kann man nicht entschuldigen. Ich denke,
wenn ich dich eingeweiht hätte, oder nochmals gefragt,
dann wäre vieles anders gekommen. Aber ohne mich
entschuldigen zu wollen, ich wusste, dass du im Grunde
nichts mit meinen Kindern zu tun haben wolltest und ich
wollte dich auch nicht behelligen damit. Natürlich
völliger Irrwitz aus heutiger Sicht.
Es war mir nicht möglich Frank zu verlassen, dazu war
ich viel zu verletzt. Wenn Maya damals nicht gewesen
wäre, dann glaube ich, ich hätte es nicht ausgehalten.
Auch das hat niemand bemerkt. Es wäre besser gewesen
mich zu trennen. Aber ich war nicht in der Lage dazu. Ich
hatte keine Kraft, du hast keinen Gedanken daran
verschwendet, wieso auch, für dich war ja klar was du
wolltest. Er war mein Zuhause, egal ob ich ihn geliebt
habe oder nicht. Er war mein Zuhause.
Du hast mir oft vorgeworfen, dass ich ihn nicht lieben
würde aber das stimmt so nicht. Wir hatten viele gute
Zeiten und ich denke, wenn du nicht gewesen wärst, der
all die Jahre einen Keil getrieben hätte, dann wäre auch
Das anders verlaufen. Aber echte Liebe war es nicht,
sonst wäre ich nicht fremdgegangen. Aber dann
reflektiere doch mal deine Beziehung. Wenn du mich
fragst hast du Anja auch nicht geliebt. Nie wirklich. Du
bist ihr vom ersten Tag an fremdgegangen, hast dich
ständig über ihre Unfähigkeit in allem aufgeregt.
(...) „ Das ist keine Frau zum Kinderkriegen"

*Du bist geblieben, weil du sonst alleine gewesen wärst,
weil sie deine Familie war, weil sie dir Verständnis
entgegen gebracht hat. Obwohl ich auch das nicht
verstanden habe, wie eine Frau das aushält. Du gehst ihr
auch jetzt wieder fremd, hast keine Scheu dich mit mir zu
treffen. Muss ja eine tolle Liebe sein, die euch verbindet.
würde mich interessieren, wie sie dazu steht...
All die Jahre habe ich mehr und mehr darunter gelitten,
dass wir diese Beziehung so führten. Mit jedem Kind
wurde es schlimmer und schlimmer. Nett war auch deine
Hochzeit, ein paar Tage nach der Geburt deines dritten
und vierten Kindes. Aber auch da dachte ich noch, es ist
besser so als gar nichts von und mit ihm zu haben. Du
warst immer schon deinen Eltern hörig und hättest
niemals offen und ehrlich zu mir gestanden.
Als Alex unterwegs war, war es dann am schlimmsten.
Ich konnte einfach nicht mehr und niemand sah das es
einfach zu viel war, wer auch, du siehst nur dich selbst
und Frank, na darüber brauchen wir nicht sprechen.*

*Dann kommt der Tag, an dem du mir das erste Mal laut
sagst, dass du mich liebst. Und ich Idiot, lasse mich
davon beeindrucken, das erste Mal lass ich mich
beeindrucken und glaube dir. Wie gesagt du hast immer
schon viel geredet.
Ich habe verstanden das du Anja nicht verlassen
konntest, wenn man dich in etwa kennt, dann weiß man,
das du das nicht konntest und auch niemals können wirst,
denn es passt nicht in dein Weltbild seine Frau zu
verlassen, dann gehst du lieber fremd, das kann man
verheimlichen. Es ist Akzeptiert.*

Das ganze nimmt seinen Lauf und ich trenne mich von

*Frank, weil ich diese Lüge nicht mehr leben kann. Ich
weiß sicher, dass ich ihn jetzt nicht mehr liebe, dass ich
im Grunde gar nichts für ihn empfinde, weil all mein
Denken in andere Richtungen geht. Ich biete ihm an im
Haus zu bleiben, auf die Etagen verteilt, müsste es
gehen. Ich schlafe im Keller und muss mit anhören wie er
oben über mich herzieht. Mama ist schizophren, sie ist
alles Schuld, sie hat unsere Familie zerstört, vögelt mit
anderen Männern und das vor noch relativ kleinen
Kindern.
Als ich ihn raus schmeiße wird mir vorgeworfen mich
nicht an die Absprachen zu halten. Auch von dir, du hast
nicht einmal gefragt warum. Das einzige was ich von dir
höre ist, du musst zurückgehen. Um deine eigene Haut
zu retten. Damit war im Grunde unsere Beziehung
beendet, das wusste ich. Am Tag meines Geburtstages
hast du versucht mich zu überreden zu diesem Menschen
zurück zu gehen. Das war dein eigenes Urteil.
Und als ich das dann auch noch durchzog und mich von
dir endgültig trennte, hatte ich niemanden mehr. Es war
kurz nach dem Wochenende im Hotel Albus, an
Pfingsten. Du hast wieder geredet und geredet über
irgendeinen Müll, wie gut du auf der Arbeit bist und wie
unentbehrlich und wie blöd alle anderen. Du hast nicht
einmal gefragt wie es mir geht, nicht bemerkt, dass ich
die ganze Nacht überhaupt nicht da war, weil ich im
Schwimmbad auf der Liege lag. Du warst dir meiner so
sicher und warst dir so sicher, wie immer alles richtig
zu machen, dass ich deine Nähe nicht mehr ausgehalten
habe.
Ich weiß nicht wie lange es gedauert hat, Tage, Wochen,
Monate die ich gebraucht habe um nicht beim ersten
Druck zusammen zu brechen. Ich konnte nicht schlafen,*

essen, oder denken habe stundenlang geweint,
stundenlang.
Ich war mit meinen Nerven am Ende...
Frank machte mit den Kindern Holliday bei dir und ich
durfte mir in der Woche den Stress antun die Kinder
wieder gerade zu biegen das sie überhaupt irgendwie auf
mich noch hörten. Sie waren aggressiv, unausgeglichen
und verunsichert und das besonders, wenn sie einen
Sonntag bei dir waren. Ich hörte dann Dinge, die in der
Woche herauskamen, die mich echt fertig machten. Die
Kids haben von euren Gesprächen mehr mitbekommen
als ihr in euren blöden Köpfen euch vorstellen konntet.
Und wenn du behauptest das du in deiner verletzten
Eitelkeit nicht über mich geplaudert hast, (wie du letzte
Woche noch behauptet hast), dann kann ich nur sagen
das, dass eine blanke Lüge ist.
Nur mit einem kleinen unwesentlichen Detail will ich
dich konfrontieren, und auch das haben die Kids
mitbekommen.
Du warst damals der einzige der von meiner Beziehung
zu Ramon Ringhausen wusste, und eines schönen
Montags kommt Frank nach Hause und erzählt mir
brühwarm, dass du ihm das gesagt hast. Damit hast du
einen Vertrauensbruch mir gegenüber vollzogen der mir
meine Entscheidung mich zu trennen bestätigte. Niemand
wusste von ihm, außer dir.
Ich habe es natürlich abgestritten. Wie auch heute noch.
Damit hast du fast noch eine Familie zerstört. Ich hatte
Not die Leute zu schützen die heute noch meine Freunde
sind und die mir damals geholfen haben. Ramon ist heute
noch mein bester Freund.
Ich habe mit dem Rücken zur Wand gestanden. Ich
konnte nicht anders als mich zu wehren. Ich war

gezwungen zu reagieren und es tut mir auch nicht leid,
denn dein Gedanke, dass du nie etwas anderes
versprochen hast ist mir einfach zu einfach, es war von
dir so nicht geplant. Aber es war auch von mir so nicht
geplant mit dir 5 Kinder in die Welt zu setzten und das
weißt du. Aber den Sex, den hast du gerne in Kauf
genommen, da musste man dich nicht lange bitten. Und
nur weil dein Plan nicht funktioniert, hast du kein Recht
mir die ganze Last in die Schuhe zu schieben. Hättest du
mir geholfen und dich nicht wie ein bockiges Kind
verhalten dem man sein Sex Spielzeug weg nimmt, dann
hätte es vielleicht anders ausgesehen. Du sagtest letzte
Woche das du Lügen hasst, ich hasse sie auch und habe
sie immer gehasst. Aber ich lüge nicht mehr.
Ich bin ausgestiegen, du scheinbar nicht, oder weiß
Anja etwas das wir uns heute hier treffen?
Was dann passierte weißt du im groben.

Frank versuchte mich auszuhungern und von dir war
keine Unterstützung zu erwarten.
(...) „ Ich finanziere deine Immobilie nicht"

Nein David, man musste dich dazu zwingen, deine Kinder
mit zu finanzieren, nicht meine Immobilie. Man musste
dich zwingen erst mal zuzugeben, dass du sie gemacht
hast, obwohl das zwischen uns lange kein Thema mehr
war aber das öffentlich zuzugeben? Nein, das war nicht
möglich, dann schon lieber die Mutter in Frage stellen,
es könnte ja noch ein Wunder geschehen.
Drei Jahre lang war ich von deinem Bruder abhängig.
Ich habe mich mehrmals mit ihm unterhalten. Er ist ein
echt netter Mensch, wenn man sich mit ihm beschäftigt er
half mir über die Zeit rüber weg bis alles geklärt war.

Und dann sitzt du bei mir in der Küche und willst die Kinder einweihen, es war fast zum Lachen. Ich überlegte, was will er jetzt? Seinen vermeintlich letzten Trumpf ausspielen?

Ich habe immer viel Angst vor dir gehabt, du könntest den Unterhalt nicht zahlen, du lässt mir und den Kindern keine Ruhe und so weiter.
Als es dann den ersten Kontakt mit den Kindern gibt, ist er nicht so gelaufen wie du es dir vorgestellt hast, aber da frage ich dich was du erwartet hast. Ich weiß es nicht.

Ich gebe dir einen kleinen Abriss darüber, wie sich die Kinder gefühlt haben, in all den Jahren, daran bin ich mit schuld, das weiß ich. Maßgeblich, aber du und Frank eben auch und zwar so, dass sie es überlebten.
Sie fühlten sich verstoßen, weder von Frank noch von dir gewollt und wahrgenommen. Wir haben entbehrungsreich gelebt und ich konnte den Kindern nichts gönnen.
Sie haben gearbeitet für ihr Taschengeld und das tun sie heute noch.
Sie wissen. wie ich gelitten habe und ich weiß wie sie gelitten haben und noch heute leiden.
Du fragst nach Maya und Peer, niemals nach Sophia, selten nach Alex. Ich will dir damit auch keine Vorwürfe machen. Du hattest nicht die Möglichkeit die Kinder richtig kennen zu lernen. Aber deine Meinung war eh immer schon vorgefertigt, besonders was Sophia angeht. Du schenkst Peer ein Rad, Alex ein Rad, alles sehr nett in meinen Augen. Aber die Mädchen? Was sollen die denken. Frank hat sie bewusst verstoßen. Was sollen die

*jetzt denken? Was erwartest du also? Dass sie dich ernst
nehmen? Dass sie dir zuhören? Ich denke das ist Zuviel
verlangt. Ich habe nichts mehr dagegen, dass du Kontakt
aufbaust. Am Anfang hatte ich das noch, weil ich sie
schützen musste, aber ich denke sie sind jetzt alt genug
sich selbst ein Urteil zu bilden, denn das ist es wo ich
echt stolz drauf bin. Das können sie. Sie haben ihre
Fehler selber machen dürfen und sind nicht hinter dem
Zaun aufgewachsen oder zugetextet worden. Und das ist
sehr gut, denn sie wissen, wie es abgeht im Leben und sie
haben eine gute Menschenkenntnis erworben, bis jetzt.
Ich hoffe, sie wird noch besser.*

*Erinnerst du dich vielleicht? Nach dem ersten Kontakt
mit den Kindern sitzen wir noch auf der Terrasse und ich
traue meine Ohren nicht. Du, der Mensch der eben noch
versucht hat mit seinen Kindern in Kontakt zu kommen
droht mir jetzt.
(...) Komm nicht auf die Idee jemals an der
Unterhaltshöhe was verändern zu wollen, dann
bekommst du gar nichts mehr.
"Ist doch echt ein netter Mensch, oder?*

*Stell dir vor man würde dich so in die Ecke drängen, dir
so drohen.
Stell dir vor man würde dir sagen du hast es schon
wieder getan, bist wieder mit derselben Frau Ehebruch
begangen. Stell dir vor man würde dir sagen,
„Wag es dich, an der Unterhaltshöhe etwas zu
verändern, solange die Kinder in der Ausbildung sind"
wag es dich sie nochmals in die Not zu stürzen, wie du es
schon einmal mitverschuldet hast.
Wer hasst hier eigentlich die Lügen? Du lügst, du musst*

mir nicht noch mal sagen was du willst, das war dir im Vorfeld schon anzusehen. Aber du lügst deine Frau an. Ich denke, das wäre dann das endgültige Aus für deine Ehe, wenn sie das erfahren würde.
Für die Lüge deines Lebens. Das würde sie wahrscheinlich kein zweites Mal mitmachen. Und das hat sie auch nicht verdient.
Ich habe wirklich lange überlegt, die ganze Woche. Was hat es dir gebracht mit ihm ins Bett zugehen, bzw. ins Auto! Ich wusste von vornherein was du wolltest, schon am Tag als du mich beim Joggen abgefangen hast, das war nicht zu übersehen. Du wolltest deine Sex Spielereien wieder haben, dein Spielzeug. Du bist leicht zu durchschauen.

Ich habe meine Entscheidung getroffen. Du bist der Vater meiner Kinder, mehr nicht.
Aber ich werde keine Beziehung mehr mit dir anfangen, weil ich nicht mehr lügen möchte und du mir nicht genug bedeutest als dass ich da noch Lust drauf hätte. Und was den Sex angeht, na den kann ich woanders auch haben, besser. Du bringst mich nicht mehr zum Zittern, nur noch in meinen Alpträumen. Aber ich muss mich auch davon noch befreien.
Ich darf keine Angst mehr haben. Angst lähmt. Das habe ich oft am eigenen Leib erfahren dürfen. Das letzte Mal als ich halb Tod, sechs Wochen in der Klinik und bei meiner Schwester war und Zuhause meine Kinder alleine waren, ganz alleine. Alex war 7 Jahre alt.
Als ich an Weihnachten wieder kam, stand er weinend in der Küche. Wir backten Plätzchen, weil er es sich gewünscht hatte und er meinte:
„Mama, jetzt sind wir wieder eine Familie die Plätzchen

backen kann"

Und du redest von den Projekten die du so toll geregelt bekommst.

Sophia war in der Zwischenzeit vergewaltigt worden und wurde gezwungen Gras zu rauchen. Sie wollte es mir nicht sagen, weil sie Angst hatte ich würde daran noch mehr zerbrechen. Ich konnte kaum aufrecht stehen.

Und du hast es dich sogar gewagt letzte Woche anzusprechen, dass sie sich wohl mit den falschen Typen eingelassen hat. Du redest und redest und verstehst nichts.

Maya weinte eines Tages und meinte. "Bitte, geh nicht noch mal so lange fort. Ich kann die Verantwortung nicht mehr alleine tragen. Es ist so schwer.

Peer entgleiste mehr und mehr, der Halt fehlte ihm. Und du redest davon das du der Halt bist der ihm fehlt? Dass ich nicht lache.

Und du redest von dir, deinen Häusern, Hallen, von der Arbeit, du als Boss, redest von deinem neuen Schwimmteich, Urlauben in Österreich die deine Kinder machen. Spanien, und so weiter und so weiter. Hast du dir auch bestimmt alles verdient. Du bist bestimmt ein guter Arbeiter, aber mal ehrlich David. Rede ich auch ständig davon, dass ich andere Leute reanimiere, sie durch den nächsten Tag bringe und ihnen helfe zu überleben. Ich bin maßgeblich an der Leitung von verschiedenen Einheiten dieser Intensivstation beteiligt und da geht es um etwas mehr als nur GELD. Ich profiliere mich nicht ständig darüber das ich arbeite. Das ist mein Job.

Ich gönne dir dein Leben, deine heile Familie, deinen Luxus, deinen Schwimmteich, deine Sauna, ehrlich. Wie gesagt, dann brauche ich kein schlechtes Gewissen haben. Ich habe dir gut zugehört. Glaube mir das.

*Ich habe mich dagegen entschieden, gegen eine erneute
Beziehung mit dir, weil es ein paar Leute in meinem
Leben gibt, denen ich das nicht wieder antun sollte.
In erster Linie mal mich selbst benannt. Ich habe sogar
überlegt ob es von Vorteil sein kann. Ja das könnte es,
vielleicht.
Ich hätte vielleicht jemanden der mir helfen könnte bei
all den kleinen Dingen die mir nicht gelingen wollen. Die
Bäder, das Fenster, der Keller, der Garten.
Aber das ist mir zu billig und zu unbequem, das war
schnell geklärt. Ich habe es bis hierher geschafft,
alleine, dann schaffe ich das auch weiter.
Für mich? Wie schon gesagt, da reicht das Gefühl nicht.
Du hast nichts in mir aufgeweckt außer das Gefühl das
du genau wie Frank, irgendwo stehen geblieben bist. Ich
habe dich belächelt. Das ist nicht gut für eine Beziehung.
Ach ja du wolltest ja eh keine Beziehung, sondern Sex.
Na dann ist es ja gleich. Bekommst du den nicht mehr
bei ihr? Wundern würde es mich nicht. Ein bisschen
Strafe muss ja sein. Aber ich denke es ist ihr weniger als
Strafe gedacht, sondern mehr Unvermögen dich zu
berühren.*

*Ich musste mit dir schlafen am Samstag, sonst hätte es
nie ein Ende genommen. Ich musste wissen ob ich dich
noch liebe. Meine jetzige Entscheidung resultiert aus
diesem Treffen. Ich tue es sicher nicht mehr und das ist
gut. Es tut mir gut das zu wissen.
Als nächstes nenne ich Anja, noch bevor ich an alle
anderen denke die mir wesentlich näher stehen. Sie hat*

einen Menschen wie dich im Leben nicht verdient. Sie tut
mir unendlich leid.
Meine Kinder, ohne Worte, das erklärt sich von selbst.
Denk an Mayas SMS, in der sie dir schreibt, dass du mir
nie wieder wehtun sollst.
Meine Schwester, die schon wieder schlaflose Nächte
hat, weil sie weiß, dass ich mich mit dir getroffen habe.
Sie hat mir maßgeblich durch die schlimmste Zeit meines
Lebens geholfen, sowohl nach dir als auch nach der OP.
Sie war bedingungslos da. Sowohl für mich als auch für
meine Kinder. Und sie hat Angst, Angst dass ich mich
selbst wieder verliere.
Ramon, mit ihm konnte ich die „männliche Sicht „ der
Dinge mal betratschen. Er hat mich des Öfteren mal in
den Arm genommen und verhindert, dass ich durchdrehe.
Bettina, sie hat geduldig zugehört, war immer und
immer wieder da, hat mich mit Geld und anderen Hilfen
überschüttet, selbstlos und ich musste auch nicht mit ihr
schlafen. Sie ist neben Paula meine beste Freundin und
ich betone neben Paula.
Wenn ich sie nicht gehabt hätte, wären wir manches Mal
verhungert. Ob du es glaubst oder nicht und sie wird
jeden Cent davon wieder bekommen.
Paula, seit Jahren ist sie neben mir, hält mir die Hand,
hält mich am Leben, war immer da für mich, zumindest
so wie sie es konnte und das war mehr als du getan hast.
Das sind die Menschen denen ich es nicht antun kann das
Ganze noch mal zu beginnen. Diese Menschen werde ich
im Leben nicht anlügen. Sie bedeuten mein Leben. Du
leider nicht.

Ich erwarte nicht, dass du meine Sichtweise verstehst,
das wäre Zuviel verlangt, denn ich glaube nicht, dass du

*den Intellekt besitzt das umzusetzen. Ich erwarte, dass du
es liest. Es ist ohne Emotion geschrieben, ohne Hass,
Neid, oder sonstige Gefühle. Es ist die Sichtweise die ich
vertrete. Ich drohe dir auch nicht. In vielen Dingen tust
du mir sehr leid und ich wette, wenn wir beide
zusammen gekommen wären, dann wäre ein anderer
Mensch aus dir geworden, jemand der sich nicht immer
noch mit seinen Projekten **die andere planen** profilieren
muss, mit seinem Luxus prahlen muss. Es gab eine Zeit,
da hätten wir es schaffen können. Leider ist der Weg ein
anderer geworden.
Dieser Brief ist geschrieben am Dienstag dem 4.7.07 und
er wird wie viele andere, auch Teil meines Buches sein,
was ich für die Kinder geschrieben habe und noch
schreibe. Vielleicht finde ich ja irgendwann mal einen
Lektor, der sagt": Es ist gut", und es kann verlegt
werden. Du wirst der erste sein, der ein Exemplar
bekommt.*

*Wenn die erste Wut verraucht ist dann lies ihn noch mal.
Du verstehst sicher, dass ich deinen Geburtstag nicht mit
dir im Auto verbringen möchte, bei Liedern die 20 Jahre
alt sind, oder in Hallen in denen es nach Beton riecht.
Ich habe dir eine CD von Rosenstolz bei diesen Brief
gelegt. Sie soll für dich sein. Sie beschreibt in vielen
Liedern meine Gedanken, aber wähl die richtigen aus.
Es gibt auch ein paar Liebeslieder, die meine ich nicht.
(...) Sorry. Ich hätte mich gerne geistig mit dir duelliert,
aber ich sehe du bist gänzlich unbewaffnet.*

*Du hast keinen blassen Schimmer davon wie mies ich es
von dir fand verleugnet zu werden, nach Jahren die wir
zusammen verbracht haben, wie mies ich es fand das du*

*die Kinder verleugnet hast, das man dich zwingen musste
„zuzugeben" nur um deinen Arsch zu retten. Was hast
du Anja erzählen müssen, dass ich dich gefesselt habe?
Respekt und Akzeptanz, gehören zu einer Beziehung und
auch zu einer Freundschaft. Die hast du nicht mehr von
mir zu erwarten, denn die hast du mir auch nicht zu Teil
werden lassen.*

*Eine Bitte habe ich aber doch, bitte, ich möchte über
das was passiert ist in all den Jahren oder auch letzte
Woche nicht noch mal sprechen. Es gibt nichts mehr
dazu zu sagen. Es ist alles gerichtlich geklärt und ich
denke daran muss sich auch nichts mehr ändern, solange
die Kinder in der Ausbildung sind. Bitte lass es so stehen.
Du hast deine Meinung, ich habe eine andere. Du kannst
gerne Kontakt halten zu den Kindern, denn ich denke
dazu hast du ein Recht und sie auch aber alles andere
lass einfach weg.*

*Bleib bei deiner Anja und mache gut, was du ihr schon
wieder angetan hast. Ich brauche kein schlechtes
Gewissen haben, denn ich muss niemandem Rechenschaft
abgeben, außer mir selbst.*
Katherine

Diesen Brief gab ich ihm am Tag seines Geburtstages. In
freudiger Erregung fuhr er bei mir vor. Er hatte mich
eingeladen, mit ihm ins Hotel Albus zu fahren. Es war ein
wunderschönes Hotel in dem wir unseren letzten
Kurzurlaub verbracht hatten. Schon während ich diesen
Brief schrieb, hinterließ dieser Gedanke an das Hotel bei
mir einen üblen Nachgeschmack. Nichts hatte sich
verändert. Nicht der Mensch, nicht die Örtlichkeiten. Er
wollte doch tatsächlich da anknüpfen, wo es vor 7 Jahren
geendet hatte. Er lebte in der Erinnerung, in der

Erinnerung mit mir.

Als er mich in Schlappen und einer alten Jeans aus dem Haus stiefeln sah, konnte man seinem Gesicht die Enttäuschung ansehen. Ich gab ihm den Brief und versuchte mit einem Satz zu erklären, was ich damit bezwecken wollte. Er sah mir in die Augen, traurig, blass und wusste nicht was ihn erwartete. Bei allem was ich schon getan hatte, konnte er meine Reaktion unmöglich einschätzen. Diese Angst war in ihm spürbar in diesem Moment.

Ich war mir sicher, dass Richtige zu tun und trotzdem hatte ich wieder einmal Herzklopfen. Der Brief war nicht wirklich nett und so war er auch nicht gemeint. Den Rest des Abends versteckte ich mich bei meiner Freundin Bettina. Ich wusste ziemlich gut, dass er mich suchen würde und wahrscheinlich tödlich verletzt und furchtbar böse auf mich sein würde.

Also wollte ich ihm aus dem Weg gehen. Erst spät kam ich nach Hause und fünf Minuten, nachdem ich Zuhause angekommen war stand er vor der Tür und wollte nicht gehen. Er war immer schon ein hartnäckiger Mensch gewesen.

„Was willst du von mir, fragte ich? David ich habe in dem Brief alles gesagt was mir wichtig war. Es waren 7 engbeschriebene Seiten. Ich muss nicht auch noch mit dir darüber reden. Ich möchte gar nichts mehr dazu sagen. Es ist alles gesagt.

„Ich werde nicht von dieser Türe weggehen, ohne dass wir uns darüber unterhalten hätten, sagte er!". Und man konnte ihm ansehen, dass es ihm ernst war.

Unsere Tochter Maya kam in den Raum, schaute von einem zum anderen und erinnerte mich daran, dass ich sie zu ihrem Freund in den Nachbarort fahren sollte. Siebzehn

Jahre war sie jetzt alt und sie spürte sehr gut, dass wir dieses Gespräch brauchten. Also schlug sie vor das wir uns beide ins Auto setzten und Sie die Strecke fahren sollte. Sie hatte gerade ihren Führerschein für begleitetes Fahren gemacht und war im Grunde für jede Fahrt froh. Also stiegen wir beide ins Auto ein und fuhren wortlos mit unserem Kind die Zehn Kilometer bis in den nächsten Ort. Es war ein bedrücktes Schweigen. Als sie ausstieg und ich das Steuer übernahm, brach David in Tränen aus. Er weinte ohne Unterlass. Ich fuhr in einen nahegelegenen Park und wir stiegen aus. Er weinte immer noch.

„Du hast meinen gesamten Lebensplan durcheinander gebracht, schluchzte er!". „Es gibt keinen Menschen, keine Frau, an die ich mehr gedacht habe in meinem Leben, keine Frau, die mir mehr Kopfzerbrechen gemacht hätte, niemand an dem ich mehr gehangen habe, als an dir". Alles hätte ich für dich getan und es war nur noch eine Frage der Zeit, wann ich mich von Anja getrennt hätte. „Wenn du doch nur nicht immer so ungeduldig gewesen wärst, mir ein wenig mehr Zeit gegeben hättest. Ich habe doch immer nur an dich gedacht. Jederzeit des Tages warst du in meinen Gedanken bei mir und ich bei dir. „Ich habe eben meine fast 18 jährige Tochter in meiner Nähe gehabt. Ich war ihr noch nie so nah. Ich habe sie nicht aufwachsen sehen, nicht lachen, nicht weinen. Es sind doch meine Kinder. Er schimpfte, zeterte, tat sich selbst leid, weinte. Doch bei diesem letzten Satz platzte mir der Kragen.

„Es sind doch deine Kinder? schrie ich: Ich musste dich vor den Kadi ziehen, bis du sie akzeptiert hast. Was hast du dir denn dabei gedacht. Dass ich neben dir noch 4 andere Männer gehabt hätte, das ich dich über den Tisch ziehen wollte?

„Wie konntest du dich wagen mich zu verleugnen, mich als ungläubig hinzustellen, nach allem was wir miteinander erlebt haben. Wie kannst du dich wagen hier jetzt rum zu heulen, und so tun als hätte ich dir etwas vorenthalten. Du wolltest diese Kinder doch gar nicht.

„Ich habe deinen Lebensplan durchkreuzt? Meinst du vielleicht mein Lebensplan hätte so ausgesehen, dass ich vier Kinder von jemandem bekomme, der diese Kinder im Grunde nicht will und auch nicht für sie aufkommen wollte als alles aufgeflogen war. Du hast mich der Lüge bezichtigt, bis man dir das Gegenteil bewiesen hatte. Und du hast die Kinder verleugnet, denen du jetzt hinterher weinst. Ich musste diese Kinder ganz alleine aufziehen. Klar ich hätte die Wahl gehabt. Ich hätte auch bei Frank bleiben können, damit wäre mir aber auch nicht geholfen gewesen.

Ich habe sie immer schon alleine aufgezogen. Wie konntest du es wagen drei Tage nach der Geburt deines dritten und vierten Kindes zu heiraten.

„Du hast mir immer die Wahl gelassen, jammerte er! Du hast mir immer die letzte Entscheidung gelassen, mich für dich oder Anja zu entscheiden. Hast mir immer die Hintertüre offen gelassen, mich vor der Entscheidung zurückweichen lassen.

„Was hätte ich denn tun sollen. Muss man dich genauso führen, wie man Frank führen musste. „Hätte ich dich zwingen sollen? Wolltest du das? Dann wäre auch nichts daraus geworden. Du solltest es selbst Erkennen und wenn du ehrlich bist, dann wusstest du es auch und warst nur zu feige es zu tun. Du hast die Konfrontation mit deinen Eltern gescheut, die dir schon früh vermittelt haben, dass man „so was wie mich" nicht heiratet. Wahrscheinlich hätte ich die Kinder heute von jemand anderem, weil es mir so viel Spaß macht Leute zu betrügen und Kinder von fremden Vätern zu bekommen. „Nein, David, du hast deinen Arsch retten wollen. Das war der einzige Grund warum du mich in den Dreck gezogen hast. Was hast du denn Anja erzählt?

Na, was hat sie gesagt, als sie das gehört hatte?

Er sagte einen Moment gar nichts und meinte dann: „Sie hat gesagt, dass sie dich ja kennt und das „Er" es gerne hätte, von fremden Frauen umgarnt zu werden und das er deswegen hereingefallen wäre.

Jetzt musste ich dann doch mal laut lachen. „ Das ist typisch für sie. Sie macht es für sich lebbar indem sie mir die Schuld in die Schuhe schiebt. Dich nimmt sie in Schutz, den armen Mann, der ja nichts dafür kann, dass Frau ihn 20 Jahre umgarnt. Aber sich selbst stellt sie nicht in Frage? Sie taucht in der Schuldvergabe nicht auf. Wie kann man so blind sein wollen, genau wie Frank, und willentlich 20 Jahre lang die Augen schließen, vor einem sichtbaren Problem. Sie wollte sich ebenso wenig damit beschäftigen wie Frank auch. Und wie dumm muss sie sein, dass sie diese Ausrede für sich geltend macht.

„Das hast du ihr ja schön erklärt. Sauber, wie gesagt. Du hast deinen Arsch gerettet und kommst jetzt mit deiner Schuld nicht klar.

Ich bin zufrieden. Mein schlechtes Gewissen ist hiermit aufgehoben. Ich habe nicht mehr gelogen, habe niemandem mehr was vorgemacht, nicht mir selbst, nicht den Kindern und nicht dem Rest der Welt.

David, ich habe mit dem was uns betrifft abgeschlossen. Du bist der Vater meiner Kinder, mehr gibt es nicht zu sagen.

Bis tief in die Nacht, schrien wir uns weiter an, in diesem Park. Irgendwann waren wir des Schreiens müde. Still saßen wir auf einer Bank. Jeder mit seinen eigenen Gedanken belastet. Ich brachte ihn nach Hause und seit diesem Tag, am 8 im Juli 2007 haben wir selten miteinander telefoniert und ich denke nun ist wirklich mal alles gesagt worden und jeder kann es so stehen lassen. Warten wir der Dinge die noch kommen.

Prolog

Nachdem mehrere Jahre jetzt ins Land gezogen sind, kann ich dieses Buch in seiner Endfassung herausbringen. Vielleicht oder wahrscheinlich wird es aber auch nie zu Ende gehen. Eines weiß ich mit Sicherheit, es waren schlimme und auch sehr schöne Zeiten dabei. Alles was ich niedergeschrieben habe entspricht hundertprozentig der Wahrheit. Die Kinder sind nun fast alle erwachsen, sie haben verstanden was passiert ist, Fragen kommen nur noch selten. Ich denke ich habe den Kindern einen schweren Weg vorbereitet. Ob er seine Spuren hinterlässt wird sich zeigen aber ich denke schon. Unser jüngster, Alex, ist jetzt auch schon 9 Jahre alt. Er weiß noch nichts von all dem, von seinen zwei Vätern, seinen beiden Müttern, und seinen mittlerweile fast Zehn Geschwistern. Kinder die er seine Geschwister nennen kann, Kinder mit denen er aufgewachsen ist, in Lebensgemeinschaften, Kinder die seine Geschwister sind, die er aber noch nicht kennt und vermutlich nie richtig kennen lernen wird. Wenn Alex es erklären müsste, wie die ganzen Zusammenhänge entstanden sind und miteinander verwickelt, so würde ein wildes Durcheinander von Namen folgen. Er könnte sagen, welche Menschen er liebt und weniger liebt und das wäre das einzig wichtige in diesem Moment für ihn. Daher habe ich mir es vorbehalten die Zusammenhänge selbst darzustellen um allen klarzumachen, dass es schlimmeres im Leben gibt als ein solches „sein Leben" zu leben und damit gut zurecht zu kommen. Ich habe Jahre gebraucht um viele Dinge verständlich zu machen. Manchmal war das Buch mit Sicherheit ein einziges Chaos. Die Niederschrift meines chaotischen Gehirns. Manchmal mit depressiver Stimmung aber auch mit Schwung im Gemüt geschrieben, habe ich versucht, mir selbst und anderen zu erklären warum das alles so gekommen ist. Mein kleiner Alex würde sich wie eben schon gesagt auf die Liebe und Zuneigung beschränken, die er für die Menschen in seinem Umfeld empfindet. Es ist die reduzierteste und doch wichtigste Empfindung und ich denke ich werde es ihm gleichtun, denn es ist für mich die Möglichkeit, die Liebe in mir spürbar werden zu lassen. Die Liebe zu Menschen, die mich seit meiner Geburt begleitet haben. Menschen die mich verletzt haben, geliebt haben, die ich geliebt habe, denen ich verzeihen konnte und die, hoffentlich, letztendlich mir verzeihen mögen. Dieses Buch widme ich im Folgenden diesen Menschen. Sie sollen sich angesprochen fühlen und wissen, dass sie für mich und mein Leben wichtig waren.

Mit Abstand die wichtigsten waren und sind meine Kinder, Rene, Maya, Peer, Sophia-Sophie und Alex. Sie haben mir bedingungslos zugehört und mir vertraut. Von ihnen habe ich Liebe erfahren dürfen, die so rein wie sonst nichts im Leben ist. Sie waren ehrlich zu mir, obwohl ich sie belogen hatte. Sie können keinen Fehler in diesem Leben machen, den ich nicht verzeihen würde, denn ich habe Ihnen weitaus mehr auf die schmalen Schultern gelegt, als sie tragen konnten. Sie werden für mich immer das Größte sein und bleiben und ich wünsche mir, dass sie verstehen werden. Verstehen, Verzeihen und lieben lernen. Sie waren für mich da als es mir schlecht ging. Sie haben sich gesorgt und versucht viele Dinge in ihrem Leben alleine zu schaffen als ihre Mutter es nicht konnte. Sie sind durch die Entwicklung meines Lebens sehr viel früher erwachsen geworden als manch andere Kinder in ihrem Umfeld. Aber ich denke eines Tages werden sie daraus Vorteile ziehen. Es tut mir weh, zu sehen, wie wenig sie mich nur noch brauchen und es macht mich auch Stolz, dass ich es geschafft habe aus allen vieren das Beste rauszuholen. Ich glaube, dass ich sie mit sehr vielen Problemen belastet habe, die sie ihr gesamtes Leben begleiten werden und das tut mir sehr leid und ich hoffe, dass sie es eines Tages schaffen diese Probleme für sich zu klären und in lenkbare Bahnen bringen können. Es gehören mit Sicherheit sehr starke Partner an die Seiten dieser Kinder und ich wünsche mir von Herzen, dass sie diese finden werden.

Meine Lieben, spürt die Liebe, immer dann wenn sie euch begegnet und lasst euch nicht in Regeln drängen die andere für sich erkannt haben. Findet eure eigenen Regeln, die human sind und doch Freiheit bedeuten.
David und Paula, die beiden wichtigsten Beziehungen in meinem Leben. Die beiden Menschen die mich am meisten verletzt haben, die mich aber auch wahrscheinlich am meisten geliebt haben. Auf jeden Fall aber die Menschen, die ich am meisten geliebt und geschlagen habe. Der Volksmund sagt: „ Nicht jeder Mensch erlebt die große Liebe seines Lebens". Ich durfte dies sogar zweimal erleben.
Meine Geschwister, die mir in den meisten Fällen zur Seite standen, mich verteidigt haben und mich mit viel Verständnis haben leben lassen. Im Besonderen meine Schwester Ellen, die immer, und ich betone immer, für mich da war und die mich am ehesten verstanden hat und mir oft durch Rat und Tat zur Seite stand. Sie half mir auf, wenn ich am Boden lag und sie stutze meine Flügel, wenn ich mich zu hoch begab.
Andrea und Bettina, meine wichtigsten Freundinnen in den letzten 20 Jahren. Jede davon in einer eigenen Zeit.

Ich glaube, die beiden haben sich nie kennen gelernt. Schade, sie hätten sich gut verstanden. Sie sind und waren beide Stützpfeiler meiner seelischen und moralischen Abgründe und haben immer mit viel Humor dafür gesorgt, dass ich mich nicht im Keller eingraben musste und in einer Depression versinken musste.

Dann, sind da noch die anderen Kinder, die mich wahrscheinlich nicht in der Form wahrgenommen haben, wie ich Sie, die jedoch tagtäglich Teil und Gedanken meines Lebens waren. Paulas Kinder, Johanna, der ich das Schwimmen beibringen durfte worüber heute noch gelacht wird und die ich immer sehr gern mochte. Lena, mit der ich hervorragende Wortstreitereien ausgefochten habe und bei der ich mir nie sicher war, ob sie mich mag oder hasst. Ich denke, von beidem war etwas dabei. Theresa, die kleine Nervensäge, die immer neben der Mama sitzen wollte, wo ich doch selbst so gerne neben gesessen hätte, die sich aber sehr zu ihrem Vorteil verändert hat.

Davids Kinder, Jana, die meiner Maya so ähnlich sieht. Mara, die ich immer besonders mochte, weil ich sie so schutzbedürftig sah. Nadja, die kleine Hexe, die so brutal wie meine Sophia ihren kleinen Kopf durchsetzt und in einer gewissen Zeit die beste Freundin ihres Bruders Alex war. Und auch die Kinder meiner Geschwister, alle Kinder meiner Familie. Sie sind für mich wichtig. Ich denke oft an sie. Oliver, Milena, Raphaela, die mir so ähnlich ist, so stark und so verletzlich. Vanessa, sehr zum Vorteil verändert in den letzten Jahren. Sie alle mussten zu einem Zeitpunkt auf ihre Mutter verzichten, der zu früh war. Aber sie haben es geschafft. Connor, noch so jung, aber enorm willensstark, wie mein Bruder. Und zum guten Schluss Emily, die kleine Hexe, meine Großnichte. Ein Teufelchen, aber süß. Ich wünsche mir, dass sie es weiter schaffen ihr Leben zu leben. Sie sollen hiermit wissen, dass ich immer für sie da sein werde, so wie meine Schwester für mich immer noch da ist. Ob das Buch so dem Ende zugeht, wie ich es bis jetzt geschrieben habe, weiß ich nicht, denn mein Leben ist noch nicht zu Ende und wenn es so hektisch und chaotisch weitergeht wie es die letzten Jahre gewesen ist, bin ich noch nicht fertig und werde es auch nie werden. Aber...

I´m still standing.
12/2007
Katherine

Danksagung

Danken möchte ich in erster Linie meinen Kindern. Dafür das sie nie den Glauben verloren haben. Den Glauben an die Menschen, an die Liebe und auch an mich.
Sie haben es geschafft, sich zu Menschen zu entwickeln, die nachdenken, tollerant sind und an allem, was anders im Leben kommt, nicht verzweifeln, sondern reifen. Sehr oft denke ich, was wohl gewesen wäre ohne diese Wesen in meinem Leben. Sie haben mich begleitet, gebraucht, getröstet, geleitet, geläutert und gezwungen weiter zu machen. Sie haben mich Nächte gekostet, genervt und gefordert und immer wieder duch ihre bloße Anwesenheit aufgebaut und unterstützt.
Ohne Sie? Niemals
Dank an meine vier wunderbaren Menschenkinder!
mum
^

Bibliografische Information der Deutschen Nationalbibliothek: Die
Deutsche Nationalbibliothek verzeichnet diese Publikation in der
Deutschen Nationalbibliografie; detaillierte bibliografische Daten sind
im Internet über dnb.d-nb.de abrufbar.

TWENTYSIX – Der Self-Publishing-Verlag
Eine Kooperation zwischen der Verlagsgruppe Random House und
BoD – Books on Demand

© 2016 Engel, Katherine

Herstellung und Verlag:
BoD – Books on Demand, Norderstedt

ISBN: 978-3-7407-2451-1